FRATER ALBERTUS

DER ALCHEMIST VON DEN ROCKY MOUNTAINS

2. Auflage 1995

Das aufregendste aller Ereignisse
im Leben eines Menschen ist
seine Suche nach mehr Wissen
über sich selbst

F. A.

© 1995 Alpha & Omega GmbH,
Landvogtstraße 4, 60320 Frankfurt
Alle Rechte vorbehalten

ISBN 3-931671-61-5
Herausgeber: Phameres e.V., Freiberg
Satz und Design: Udo Schmidt
Druck: Nomos Verlagsgesellschaft, Baden Baden
Titelbild: Image Bank

Inhalt

Einleitung

Dieses Buch wurde allein in der Absicht geschrieben, vermehrt Licht und Information an jene heranzutragen, die über Esoterik, Metaphysik und alchemistische Lehren oder Lehrer bereits gehört oder gelesen haben und auf Dinge stießen, die ihr Interesse aufrüttelten. Es soll ihnen die Möglichkeit geben, tiefer in dieses Gebiet einzudringen. Weiterhin bietet es eine kurze Beschreibung von Persönlichkeiten, die vor die Öffentlichkeit getreten sind und legt dar, welche Bedeutung sie hatten. Ebenso enthält es, vielleicht zum ersten Mal, konkrete Angaben über die drei Lebensgrundprinzipien. Es bleibt fraglich, ob derzeit ein anderes Buch verfügbar ist oder es während der letzten Jahrzehnte war, das solche genauen Erläuterungen vermittelt zu den Unterschieden von Körper, Seele und Geist, die jedermann verstehen und ohne Rücksicht auf religiösen Glauben oder philosophische Einstellung annehmen kann.

Der Autor ist selbst ein erfahrener, praktisch arbeitender Alchemist, bekannt in der ganzen Welt mit einigen hundert Leuten, die mit ihm in persönlichem Kontakt standen und noch weiterhin stehen. Er befaßt sich mit beiden Aspekten der Alchemie: mit dem der mentalen als auch der Labor-Alchemie. Es ist interessant, festzustellen, daß unter seinen Schülern auch solche aus dem Anhängerkreis des Tiefenpsychologen C.G. Jung sind, die vorher die Möglichkeit einer praktisch-laborantischen Alchemie verneint hatten. Zu seinen Schülern zählen ebenso Anhänger der anthroposophischen und theosophischen Lehren wie auch indische Brahmanen und fromme Christen, die alle der persönlichen Erfahrung eine tiefgreifende Wendung zum Besseren in ihrem Leben verdanken.

Der literarische Stil mag nicht nach jedermanns Geschmack sein auch nicht die Darstellung eines so wichtigen Themas in der Form eines Romans. Der Grund für die gewählte Form liegt darin, all jenen, die nicht geneigt sind, ganze Berge schwerverständlicher altmodischer, einschlägiger Literatur durchzustudieren, eine leichtverdauliche, einfache Erzählung zu bieten, die ohne Stirnrunzeln gelesen werden kann.

Vor allem gilt es, vermehrt Klarheit über die am meisten mißverstandenen und falsch interpretierten drei Begriffe Körper, Seele und Geist zu bringen. Die aus genauer Kenntnis und richtigem Verstehen dieser drei Worte erwachsende Hilfe kann im Leben mancher Menschen ans Phantastische grenzen und erscheint anderen als unerreichbare Utopie.

Wo beginnt man eine Geschichte, die in Wirklichkeit keine ist? Gewöhnlich nicht am Anfang. Denn wenn wir einen wirklichen Anfang hätten, müßten wir notwendigerweise auch ein Ende haben. Deswegen nimmt man besser an, daß es keinen Anfang gab, sondern nur eine Fortdauer der Wahrheit über Jahrhunderte hinweg für diejenigen, welche die Wahrheit suchen.

Überall in der Welt gehen die Menschen ihrem täglichen Vergnügen nach, besuchen die verschiedensten Zusammenkünfte, helfen ihren Mitmenschen, treiben Sport oder wählen anderweitige Freizeitbeschäftigungen. Manchmal in ihrem Leben haben sie das Gefühl, als ob ihnen etwas fehle. Aber im allgemeinen ist dies nur von kurzer Dauer.

Die Tatsache, daß viele Menschen nach einem unbekannten Etwas suchen, um diese innere Leere auszufüllen, ist Beweis genug, daß da irgendwo im Unbewußten, oder vielleicht jenseits davon, ein verborgenes Bewußtsein existiert, welches danach schreit, geöffnet zu werden. Es schreit zu oft in taube Ohren. Sobald indessen jemand an die Pforte der Metaphysik zu klopfen beginnt, setzt er eine Reihe von Ereignissen in Bewegung, und wenn er sich nicht von Hindernissen abhalten läßt, wird er den Schlüssel dazu finden. Durch die offene Tür wird er dann eintreten, um die Wahrheit des Universums zu finden, die ihm Licht zu bringen vermag. So erfüllt von Wahrheit, wird er dann nicht länger wünschen, in die Welt der Neugier zurückzukehren, denn an deren Stelle trat ja das Wissen und seine Suche ist beendet. Erst an diesem Punkt beginnt das wahre Lernen.

Die Menschen, denen Du im ersten Teil dieses Buches begegnen wirst, sind von der Art, wie man sie täglich antreffen kann. Jeder von diesen könntest auch Du sein. Darum folge mir einige Jahre in die Vergangenheit, um die besonderen Geschehnisse auf dem Pfade dieser Menschen bei der Wahrheitssuche zu rekapitulieren.

Viele durchschritten die Portale der Wahrheit an einem recht bescheidenen Platz hier in den westlichen Bergen. Jeder kam aus eigenem Antrieb, doch alle suchten nach dem gleichen alten Wissen. Welches Wissen, so könnte man fragen, kann Menschen veranlassen, ihr Heim und ihre Lieben zu verlassen, um Jahr für Jahr zwei Wochen lang an einem anderen Ort zu verweilen? Es ist ein viel höheres Wissen, als es sich im alltäglichen Leben des Durchschnittsmenschen finden läßt - ein Wissen, so tief und erfüllend, daß es sogar den größten Durst zu stillen vermag. Wir trafen dort auf eine Lehre, die in den meisten Fällen alles weit übertraf, was wir je auf dieser Erde zu finden erhofften.

2

Darüber soll dieses Buch berichten. Es ist Zeit, dieses höchste Wissen mit anderen zu teilen, die genauso ihr wahres eigenes Wesen suchen. Es liegt an dem einzelnen selbst, ob er dieses kleine Werk annimmt oder zurückweist, dessen Wirkung nur darin bestehen soll, einige Dinge in seinem Leben zum Besseren hin zu ändern. In uns allen liegt die Fähigkeit, die Wahrheit zu erkennen, so wie es unser Recht ist, unsere Möglichkeiten zu aktivieren.

Vor allem das Ende mag dich überraschen, denn was hier enthüllt wird, mag manchen wie betäubt zurücklassen. Selten wurde soviel öffentlich auf so kleinem Raum gegeben. Und zwar etwas, das zu den höchsten Gipfeln auf der materiellen Ebene des Bewußtseins zu führen vermag, während es zur gleichen Zeit die Tore weit öffnet, um die ersten tastenden Schritte in die Weite der Ewigkeit tun zu lassen.

Wir bitten den Suchenden, der dieses Buch lesen möchte, nur darum: Er soll es vom Anfang bis zum Ende auf einmal lesen. Er sollte während der Zeit dieser Lektüre alle vorher aufgenommenen Lehren auf ein Regal stellen, wie der gute Frater zu sagen pflegt, um sie erst dann wieder herunterzuholen, wenn er mit der Lektüre des folgenden fertig ist. Es wird ihn überraschen, wieviel Unbrauchbares danach auf dem Regal zurückbleiben wird.

Ein Student

Ein aufschlußreicher Brief

Mein lieber Doktor, vielen Dank für Ihren Brief. Ich werde ihn gleich beantworten. Um damit anzufangen - dies ist keine Fabel oder Legende, denn e r ist mir bekannt. Ich kenne den Mann. Ich bin persönlich mit ihm bei manchen Gelegenheiten zusammengetroffen. Was ich hier schreibe, beruht auf meinen eigenen Erfahrungen und auf den Erfahrungen meiner vertrauenswürdigsten Freunde. Wir kennen ihn alle persönlich. Trotzdem wissen sehr wenige Leute in den USA oder in Europa von seiner Existenz, noch wo er sich gegenwärtig aufhält. Er ist ein Mann von Fleisch und Blut, der ein einfaches Leben lebt und das Licht der Öffentlichkeit scheut. Er behauptet nicht, übernatürliche Kräfte zu haben und erweckt nicht den Anschein, ein höheres Wissen zu besitzen, noch hat er dunkle Haut, oder glänzende Augen. Er kleidet sich einfach, wobei er Kleidung wählt, die dem Lande, in dem er sich gerade aufhält, entspricht. Wirklich, auf den ersten Blick gibt es nichts Außergewöhnliches an ihm. Seine äußere Erscheinung und sein Verhalten entsprechen keineswegs den gegenwärtig geläufigen Vorstellungen über einen Mystiker.

Da er ein Alchemist ist, so ist er natürlich ein Mystiker und Okkultist. Wenn man ihn in seinem Laboratorium beobachtet, wie er durch praktische Demonstration die angewandten Gesetze beweist, so gibt es keinen Zweifel mehr, daß er ein Alchemist ist. Während des Frühjahrs und des Herbstes unterrichtet er einige wenige Studenten. Jeder wird entsprechend uralten Lehren unterwiesen. Obwohl manche das Dargebotene als Geheimlehren bezeichnen, ist es dennoch zur gleichen Zeit geheim und offenbar. Dieses Paradoxe kann durch den folgenden Satz am besten erklärt werden: „Als DAS, was bekannt war, verborgen und wieder einmal enthüllt wurde, ward es zu einem bekannten Geheimnis." - Sie mögen lachen und denken, daß dies bloß Worte sind und nichts als Worte - Worte um zu verwirren, aber nicht, um zu erleuchten. Sie haben Unrecht, ganz gewaltig Unrecht bei dieser Annahme. Es gab eine Zeit, da ich dem einst auch zugestimmt hätte, doch nun weiß ich es besser.

Als wir als Studenten von diesem Alchemisten belehrt wurden, glaubte ich seine Worte zu verstehen, mußte indessen später entdecken, daß mir der Sinn entgangen war. Seine Worte flossen wie kühles Wasser aus einer Bergquelle, die uns, seine Zuhörer, erfrischten und belebten. Er sprach Englisch mit nur leichtem Akzent, der verriet, daß er in einem fremden Land geboren war. Als ich ihn einmal zufällig traf, sprach er mit einem seiner Studenten fließend Deutsch. Bei einer anderen Gelegenheit benützte er noch eine andere Sprache. Wenn er sprach, wurden seine Worte zu lebenden Bildern. Manchmal erschienen Stunden wie Minuten. Häufig schauten wir einander an, wenn er, wie es seine Gepflogenheit war, sagte: „Wir hören jetzt auf. Es ist höchste Zeit." Uns schien es, als habe er gerade begonnen. Gelegentlich sprach er so zu uns, daß wir das Beschriebene unabhängig voneinander zu sehen vermochten. Sie können mich jetzt für albern und einen jener Fanatiker halten, die sich der Verehrung hingeben. Aber Sie kennen mich zu gut, um das anzunehmen. Ich hatte in eine Richtung zu denken, die der uns von der Schulmedizin gelehrten, entgegengesetzt war. Was ich zuerst geglaubt und später zu wissen behauptet hatte, mußte ich nun zu meiner Bestürzung als unrichtig erkennen. Dies weiß ich. Es ist nicht bloß ein Glaube, es ist ein Wissen.

Alles hätte auf unbestimmte Zeit irgendwie so weitergehen können genau wie zuvor. Aber dann traf ich jenen Alchemisten. Früher bereitete mir meine Praxis Freude, und ich verdiente gut. Ich war glücklich und zufrieden mit meiner Fähigkeit, anderen zu helfen jedoch nachher nicht mehr. Vieles änderte sich, seitdem ich diesen Mann getroffen hatte. So viel änderte sich, daß Sie es kaum glauben werden.

Wenn meine Kollegen mich auf meinem Gebiet als überragend ansehen, so schrumpft diese Einschätzung aus meiner eigenen Sicht zu einem Nichts zusammen, sobald ich an diesen Mann denke. Sie sollten seine eindringlichen Lektionen hören, gleichgültig ob nun der Gegenstand Pharmazie, Chemie, Physik, Astronomie oder Mineralogie usw. ist. Sein Verstehen und die Ausprägung seines Wissens sind erstaunlich, dabei hat er keine formale Ausbildung.

Jeder kennt mich als Skeptiker. Die Alten Herren meiner Studentenverbindung wissen um dieses mein Charakteristikum nur zu gut. Es ist wahr, ich bin immer noch ein unverbesserlicher Skeptiker und dennoch hat sich meine Skepsis Fakten zu unterwerfen, sobald sie auf gesetzmäßige Weise demonstriert werden. Ungeachtet all der Hilfsquellen, die mir zur Verfügung standen, war ich unfähig, diesen Mann eines Fehlers zu überführen. Der Himmel weiß, warum! Es gab Fälle, in denen meine Argumente so genau durchdacht und vorbereitet waren, daß es bei mir keinen Zweifel an ihrer Richtigkeit gab. Sie hätten Zeuge der vernichtenden Schläge werden sollen, die ich einzustecken hatte! Dabei wurde alles in einer sanften und den Tatsachen entsprechenden Weise gesagt, daß keine Gefühle von Ärger oder Abneigung aufkommen konnten.

6

Der innere Rückschlag bewirkte, daß ich mir albern vorkam.

Ich möchte Ihnen versichern, daß eine derartige Erfahrung äußerst unangenehm sein kann, wenn man auch nur ein bißchen Stolz besitzt. Es wirkt erniedrigend, auf die Schulbank zurückgeschickt zu werden, wenn man schon Novizen in unserer hippokratischen Kunst unterrichtet hat. Können Sie sich vorstellen, wie ich albern dastehe? Es ist sicher nicht viel Einbildungskraft nötig. Bedeutet dies, daß ich mich der Alchemie ergeben habe, diesem Gegenstand, mit dem sich mittelalterliche Menschen beschäftigten? Irrtum der Irrtümer! Wohin geht diese Welt? Ich bin als Wissenschaftler verpflichtet, die Gesetze, wie sie auf der Universität gelehrt werden, aufrechtzuerhalten. Wirklich, dies ist eine Katastrophe. Ich, ein Doktor der Medizin und Pharmazie, was soll ich tun? Es ist schlimm genug, mit einem Bein auf der wissenschaftlichen und mit dem anderen auf der metaphysischen Seite zu stehen. Und ich, jawohl, ich bin in einer solchen Lage. Es ist einfach völlig lächerlich. Klingt das alles sehr verwirrend für Sie? Mag sein, denn ich bin verwirrt. Wenn ich auf die Jahre meines Studiums und meines Unterrichts zurückschaue, erscheint es mir noch unsinniger.

Das Leben hat sich für mich geändert, gleichgültig wie ich es ansehe - und dieser Mann war die Ursache. Sie müssen bedenken, wie zögernd und mit welchen Schwierigkeiten wir alte Vorstellungen aufgeben. Stellen Sie sich vor, Sie müßten Ihren religiösen Glauben ändern und beinahe über Nacht ein Mohammedaner oder Hindu werden! Allein der Gedanke daran verursacht ein seltsames Gefühl, nicht wahr? Gut, hier bin ich nun, ein Wissenschaftler, der sich nicht nur metaphysischen, sondern auch alchemistischen Beweisen nicht verschließen kann. Es muß Sie wohl schaudern, wenn Sie dies lesen. Da ich Ihre wissenschaftliche Denkweise kenne und die Möglichkeit erwäge, Sie hielten mich für geistig krank, dachte ich zuerst daran, Ihre Anfragen nicht zu beantworten. Solch eine Handlungsweise wäre aber feige und käme deswegen für mich nicht in Betracht. Ich weiß, daß Sie sehr ausgeglichen sind. Deshalb könnten Sie mir vielleicht bei der Prüfung dessen helfen, was mir als eine Unmöglichkeit erscheint

Und nun die Grundfrage: „Was ist Alchemie?" Solange wir keine bessere Definition als die des Lexikons haben, gibt es keinen Grund, weiterzumachen. Trotzdem sollten wir uns von all dem Unsinn und der Scharlatanerie, die mit der Alchemie verbunden sind, nicht daran hindern lassen, den ihr unterliegenden Grund zu suchen. Wo es Schatten gibt, da muß auch eine Quelle des

Lichtes sein. Wir sind an den Schatten und Phantomen, die sie produziert, nicht interessiert. Wir suchen nur das Licht. Nun hören Sie: Es sieht so aus, als ob ich das Licht aufblitzen gesehen hätte. Nein, es war mehr als nur ein flüchtiges Aufblitzen, was ich von diesem verborgenen Licht erblickt habe.

Lassen Sie mich alle anderen Dinge beiseite schieben und nur mit der medizinischen Lehre der Alchemisten weitermachen! Sie werden erstaunt sein zu erfahren, daß alle medizinischen Gebiete davon betroffen sind. Wir Allopathen haben gewöhnlich ein Überlegenheitsgefühl gegenüber anderen Zweigen der Medizin. Glauben Sie mir, daß es mehr über Medizin zu wissen gibt, als selbst Horatius sich hätte träumen lassen! Wenn wir uns das nächstes Mal treffen, können Sie die klinischen Beweise lesen - nicht die von anderen, sondern meine eigenen.

Genug für jetzt! Hier ist der Brief, den Sie verlangten. Er mag nicht das enthalten, was Sie wirklich wissen wollten, aber ich mußte diese Belastung loswerden. In ein paar Tagen werden wir uns treffen, und Sie können mich über diesen seltsamen Alchemisten, seine Lehren und seine Wirkung auf seine Studenten ausfragen. Grüßen Sie Mr. Gunderson von mir! Nachdem ich gerade an ihn denke - reiste er nicht vor Jahren einmal in die Rocky Mountains? Spielte er nicht darauf an, daß er einen seltsamen Menschen getroffen habe, der sein Leben änderte? Du lieber Himmel! Vermuten Sie, das könnte der gleiche Alchemist gewesen sein? Es fiel mir gerade ein, daß dies ein und derselbe gewesen sein könnte. Ich zähle die Tage. Seien Sie sicher, daß Sie mich auf dem Flughafen treffen. Ich werde Sie Nummer und Ankunftszeit meines Fluges wissen lassen.

Wie immer,
Larry

Ein mysteriöser Mensch

Dr. Syndergaard lehnte sich in seinem Stuhl zurück, nachdem er mit der Lektüre des Briefes fertig geworden war. Langsam griff er nach dem Stethoskop in seiner rechten Tasche und stellte es auf den Tisch. Er blickte direkt auf die gegenüberliegende Wand. Dort hingen seine Diplome. Eines war vom Hahnemann Medical College in Philadelphia. Seine großen Siegel und Unterschriften enthielten die Zulassung für seine medizinische Praxis. Dort hatte er auch seine Abschlußarbeit vollendet. Das war schon Jahre her. Das Hahnemann-Hospital stand zwar noch, aber die Homöopathie war in den Vereinigten Staaten so gut wie tot.

Dr. Syndergaard seufzte tief. Ein großer Mann ist dieser Dr. Hahnemann gewesen. Wer weiß, vielleicht waren Dr. Herings Leistungen noch größer. Auf jeden Fall, wer wäre schon daran interessiert? Seine Gedanken wanderten zu den Tagen zurück, an denen er seine Praxis begonnen hatte. Der junge, hoffnungsvolle Arzt, der darauf vertraute, daß die endgültig überlegenen Mittel zur Heilung der Kranken in dem Satz 'Similia similibus currenter' gefunden werden würden. Das war ein magischer Satz. War es wirklich so? Ihm kam er wie der Anfang einer wunderschönen Geschichte vor, so wie er sie als Kind gelesen hatte. Fangen nicht die Märchen der Gebrüder Grimm gewöhnlich an mit 'Es war einmal...'?

Ja, es gab einmal eine Zeit, da alle seine Hoffnungen auf der Homöopathie ruhten. Es gab einmal eine Zeit... Er unterbrach sein Grübeln und streichelte ein Stück Papier. Es war ein leeres Rezeptformular. Dann faltete er es so oft, daß es steif wurde und sich nicht weiter falten ließ. Gerade wie der medizinische Beruf, dachte er. Wir erstarren auf unseren Wegen, wo wir doch immer flexibler werden und fortfahren sollten zu lernen. Er stieß das Papier von sich und streichelte sein Stethoskop, während er die gegenüberliegende Wand anstarrte. Wenn Larry nur wüßte, was er niemals gewagt hatte ihm zu sagen..., wenn Dr. Lawrence Farnsworth nur wüßte..., dachte er. Dann läutete das Telefon. Mechanisch griff er danach, und genauso mechanisch kamen seine Worte.

„Hier ist Dr. Syndergaard."

Die andere Stimme kam sehr laut aus dem Telefon, und er runzelte die Stirne, indem er den Hörer weiter weg hielt.

„Ich kann Sie sehr gut hören. Ja. Wirklich. Nein, nein. Bitte Frau Jones, geben Sie nicht auf! Haben Sie nur ein bißchen länger Vertrauen! Kommen Sie und besuchen Sie mich morgen! Um wieviel Uhr? Lassen Sie mich sehen."

Er griff nach seinem Tischkalender. Eine Seite nach der anderen wendete er um. Die gesuchte Seite war jene, die er zuerst aufgeschlagen hatte.

„Zehn Uhr dreissig wäre gut, Frau Jones. Sie sind willkommen, auf Wiedersehen!" Er legte den Hörer auf, hielt inne, die Hand noch auf dem Telefon. Er fühlte die Wärme, die von dem Apparat auf seine Hand zurückstrahlte. „Was habe ich gerade gesagt?" fragte er sich selbst. „Haben Sie nur ein bißchen länger Vertrauen!" Vertrauen haben? Worauf? Ich bin kein Prediger, Priester oder Rabbi. Weswegen habe ich das gesagt? Das Telefon läutete wieder. Er spürte die Vibration bis zum Ellenbogen. Er hob den Hörer ab, und der weitere mechanische Impuls endete mit „Dr. Syndergaard spricht". Diesmal zeigte sein Gesicht ein Lächeln. Die Enden seiner Lippen bogen sich etwas aufwärts mit einem leichten Zucken. Man konnte beinahe etwas Mutwilliges darin entdecken.

„Wie geht es meinem kleinen Patienten heute? Du hast? Gut, dann muß ich wohl vorbeikommen. Ja, das werde ich. Sei lieb. Ja! Ja sicherlich. Auf Wiedersehen für einstweilen!"

Es war die gleiche Geschichte, immer und immer wieder. Alt und jung, alle hatten sie ihre Probleme. Alle waren verschieden, doch in ihrem Wesen waren sie gleich. Jedem war sein Problem das dringendste und das wichtigste. Nichts konnte noch mehr eilen. Wie gleich wir doch alle sind, dachte er. Wenn wir alle so gleich sind und unsere Leiden einander so ähnlich, sich nur ihrer Form nach unterscheidend, warum können wir dann keine Mittel dagegen finden, die einfacher sind und eine weniger komplizierte Herstellung voraussetzen? Warum stellen wir so viele Dinge künstlich her, wenn uns die Natur mit allem versorgt, was wir benötigen? Er hielt plötzlich inne und tadelte sich für Gedanken, die ihm doch fremd waren. Hier in meiner Praxis können und dürfen meine Gedanken nicht solche Wege nehmen. Hier, wo meine Patienten behandelt werden, stehe ich unter Eid. Anderwärts ist das anders. Dann überlegte er: Nur hier? Er blickte zur Decke. Mein Eid folgt mir überall hin. Er schaute wieder auf den Tisch und hatte den prosaischen Gedanken, daß der Leuchtkörper an der Decke eine Reinigung nötig habe - zum mindesten ein Abstauben.

Wieder griff er nach Dr. Farnworths Brief, den er jetzt schon mehrere Male gelesen hatte. Er zog die Schublade mit der linken Hand auf und nahm Briefpapier heraus, wobei er nicht sicher war, ob seine rechte Hand den Füllfederhalter finden würde, denn er starrte aus dem großen Fenster. Die mittäglichen Geräusche der Stadt vernahm er nicht. Als er den Federhalter sicher in der Hand fühlte, hielt er ihn ganz fest und saß wie eine Statue. Seine Brust hob sich, wie unter einem schweren Gewicht, seine Augen hingen wie gebannt an irgendeinem Gegenstand auf der anderen Straßenseite. Er schien mehr tot als lebendig. Langsam, den Ellenbogen auf dem Tisch, stützte er den Kopf in die rechte Hand, dann begann er zu schreiben

Dr. Syndergaard hatte seine Praxis und seine Arzneiausgabestelle im Erdgeschoß eines früheren Herrenhauses, das einen alten Glanz zeigte, den die Zeit noch nicht hatte auslöschen können. Seine Praxis nahm beinahe den ganzen ersten Stock ein, mit Ausnahme der Küche und der Wohnung der Bedienung. An der südlichen Front befand sich ein übergroßer Frühstücksraum mit Blick auf einen großen makellosen Garten. Daran grenzte sein Studienraum. Die oberen zwei Stockwerke, eingerichtet im würdevollen Stil vergangener Tage, zeugten von Verfeinerung und Eleganz. Wenn man einen dieser Räume betrat, war man nicht geneigt zu glauben, daß das unterste Stockwerk seine Praxis enthielt.

Dr. Syndergaard stand von seinem Schreibtisch auf. Er knüllte das Papier zusammen, auf dem er zu schreiben begonnen hatte, und warf es in den Papierkorb. Seinen weißen Mantel zog er aus. Dann ging er zum Schreibtisch zurück und läutete der Schwester. Kaum hatte er sich vom Schreibtisch wieder entfernt, trat die Schwester schon ein. Sie war eine hübsche, schicke, junge Person, in ihrer Tracht und der kleinen weißen Haube recht anziehend aussehend.

„Ja, Dr. Syndergaard?" fragte sie.

„Läutete ich Ihnen?" fragte er abwesend.

„Ja, Doktor, Sie läuteten!"

„Oh," sagte er und rieb sich die Stirne. „Ja, natürlich tat ich es. Lassen Sie mich überlegen, was ich von Ihnen wollte. O, ja. Andererseits, es ist nicht so wichtig. Vielen Dank, Frau Gertsch." Seine Stimme klang gelangweilt und etwas verblüfft.

Die Schwester lächelte und erwiderte: „In Ordnung, Doktor", als sie aus dem Raum ging. „Pfhh", sagte sie halblaut zu sich, „hoffentlich wird mein Mann niemals so." Sie war jung verheiratet. Vier Wochen zuvor hatte sie einen Internisten des örtlichen Krankenhauses geheiratet. Nachdem die Schwester die Tür hinter sich geschlossen hatte, dachte Dr. Syndergaard über sich selbst: „Wie stupide kann doch ein Mensch werden." Er schaute in den Spiegel, als er sich die Hände wusch und konnte es sich dabei nicht verkneifen, zu denken: Werden wir wohl mit zunehmendem Alter immer weiser oder bloß närrischer? Manchmal bin ich wirklich im Zweifel." Dann verließ er seine Praxis.

Godfrey Gunderson und seine Frau Elisabeth lebten in Mulholland Drive in Beverly Hills/Kalifornien. Als Direktor mit mehr Zeit zu seiner Verfügung als die meisten Leute, die ihre ganze Zeit und Kraft ihrer Arbeit widmen müssen, war er gewöhnlich von neun Uhr dreissig bis elf Uhr dreissig, manchmal auch bis zwölf Uhr, in seinem Büro.

Los Angeles mit seinen Myriaden von Geschäftshäusern in der Unterstadt schien jedermann zu verschlingen, sobald es neun Uhr war, denn das war die Zeit vor der ersten Kaffeepause, wo die Büros und Läden zu öffnen begannen. Kurz danach setzte ein Strom von Menschen aus Parkhäusern und von Parkplätzen ein, und das Gedränge begann und währte pausenlos bis Mitternacht oder länger.

Nun war es kurz vor Mittag, und Godfrey Gunderson stand vor dem Lift. Leute kamen und gingen an ihm vorbei. Jedermann grüßte ihn und betonte Mister Gunderson. Er war nicht einfach Gunderson. Er war immer Mister. Als er den Lift betrat, grüßte ihn die junge Liftführerin ehrerbietig. Er war so verschieden von all den anderen Männern, die sie kannte. Nie hatte er sich ihr anders genähert denn als ein perfekter Gentleman.

O, sie wünschte sich, jedermann würde sie so behandeln, wie es Herr Gunderson tat. Wenn sie an den Abschaum von Menschen dachte, die sich unter schönen Kleidern verbargen und sich ihr suggestiv aufzwangen, so konnte man nur erwarten, daß sie Herr Gunderson gegenüber völlig anders empfand.

Wie stets lüftete er den Hut, als er den Lift betrat, selbst dann, wenn er der einzige Passagier war.

„Herr Gunderson", sagte sie und wurde merkbar rot, „ich denke über Sie wie von einem Pfarrer. Sind Sie zufällig ein Priester? Sie mögen denken, ich sei verrückt, weil ich dies frage, wo ich doch sehr gut weiß, daß Sie der Präsident der Firma Gunderson sind. Aber ich kann mir nicht helfen, ich sehe Sie immer als Priester... ist das nicht seltsam?" Bevor er antworten konnte, hielt der Lift, die Tür öffnete sich und indem sie in den kleinen gebogenen Spiegel über ihr blickte, sagte sie zu einem draußen wartenden jungen Mann: „Abwärts, abwärts, bitte", worauf dieser den Lift betrat. Die Tür schloß sich, und ein schneller Abstieg brachte sie im Handumdrehen in die Halle. Als sich die Tür öffnete, trat der junge Mann, obwohl er vor der Tür stand, beiseite und sagte: „Auf Wiedersehen, Herr Gunderson!"

Das Liftmädchen wiederholte: „Auf Wiedersehen, Herr Gunderson!" Als er aus dem Lift trat, wandte er sich ihr noch einmal zu: „Ihre außerordentlich interessante Frage verlangt nach einer Antwort, später einmal." Er berührte den Hut und verließ das Gebäude.

Der junge Mann schaute das Mädchen verwirrt an. „Was zum Teufel meint er? Was haben Sie ihn gefragt? Sagen Sie bloß nicht, das Sie ihm geschmeichelt haben!"

Sie wandte sich ihm zu, rot vor Ärger und Empörung, und alles, was sie entgegnen konnte, war: „Machen Sie, daß Sie fortkommen, Sie Wurm!" Und das tat er dann auch, nachdem er ihr Gesicht gesehen hatte.

Godfrey Gunderson schritt die Spring Street entlang. Normalerweise ging er niemals diesen Weg, und es gab absolut keinen Grund für ihn, es jetzt zu tun. Er überdachte, was das Liftmädchen zu ihm gesagt hatte.

„Ein Taxi, Mister?" kam eine Stimme aus einem orange gestrichenen Mietwagen. Es war reiner Instinkt. Gunderson hielt an und wandte sich dem Fragenden zu. „Sehr gut", war alles, was er erwiderte, während er einstieg.

„Wohin, Mister?" fragte der Fahrer und lehnte sich zurück. „3965 Mulholland Drive, Beverly Hills", antwortete er und betrachtete seine Handschuhe.

Nach einer Weile begann der Fahrer zu sprechen. „Wissen Sie, Mister, als ich Sie sah, dachte ich mir 'Mack, dieser Gentleman braucht eine Fahrt.' Stellen Sie sich vor, ich sagte das! Habe ich nicht einen Blick für Kunden? Wissen Sie was, mein Herr? Ich glaube nicht, daß Sie das sind, wonach Sie aussehen!"

„Was meinen Sie damit, mein guter Mann?" forschte Godfrey Gunderson etwas amüsiert.

„O, wissen Sie, nicht die Art von Mann, für die Sie jedermann ansehen würde. Ich meine, Sie sind irgend etwas Besonderes. Wissen Sie was? Ich denke, Sie sind ein Pfarrer. Richtig?" Er bremste heftig und begann über einen Lastwagen zu fluchen, der sich vor ihm in seine Fahrspur gedrängt hatte. „Entschuldigen Sie, Pfarrer, aber diese Kerle sind die eigensinnigsten Tölpel, die man finden kann. Ja, wie ich sagte, ich denke immer noch, daß Sie ein Pfarrer in Verkleidung sind. Richtig?" Und er schaute in den Rückspiegel, um zu sehen, ob sein Fahrgast seine Vermutung bestätigen würde.

„Wie kommen Sie auf diese Idee?" erkundigte sich Godfrey Gunderson.

„Ich erzählte es Ihnen gerade. Wissen Sie was? Ich habe eine Nase für diese

Dinge. Mabel, das ist meine Frau, sagt immer, 'Mack und seine große Nase riechen alles!' Ha,ha! Ich habe eine ganz gute, nicht?" Er schien sich an seinem kleinen Scherz zu erfreuen. „Im Ernst, Mister, sind Sie ein Pfarrer?" fragte er eifrig, die Bestätigung vorwegnehmend.

„Nein", sagte Godfrey Gunderson.

„O, Mabel wird das niemals glauben. Sie wird das niemals glauben, mein Herr. Ich kann darauf wetten." Der Taxifahrer verhielt sich, als ob ihm jemand auf den Kopf geschlagen hätte. Er hatte falsch vermutet. Was würde Mabel sagen!

Es war ein wundervoller Frühlingstag. Als sie den Hollywood Freeway verließen und über den Sunset Boulevard kamen, den Deheny Drive kreuzend, fuhren sie ein paar Häuserblöcke weit den Palm Drive entlang und bogen dann an einer Ecke ab. Der Rest der Fahrt verlief schweigend, jeder war in seine Gedanken versunken.

Zu Hause angekommen, bezahlte Godfrey Gunderson den Taxifahrer, der ihm ergeben die Tür aufhielt und zu ihm sagte: „Vielen Dank, Herr Pfarrer." Er schaute ihm gerade in die Augen und beharrte: „Ich denke immer noch, daß Sie ein Pfarrer sind, Sir."

Er schüttelte den Kopf, als er um das Taxi herumging. Ja, dachte er, Sie können mich nicht für dumm verkaufen. Abraham Lincoln hatte recht. Man kann die Leute nicht dauernd übers Ohr hauen.

Das Taxi fuhr weg, und Godfrey Gunderson trat durch die Eingangstür seines typisch kalifornischen Hauses. Der gegenwärtige Trend im Hausbau bevorzugte diese großen, stattlichen, spanischen Häuser immer mehr. Die Putzfrau war gerade mit dem Saugen der Eingangshalle fertig, als er eintrat.

Das Hausmädchen nahm ihm Hut, Stock und Handschuhe ab und deutete auf das Telefon: „Frau Gunderson rief gerade an, als Sie hereinkamen, und wollte wissen, ob Sie schon da wären."

„Danke, Gertrud!" Er nahm den Hörer und sprach: „Ja, ja, Liebling. Ich bin gerade gekommen." Er schaute sich um, ob das Hausmädchen oder die Putzfrau noch in Hörweite seien, konnte sie indessen nicht sehen. „Du wirst denken, ich sei dumm, aber ich möchte dich gerne etwas fragen." Nach einer kleinen Pause fuhr er fort: „Wie meinst du, würde ein Fremder die Art meiner Beschäftigung einschätzen? Ich sagte ja, es sei eine dumme Frage. Sage mir deinen Eindruck! Ich kenne das. Ich meine, falls du mich nie zuvor gesehen hättest. Ich fühle mich gut. Es ist nur so, daß ich deine Antwort auf meine Frage hören möchte. Das ist alles." Gundersons Mund stand weit offen. „Was sagtest du, ein was?" Er wollte sicher gehen, ob er richtig gehört hatte. „Du mußt dich nicht mit dem Heimkommen beeilen. Es ist alles in Ordnung hier. Wirklich. Gut, bis dann. Auf Wiedersehen, Liebling!" Und er hängte ein.

Kopfschüttelnd ging er in sein Studierzimmer. Bevor er die Tür schloß, blickte er in die Halle zurück und rief: „Gertrud, o Gertrud!"

Das Hausmädchen lief herbei: „Stimmt irgend etwas nicht, Herr Gunderson?"

„Warum soll etwas nicht stimmen, bloß weil ich Sie rief?"

„Ich weiß nicht. Es ist nur so, daß ich ein ganz sonderbares Gefühl habe."

„Was für ein sonderbares Gefühl?" Er schaute sie argwöhnisch an.

„O, nichts. Wirklich nicht."

„Kommen Sie herein, Gertrud. Setzen Sie sich. Ich möchte mit Ihnen sprechen." Er schob sie in den roten Ledersessel am Fenster. „Hörten Sie vielleicht irgendwie, was ich mit Frau Gunderson am Telefon sprach?"

Sie errötete und schaute auf ihre gefalteten Hände. „Ich hörte es unfreiwillig, Herr Gunderson."

„O, das ist schon in Ordnung", versuchte er sie zu beruhigen.

„Nur, wenn ich Ihnen die gleiche Frage stellen würde, was wäre Ihre Antwort, Gertrud?"

Sie zögerte einen Moment, dann sah sie ihm in die Augen und murmelte: „Ein Psychiater."

„Warum um alles in der Welt sagen Sie gerade das?" fragte er überrascht.

„Weil Sie immer zu wissen scheinen, was die Leute denken und was sie tun wollen." Sie richtete ihren Blick herausfordernd auf ihn.

„Bei mir zum Beispiel und bei Frau Gellert, der Putzfrau."

„Wieso bei Ihnen und Frau Gellert?"

„Es ist gerade, als ob Sie die Leute durchschauen könnten, wie ein Pfarrer, wenn er ihnen die Beichte abnimmt. Warum wollen Sie das wissen, Herr Gunderson?"

„Ich werde Ihnen erzählen, was mir heute morgen passiert ist!" Dann berichtete er seine Erlebnisse mit der Liftführerin und dem Taxifahrer.

In diesem Moment öffnete sich die Tür und Frau Gunderson trat ein. Sie war eine noch attraktive Frau trotz ihrer frühen fünfziger Jahre. „Ich war gerade drüben bei Anns Forum, um nach den Karten für morgen zu fragen. Was ist vorgefallen? Was ist los, Gertrud? Stimmt etwas nicht?" Sie ging zu ihrem

Mann, der mit dem Rücken zum Tisch stand, und küßte ihn: „Weißt du, daß du mir einen Schrecken eingejagt hast?"

„Habe ich dich mit meiner Frage erschreckt? Setz dich, Elisabeth. Hier auf das Sofa", bat er und legte ein großes Kissen zurecht. „Nun alles, was ich Dich fragte ..."

Sie unterbrach ihn: „Ich weiß, ich weiß, es ist nur, daß ich selbst neugierig wurde, als ich hier herkam. Kann sein, daß da was dran ist. Ich meine an deiner Frage." Sie drehte den Kopf halb zur Seite. Es sah aus, als ob sie sich an etwas zu erinnern suchte.

Godfrey Gunderson, der mit überkreuzten Beinen noch vor dem Tisch stand, betrachtete den Teppich. „Sobald du meine Frage beantwortet hast, werde ich dir erzählen, warum ich dich gefragt habe."

Elisabeth zog die Unterlippe vor und etwas aufwärts, während sie aufmerksam die Uhr auf dem Kamin ansah. Sie öffnete den Mund und zögerte dann. Es sah so aus, als ob sie etwas sagen wolle, es sich aber anders überlegt habe.

„Wenn du es wissen willst ... manchmal denke ich, du bist ein..." Beide, Godfrey Gunderson und das Hausmädchen, schauten sie erwartungsvoll an. Schließlich meinte sie: „Ein Lehrer."

Er starrte weiterhin auf den Boden. „Du sagtest, ein Lehrer?"

„Ja, ich denke nicht an einen Schullehrer oder Professor. Ich meine jemanden, der andere über sich selbst belehrt oder ihnen hilft, sich besser kennenzulernen. Weißt du, wie ein Pastor oder..." Hier unterbrach sie sich wieder. „Ach, ich weiß nicht. Irgend so etwas, wenn du weißt, was ich meine. Aber warum fragst du?"

Mit über der Brust gekreuzten Armen drehte er sich herum und stand nun vor den beiden. Dann berichtete er erneut, was bis zu diesem Moment geschehen war. Nachdem er geendet hatte, schienen beide Zuhörerinnen erstaunt und fast verwirrt.

„Nun, soll ich noch sagen, warum ich dies wissen wollte? Der Grund ist die unbeantwortete Frage, warum überhaupt das zum erstenmal gesagt und dann auch noch wiederholt wurde."

„Das ist sehr einfach", antwortete seine Frau. „Du bist ein Lehrer, ein Prediger, ein Psychiater und was nicht sonst noch alles. All das ergibt, was du bist - ein Mystiker."

„Das ist genau, was ich meinte, Herr Gunderson", bekräftigte Gertrud lebhaft. „Ich konnte mich nur an das Wort nicht erinnern. Jetzt ist es mir wieder eingefallen. Das ist es genau, Frau Gunderson. Vielen Dank, daß Sie das gesagt haben!" Sie stand auf. „Kann ich jetzt gehen? Es sind noch ein paar Sachen im Backofen." Frau Gunderson nickte.

Nachdem Getrud den Raum verlassen hatte, stand Frau Gunderson auf und ging auf ihren Mann zu. „Was ist los? Komm, sage es mir!" Sie hob sein Kinn sanft an und wiederholte: „Was ist es?"

Er strich mit dem Zeigefinger um ihr Ohr. Dann zog er sich am Ohrläppchen. „Du weißt,"

Sie unterbrach wieder:

„Ja, ich weiß. Der Alchemist!" „Ja", nickte er. „Genau. Ich sehe ihn immer noch."

„Mir geht es ebenso."

„Dir auch?"

„Ja!"

„Was sollen wir bloß tun?" Er hatte dabei einen seltsamen Ausdruck im Gesicht.

In diesem Moment läutete das Telefon. Als Elisabeth ging, um den Hörer abzunehmen, behauptete er: „Das ist Dr. Syndergaard." Er hatte recht. An den Worten seiner Frau erkannte er es.

„Wissen Sie, Doktor, Godfrey und ich standen in diesen letzten Tagen unter dem Einfluß des Alchemisten, und wir sind neugierig, ob es irgend etwas gibt, was wir tun können. Hier, ich lasse Sie mit Godfrey sprechen", und sie ging auf Godfrey zu.

Als er den Hörer nahm, wartete sie mit einem neugierigen Ausdruck im Gesicht.

„Hallo, Doktor! Mir geht es gut. Um ehrlich zu sein - ich weiß nicht, ob ich mich wohlfühlen soll oder nicht. Ich bin irgendwie verwirrt. Sie wissen, einer von den Tagen, an denen die Dinge auf Sie einstürmen und Sie nicht wissen, wie Sie sich dazu stellen sollen. Ihnen geht es genauso? Wie ist das möglich?" Der Ausdruck in Elisabeths Gesicht wurde immer gespannter. „Warum kommen Sie nicht vorbei? Sie sind jahrzehntelang nicht hier gewesen. - Ich weiß, ich weiß, lassen Sie mich Elisabeth fragen!" Er hielt die Hand über die Sprechmuschel, als er sagte: „Der Doktor möchte, daß wir ihn besuchen und mit ihm essen. Er hat Neuigkeiten von Dr. Farnsworth und meint, es wäre wichtig genug, um zu ihm zu kommen."

Sie nickte schnell. „Natürlich gehen wir. Sage ihm, daß wir kommen!"

Er nahm die Hand von der Sprechmuschel: „Wir werden da sein, um welche Zeit?" Er schaute auf seine Uhr. „Gut, da haben wir genügend Zeit, um fertig zu werden. Auf Wiedersehen!"

„Was sagte er über den Alchemisten?" Ihre Augen wurden größer. Mit typisch weiblichem Instinkt fügte sie hinzu: „Weißt du was, ich habe so eine Ahnung, daß da etwas auf uns zukommt, was uns beide betrifft."

Er zuckte die Schultern: „Wer weiß?"

Als Godfrey und Elisabeth Gunderson bei Dr. Syndergaard eintraten, fanden sie den Doktor und seinen Gast, Dr. Farnsworth, in angeregter Unterhaltung. Dr. Farnsworth war kurz vor ihnen angekommen. Nachdem sie freundliche Komplimente über das gute Aussehen ausgetauscht hatten, lächelte Dr. Syndergaard: „Fühlen Sie sich wie zu Hause und machen Sie es sich bequem! Es sieht so aus, als ob wir einen interessanten Abend haben werden."

Elisabeth Gunderson konnte sich nicht enthalten, spontan auszurufen: „O, was für eine angenehme Überraschung kann das sein?"

„Woher wissen Sie, daß es eine Überraschung werden wird?" fragte Dr. Syndergaard zurück. Er griff nach einem Buch auf einem kleinen Tisch, neben dem ein freier Stuhl stand. „Das ist das Buch! Sie wissen, was darin aufgezeichnet ist?"

„Nein", antwortete Elisabeth, „ich weiß es nicht." Ihre Augen schienen größer zu werden, als sie auf ihren Mann blickte.

Hier ergriff Dr. Farnsworth das Wort. „Wir wollen damit aufhören, uns gegenseitig zum Narren zu halten. Wir alle wissen, daß wir gegenwärtig unter dem Einfluß des Mannes stehen, der unser aller Leben verändert hat. Wir wissen nicht, wo er sich jetzt gerade befindet, doch wir wissen, daß wir vier zu irgendeinem Zweck zusammengebracht worden sind. Wenn Sie mich nach dem Grunde hierfür fragen, so kann ich nur sagen, daß ich es nicht weiß. Wenn aber einer von Ihnen es weiß, so soll er frei heraus sprechen." Indem er auf die Gundersons schaute, fuhr Dr. Farnsworth fort: „ Ich habe Sie das nie zuvor gefragt, auch nicht Dr. Syndergaard. Haben Sie den Alchemisten getroffen? Ich mußte über meine Erfahrungen mit ihm an Dr. Syndergaard schreiben. Ich dachte, alles klinge lächerlich, und dann fand ich heraus, daß ich alles jemandem erzähle, der ihn auch getroffen hatte. Dann erinnerte ich mich daran, daß Sie kürzlich erwähnten, unter den Einfluß eines Mannes geraten zu sein, der Ihr Leben geändert habe. Mir kam die Idee, es könne sich um die gleiche Person gehandelt haben. Ich erwähnte dies in meinem Brief an den Doktor." Mit besonderer Betonung schloß er: „Habe ich recht mit meiner Annahme?"

Ohne Überraschung zu zeigen, antwortet Godfrey Gunderson „ja", indem

18

er zu seiner Frau hinübersah, die sehr langsam nickte.

„Gut also", fuhr Dr. Farnsworth fort, „laßt uns dem ins Auge sehen, dies scheint uns alle zu betreffen."

„Aber was ist mit diesem Buch?" wandte sich Elisabeth Gunderson an Dr. Syndergaard.

„Dieses Buch", erklärte jener, „enthält Aufzeichnungen, die während eines Besuches bei dem Alchemisten gemacht wurden. Ich studierte bei ihm in seinem Domizil in den Rocky Mountains, nachdem er von seiner Reise nach Indien zurückgekehrt war. Es enthält meine Aufzeichnungen. Man kann sagen, ähnlich jenen, die Ouspensky machte, als er Gurdjieff zuhörte. Manches mutet sehr ähnlich an, während anderes für einen durchschnittlichen Menschen einfacher ist."

„Gut", unterbrach Godfrey Gunderson. „Was nun?!"

Schweigen folgte. Niemand äußerte sich. Jeder war mit seinen Gedanken beschäftigt. Es war ein angenehmes Schweigen - nicht jene gespannte Atmosphäre, die entsteht, weil Menschen vor lauter Verlegenheit unfähig sind zu sprechen. In diesem Moment mußte so viel gesagt werden, daß man nicht wußte, wo beginnen.

Dr. Farnsworth brach das Schweigen. „Wie haben Sie eigentlich diesen Mann kennengelernt?" forschte er, während er die Gundersons ansah.

„Ich kann es Ihnen erzählen", antwortete Godfrey Gunderson. „Es geht viele Jahre zurück. Wir waren jung verheiratet. Wir hatten so viel Geld gespart, daß wir ihn an seinem Aufenthaltsort damals besuchen konnten. Er war sehr nett zu uns, doch irgend etwas schien so seltsam zu sein." Er schaute Elisabeth an.

„Es war seltsam", bestätigte sie langsam.

Dann fuhr er fort: „ Ich erinnere mich noch an jede Einzelheit. Als wir das Zimmer betraten, sagte er, ohne aufzusehen: „Bitte kommen Sie herein!"

Der Mann, der diese Worte sprach, saß in seinem Sessel und sortierte Post auf dem Schoß. Er schenkte uns wenig Aufmerksamkeit. Mindestens schien es uns so.

„Hier scheint alles so phantastisch - so außerhalb dieser Welt", erwiderte ich. Ich griff nach meinem Kragen, wie wenn es zu heiß gewesen oder aber wie wenn er zu eng geworden wäre. Allein keines von beidem war der Fall. Es war eine verzweifelte Bewegung, die eine innere Aufregung, gemischt mit Unglauben und Neugierde, zu bannen suchte. Vielleicht wäre Verwirrung hier ein passenderer Ausdruck.

„Für manche - ja. Für andere - nein", kam die Entgegnung von dem Mann im Stuhl.

Ich bemerkte: „Sie sehen eigentlich nicht wie ein Alchemist aus. Wenn man sich alte Bilder und anderweitige Illustrationen ansieht, findet man alte Männer, dunkel gekleidet, die über ihre Ofen gebeugt stehen und nach geheimen Formeln etwas zusammenbrauen. Doch Sie...!" und ich unterbrach mich. Es tat mir schon leid, daß ich soviel gesagt hatte.

„Fahren Sie fort", forderte er mich auf.

„Wie alt sind Sie?" kam die unerwartete Frage von meiner jungen Frau, die angelehnt an die offene Tür dastand und schweigend zugehört hatte.

„Nicht sehr alt nach der Rechnung der Menschen, aber vielleicht älter als die Menschen rechnen", kamen die Worte aus dem Munde des Mannes, der unbewegt weiter seine Post durchging, sie in kleine Haufen sortierte, wobei er gelegentlich einen Umschlag einen Moment lang in der Hand behielt und ihn dann, wie sich selbst zunickend, ungeöffnet beiseite legte.

Ich sagte: „Sie antworten wie ein Orakel - niemals eindeutig. Sie lassen Dinge ungesagt, die man interpretieren kann, wie man will."

„Sehr gut. Wie alt sind Sie?"

„24 Jahre nächsten März", war meine eifrige Erwiderung.

„Sehr gut, welcher Tag?"

„Der siebzehnte."

„Hm", war die einzige Reaktion. Dann entstand eine lange Pause, bevor jemand sprach oder auch nur versuchte zu sprechen: Schließlich begann meine Frau: „Für andere sind Sie eine gewöhnliche Person. Entschuldigen Sie, ich meinte es nicht so, wie es klang. Sie wissen, was ich meine - äußerlich scheinen Sie von anderen Leuten nicht verschieden zu sein."

„Fahren Sie fort", hörten wir ihn sagen, während er weiter Briefe sortierte.

„Gut! Sie wissen, was ich meine, und Sie wissen, was Godfrey mit aller Mühe versucht, Ihnen klarzumachen", entfuhr es ihr leidenschaftlich.

„So ist es wirklich."

„Also, warum sind Sie dann so schwierig zu ergründen? So ausweichend mit Ihren Antworten auf unsere Fragen?" Während sie weitersprach, ging sie auf das Sofa zu und setzte sich neben mich. „Wir sind beide von weit hergekommen, um Sie zu sehen und zu sprechen", sagte sie mit versöhnlicher Stimme, denn sie hatte das Gefühl, ihre früheren Worte hätten zu angriffslustig geklungen.

„Ich weiß", war wieder die einzige Antwort, die von dem Sessel her kam. Wieder begann ich mit der Hand nach dem Kragen zu fassen. Ich kämpfte mit mir selber und war mir nicht sicher, wie ich es ausdrücken sollte, was ich sagen wollte, und wußte nicht, mit welcher der vielen Fragen, die ich vor meiner Ankunft so sorgfältig vorbereitet hatte, ich anfangen sollte. Schließlich faßte ich genügend Mut und sagte: „Wir haben für diese Reise, nur um Sie zu sehen und zu sprechen, unser ganzes Geld gespart. Glauben Sie mir, es war nicht einfach. Wir hatten einen langen und schwierigen Weg. Sie forderte uns alles ab, was wir geben konnten. Und nun müssen wir die Rückreise antreten, weil unsere Zeit eng begrenzt ist."

„Ja!"

„Ist das alles, was Sie zu sagen haben, bevor wir Sie verlassen?" bohrte ich hartnäckig.

„Nein !"

„Warum sagen Sie dann nichts?"

Der Mann im Stuhl schaute auf. Er nahm die Briefe und legte sie dicht bei seinen Füßen auf den Boden, die einen rechts, die anderen links. Dann stand er auf. Es gab nichts Ungewöhnliches an ihm. Durchschnittliche Größe, etwas zur Beleibtheit neigend, keine feurigen Augen, nur ein offensichtlich kräftiger und gesunder Mann. Wir beide auf dem Sofa schauten uns an. Etwas Seltsames schien zu beginnen.

Der Mann vor uns veränderte sich - nicht so sehr in plötzlicher Weise, sondern in der sanften Art, in der er zu sprechen begann. Seine Stimme hatte sich verändert. Jedes Wort schien eine besondere Bedeutung zu haben. Seine gesprochenen Worte wurden Bilder, die wir sehen konnten. Wir wurden von einer behaglichen, angenehmen Wärme umfangen, und zu alledem spürten wir, wie sich unsere Einstellung zu dem Manne änderte.

Wenn uns vorher völlige Enttäuschung ergriffen hatte, so wich sie jetzt einem angenehmen Gefühl, das unseren Körper und Verstand zu durchdringen schien. Wir fühlten uns sicher. Ein Gefühl der Zufriedenheit und Ruhe, ja mehr als gewöhnlicher Ruhe, überkam uns. Wir schauten einander einen Augenblick lang schweigend an. Dann wandten wir uns wieder dem Manne zu, der uns in angemessener Entfernung gegenüberstand. In der Mitte des Zimmers sahen wir zu unserer Überraschung ein schwaches Licht hinter ihm. Es war früh am Nachmittag. Keine Reflexion von irgendwoher konnte es verursacht haben. Und da er mit dem Rücken zur Wand, nicht zum Fenster hin, stand, konnte es weder von draußen kommen, noch war so etwas wie ein Spiegel oder ein anderer metallischer Gegenstand sichtbar, der den Schimmer verursacht haben könnte. Es war einfach unheimlich..."

Godfrey Gunderson stand auf und ging zu seiner Frau, die ihm gegenüber bewegungslos im Stuhl saß. „Erkennst du, daß niemand, hörst du, NIE-MAND, unsere Erfahrung bestätigen kann?"

Elisabeth nickte. „Ich verstehe deine Gefühle", tröstete sie ihn, griff nach seiner Hand und drückte sie an ihre Wange. „Ich verstehe nur zu gut, was du fühlst."

„Gut", seufzte Dr. Farnsworth. „Das erklärt, was ich schon immer empfand. Er war es." Er stand ebenfalls auf und wandte sich langsam Dr. Syndergaard zu: „Und was ist Ihre Meinung? Was schlagen Sie vor? Es muß einen Grund dafür geben, daß wir uns hier getroffen haben. Ich weiß nicht, ob ich jemals in einer Situation gewesen bin, in der das Wort seltsam eine tiefere Bedeutung gehabt hätte als jetzt."

Der Alchemist erscheint

Dr. Syndergaard hatte die ganze Zeit schweigend mit geschlossenen Augen dagesessen. Die Augen noch geschlossen, verkündete er: „Wir werden das Vorrecht haben, ihn zu sehen." Seine Worte waren für seine Zuhörer wie ein elektrischer Schock. Es war, als wenn man aus einem unangenehmen Traum in die Wirklichkeit erwacht. Eine Vorahnung erfüllte die Atmosphäre, und alle fühlten eine prickelnde Schwingung, die von seinem Wesen ausging.

„Wann?" war fragend das einzige Wort, das die Stille brach. Elisabeth Gunderson sprach es aus.

„Heute nacht", sagte Dr. Syndergaard sehr langsam, jede Silbe betonend.

Ein Lächeln erhellte die Gesichter. Es war bemerkenswert, wie sich allenthalben die Gedanken im Gesichtsausdruck enthüllten. Dr. Farnsworths Lächeln verriet einiges Erstaunen. Elisabeths Antlitz schien zu sagen: „Ich wußte es - oder hatte eine Vorahnung. Ich fühlte es." Aus den Zügen ihres Mannes sprach mehr die Dankbarkeit, die jemand zeigt, der ein Geschenk bekommen hat. Nur Dr. Syndergaards Miene blieb ausdruckslos. Sie glich der einer Mamorstatue. Sie war ein leeres Blatt. Nach einiger Zeit öffnete er die Augen. Im gleichen Moment klopfte es an die Tür.

„Ja, wir kommen", rief Dr. Syndergaard, so als habe er eine Stimme und nicht bloß ein Klopfen gehört. Es war ein „Ja", das alle Möglichkeiten offenließ. Zu seinen Gästen sagte er: „Das Abendessen ist serviert."

Man verließ die Bibliothek und ging ins Eßzimmer, wo die Kristalleuchter hell strahlten und das angenehme Aroma der mit Kräuter gewürzten Speisen den Raum erfüllte.

Nach dem erquickenden Abendessen hatte man es sich im Garten bequem gemacht. Es war im Monat Mai - die Luft mild und klar. Der Mond bot all seinen Glanz inmitten der funkelnden Lichter des gestirnten Himmels. Das Besondere dieser Stunde war allen noch nicht bewußt, doch bald sollten sie ihre volle Bedeutung erkennen.

Es war Dr. Syndergaard, der feststellte: „Dies ist wirklich eine Nacht, dazu geschaffen, 'die Götter zu treffen', wie die Alten es ausgedrückt haben würden." Der ganze Umkreis schien von Erwartung erfüllt. Wieder bereitete sich das gleiche Schweigen aus wie zuvor.

„Wann genau wird der Mond heute nacht voll sein?" fragte Elisabeth Gunderson.

„Nach zwei Uhr morgens", antwortete Dr. Syndergaard. Kaum hatte er dies gesagt, da erklang die Haustürglocke.

Alle blieben bewegungslos sitzen, als der Gastgeber über den Hof verschwand. Es schien, als ob ein jeder es vorzöge, mit seinen Gedanken allein zu bleiben. So saßen sie und starrten intensiv in die Weite, gerade so, als wollten sie ein großes Loch in die Leere bohren, wünschend, daß das Unbekannte sich in ihm manifestieren möge.

Dann geschah es.

Dr. Syndergaard kam zurück - und mit ihm ein Mann. Es gab nichts Ungewöhnliches oder Bemerkenswertes an seiner körperlichen Erscheinung. Er trug eine Brille. Er hatte freundliche und verstehende Augen mit einem Lächeln in den Augenwinkeln. Sein Mund hatte einen schwer zu beschreibenden Ausdruck. Keineswegs ähnelte das Lächeln dem der Mona Lisa, aber es war auch nicht traurig. Eher sprach es von einem zurückgehaltenen Geheimnis, das er gerne enthüllt hätte, jedoch...

Als Dr. Syndergaard und dieser Mann den Garten betraten, erhoben sich alle drei, blieben indessen an ihren Plätzen.

„Guten Abend", grüßte der hinzutretende Gast. Bevor ihm jemand den Gruß zurückgeben konnte, fügte er hinzu: „Möge Friede sein mit Ihnen." Er nahm die Hand eines jeden einzelnen in die eigene und sprach dazu: „Es ist schön, Sie wiederzusehen!"

Dr. Syndergaard bot ihm einen Stuhl an, und er setzte sich.

Dieses Mal war das Schweigen peinlich. Keiner der Vier schien zu wissen, was er sagen und wie er sich verhalten sollte. Als er diese mißliche Lage erkannte, lächelte der Mann. Das Licht des Gartens schien auf sein Gesicht, und seine Freundlichkeit wirkte erleichternd.

„Kommen Sie von weit her?" fragte Elisabeth, obgleich sie wußte, daß ihre Frage unpassend war.

„Nicht wirklich", antwortete er, noch lächelnd. „Man ist kaum weit entfernt von jemand, dem man so nahe steht", und mit einer Handbewegung fügte er hinzu: „wie ihr Guten und mir so Lieben."

Frau Gunderson war mit dieser Antwort nicht wirklich zufrieden, denn sie fragte weiter: „Aber Sie müssen einen weiten Weg hinter sich haben. Sicherlich sind Sie ermüdet. Möchten Sie sich gerne erfrischen? Möchten Sie irgend etwas haben?"

„Es gibt nichts, was ich lieber hätte, als mit Ihnen allen zusammen zu sein", versicherte er. „Was meine körperlichen Bedürfnisse anbelangt, so seien Sie versichert, daß ich alles Nötige gehabt habe."

„Wir diskutierten den ganzen Abend die besonderen Umstände, die uns heute abend zusammenführten. Außer Dr. Syndergaard, den Sie zuvor informiert hatten, wußten wir nichts von Ihrem Kommen, noch daß Sie heute abend bei uns sein würden. Es ist sehr erfreulich für uns und natürlich gleichzeitig verwirrend, daß Sie uns mit Ihrer Anwesenheit beehren", sagte Dr. Farnsworth.

„Dr. Syndergaard wußte nichts von meiner Ankunft heute nacht, bis vor ein paar Stunden", korrigierte er Dr. Farnsworth.

Dr. Farnsworth sah einen Moment aus, als habe es ihm die Sprache verschlagen, dann hellte sich seine Miene auf.

„Sie meinen, Sie teilten ihm das erst heute abend mit ... das erklärt manches." Sich zu Dr. Syndergaard wendend, fragte er: „Warum haben Sie uns nichts von dem Brief erzählt?"

„Es gab keinen Brief", schaltete sich der neu Hinzugekommene ein, „ich sagte es ihm."

Bei all der Aufregung des Abends wurde es nun den Anwesenden klar, daß die Botschaft seiner Ankunft weder mittels Briefes noch per Telefon oder ähnlichem erfolgt war, sondern durch direkte mentale Kommunikation mit Dr. Syndergaard, als dieser zuvor in seinem Sessel mit geschlossenen Augen dagesessen hatte.

Damit war das Eis gebrochen. Alsbald rückte man näher zusammen. Es schien, als ob sich wieder einmal alte Freunde getroffen hätten. Seltsam, waren sie doch niemals zuvor, soweit sie sich erinnern konnten, als Gruppe beisammen gewesen!

„Entspannen Sie sich einfach", ermunterte sie der Mann, den bis dahin noch keiner beim Namen genannt hatte. Da er diese letzte Barriere fühlte, sagte er: „Ich bin noch derselbe - Euer Bruder, derjenige, der Euch liebt. Dies ist der edelste aller Titel, den man mir geben kann. Ja, ich bin euer Bruder."

„Dies ist die Nacht des Wesakfestes. Vielleicht habt ihr davon gehört, aber einige von euch werden seine Bedeutung kaum kennen. Während dieser Zeit nämlich treffen die Erhabenen Entscheidungen, die das Wohlergehen aller Kreaturen auf Erden angeht. Das Bewußtsein Christi und das Buddhi des Buddha befinden sich in absoluter Harmonie unter der Führung des Allerhöchsten. Jedermann, der sich zu dieser Zeit in die Hierarchie einstimmt, kann teilhaben und unter den Einfluß dieser göttlichen Eingebung gelangen.

Ich bitte euch, in absolutem Schweigen zu verharren, damit wir an diesem Ausströmen himmlischen Einflusses teilnehmen können. Keiner soll sprechen, wenn er nicht innerlich dazu angetrieben wird."

Man konnte die gegenseitige Übereinstimmung fühlen, die offenbar wurde, nachdem keiner mehr sprach.

Ein sanfter Wind strich durch die Eukalyptussträucher. Unverkennbar trug er den Duft von Blumen mit sich. Die Luft war balsamisch. Es war eine der seltenen Nächte, in denen alles in der Natur zusammenklingt, um Glück und Zufriedenheit hervorzurufen. Keine sinnlichen Gedanken oder Gefühle durchdrangen diese Atmosphäre. Alles war still und heiter, voll von Schönheit und Harmonie. Man konnte wirklich sagen, daß dies einer der seltenen Augenblicke war, in denen die Gnade herabströmte - eine Vorahnung des Himmels.

Hätte einer von ihnen auf die Uhr gesehen, so wäre er erstaunt gewesen zu entdecken, daß nicht Minuten vorübergezogen waren, sondern über eine Stunde verflogen war. Allen Anwesenden schien nur kurze Zeit vergangen zu sein, als Dr. Farnsworth das Schweigen brach.

„Trotz all der Schönheit, die ich eben erfahren habe, ist mir die Bedeutung des Wortes Hierarchie noch nicht klar. Bitte sagen Sie uns, was wirklich damit gemeint ist."

Langsam fanden die umherschweifenden Gedanken der Gruppe zurück. Als sich die allgemeine Aufmerksamkeit dem Alchemisten zuwandte, nickte er bedächtig.

„Es scheint eine Fehlvorstellung darüber zu bestehen, wen die Hierarchie der Mystischen Bruderschaft umfaßt. Diese Körperschaft, zusammengesetzt aus Frauen und Männern, die aus den verschiedenen Schulen und Zweigen der Großen Weißen Bruderschaft ausgelesen wurden, überwacht die Entwicklung der Menschheit. Diese Männer und Frauen sind die treibende Kraft in der Menschheit, um sie zu ihrer Erhöhung zu führen. Sie richten ihr besonderes Augenmerk auf jene, von denen man den Eindruck hat, daß sie bei der Förderung humanitärer Zwecke begleitet zu sein scheinen, was in diesen Zeiten so wichtig ist. Alles dies wird erreicht ohne Gewalt oder Zwang. Für alle, die sich in geeigneter Weise in diesen Strom von Vibrationen einschwingen können, ist eine sanfte Führung verfügbar.

Diese gleichen Adepten oder Meister in ihren verschiedenen Entwicklungsstadien sind mitten unter uns anwesend, obwohl man sie gewöhnlich nicht erkennt, weil sie keine Turbane tragen und nicht mit geschmückter Kleidung Aufmerksamkeit erregen. In Wirklichkeit sind sie schwer zu entdecken und geben niemals ihre Identität preis, nur um bekannt zu werden. Sie lehren auch nicht für Geld, sondern nur entsprechend der Liebe und Aufrichtigkeit derjenigen, die sie um Führung bitten. Diese also sind die Arbeiter in der Hierarchie einfach in Erscheinung und Auftreten, aber tief in ihrem Geist der Liebe, großzügig in der Übermittlung von Wissen und beständig bereit zu Hilfe und Führung als demütige Diener des Göttlichen.

Kein Wesen, das ehrlich nach Wissen über die Mysterien des Lebens verlangt, wird unüberwindlichen Schwierigkeiten begegnen, es zu finden. Ist der Schüler bereit, so ist der Meister da. Es ist das Bereitsein des Schülers, das ihm erlaubt, vor dem Meister zu erscheinen. Viele, die sich mit Metaphysik zu beschäftigen beginnen, sind der Meinung, ein Meister werde herabsteigen, um ihnen zu erscheinen. Das ist nicht der Fall. Man muß sich selbst zu dem Zustand erheben, der es einem erlaubt, den Meister innerhalb der Hierarchie zu sehen."

„Für uns ist eine solche Möglichkeit viel zu entfernt", sagte Godfrey Gunderson. „In aller Ehrlichkeit, ich vermag gegenwärtig nicht zu hoffen, daß mir ein Meister erscheinen könnte. Ich wüßte nicht, wie ich mich in seiner Anwesenheit verhalten sollte. Ich weiß bis jetzt nicht einmal den Grund, warum ich hier auf dieser Erde bin. Es gibt viele, die mir alle möglichen Dinge beibringen wollen - wie man die Natur meistern und ihr befehlen, wie man die Natur kontrollieren kann und ähnliches mehr. Wenn jemand, so wie ich, tief in sich eine Unsicherheit über das Leben selbst verspürt, was für einem anderen Zweck das alles dient, außer einer zeitweiligen Befriedigung, warum sollte man dann nach himmlischen Dingen verlangen und suchen oder irdische begehren, wo wir noch nicht einmal den Grund unseres bloßen Daseins verstehen. Ich bin sicher, daß dies nicht nur mir so geht, sondern uns allen."

„Sie haben in der Vergangenheit viele unserer Fragen beantwortet, aber Sie haben auch gesagt: 'Ich werde zwar eure Fragen beantworten, doch es kann sein, daß ich heute bejahend und zu einer späteren Zeit verneinend Antwort gebe. Die Antwort auf eine Frage wird durch die Art bestimmt, wie diese Frage formuliert ist.'

Warum fangen Sie nicht einfach ganz am Anfang an und erzählen uns, was das Leben hier auf Erden bedeutet? Ist diese Frage gerechtfertigt? Wollen Sie uns antworten, ohne dabei dem Kern auszuweichen? Diese Frage steht für sich selbst. Nichts kann ihr hinzugefügt oder später weggenommen werden. Was bedeutet unser Dasein hier auf Erden?"

Godfrey Gunderson hielt inne, er hatte einen wirren Gesichtsausdruck und rieb sich sinnierend mit Daumen und Zeigefinger die Nasenspitze.

„Vor Jahren wurden Sie angewiesen, die Antwort in Ihrem eigenen Innern zu finden", sagte der Alchemist. „Offensichtlich haben Sie noch einige Schwierigkeiten. Gut, laßt uns noch einmal von vorne beginnen."

Er saß aufrecht in seinem Stuhl, und während er tief einatmete, blickte er den vollen Mond an - es schien eine Ewigkeit zu dauern, dann begann er.

Körper, Seele und Geist

„Unser Dasein ist ein Geheimnis für uns. Es verbirgt vieles, was wir gerne wüßten und macht es äußerst schwierig, herauszufinden, warum wir hier auf Erden sind.

Was die Dinge noch verwickelter macht: Man muß auch noch die Einflüsse und die Lehren berücksichtigen, denen man ausgesetzt war, die mit der Kindheit beginnen und vielleicht während des ganzen Erwachsenenlebens andauern.

Es ist nicht nötig, hier bestimmte Einflüsse oder Lehren näher zu erläutern. Es würde unsere Untersuchung nicht beeinflussen, weil sie entweder auf Aberglauben beruhen, wie er zum Beispiel unter den Ureinwohnern von Zentralaustralien oder Neu-Guinea gefunden wird, oder unserer aufgeklärten, intellektuellen Gesellschaft als: Hypothese, Theorie, Dogma oder Glaube entspringen. Nicht wo oder wie das alles stattfindet, hat für uns unmittelbare Bedeutung, sondern daß es stattfindet, ist es, was unsere Aufmerksamkeit erfordert.

Bevor wir fortfahren, ist die erste Bedingung ein ehrlicher Versuch: sich selbst zu analysieren und zu prüfen. Finden Sie alsdann heraus, ob Sie das folgende widerlegen können. Alles danach Eintretende hängt von Ihrer ehrlichen Bewertung einiger Tatsachen ab, denen Sie gegenüberstehen.

Um irgendwelche Zweifel, die bei Ihnen entstehen mögen, zu zerstreuen, lassen Sie mich unwiderruflich feststellen: Es ist nicht meine Absicht, Sie zu bitten, irgendwelche Glaubensansichten, die Sie haben, aufzugeben, seien es religiöse, bruderschaftliche oder sonstige.

Zweitens, lassen Sie uns den Menschen als ein Wesen ansehen, das dreifach ist, was heißen soll, daß Sie aus drei wesentlichen Teilen bestehen: Körper, Seele, Geist. Diese drei wesentlichen Bestandteile sind voneinander völlig verschieden, so wie Blut nicht Holz ist und weder Blut noch Holz Gold sind. Diese Analogie sollte das völlig klarstellen.

Wir werden alle drei wesentlichen Bestandteile getrennt untersuchen, wobei wir mit Ihnen selbst als einer individuellen, körperlichen Manifestation beginnen werden. Sie sind sich Ihres Körpers bewußt. Er hat drei Dimensionen. Alle den Menschen bekannten Größen sind begrenzt. Höhe, Länge, Tiefe und Gewicht zum Beispiel stellen Masse dar, und als solche bezeichnen sie einen Anfang und ein Ende. Die Größe, die Form und das Gewicht Ihres Körpers beweisen das. Ebenso ist jede dem Menschen als Materie bekannte Substanz begrenzt. Ihre individualisierte Erscheinung zeigt es. Diese Regel schließt alle Metalle, Mineralien, Pflanzen und Tiere ein - seien sie nun einzeln oder miteinander verbunden, ebenso Planeten, Sonnen, Galaxien, tatsächlich also jedes bekannte Objekt. Diese Materie kann sich in einem festen, flüssigen, gasförmigen oder im Plasmazustand befinden.

Ihr Körper hat einen Anfang und ein Ende. Geburt und Tod machen dies deutlich.

Nehmen wir an, daß wir bis zu diesem Punkt alle einer Meinung sind, und laßt uns nun die Untersuchung des dreifachen Wesens, das wir darstellen, fortführen.

Nachdem wir die Grenzen des Körpers bestimmt haben, finden wir, daß er belebt ist. Einem toten Körper fehlt dieser Lebensfunke. Nehmen wir ein totgeborenes Kind als Beispiel. Es ist nicht lebendig. Es bewegt sich nicht - auch nicht ein bißchen. Wir erkennen, daß etwas fehlt, was Bewegung in den Körper bringt. Die Ursache, welche die Muskeln in Bewegung setzt, kann nicht gesehen werden. Wir erkennen nur die Manifestation dieses unsichtbaren Lebens an der Aktivität, die es im ganzen Körper entfaltet. Leben, als ein wesentlicher Bestandteil für sich selbst, kann weder gesehen noch gemessen werden, weil es keine Substanz ist - wohl aber in Substanzen vorhanden sein kann.

Woher das Leben kommt, bevor es Ihren Körper betritt und wohin es geht, nachdem es Ihren Körper verlassen hat, wissen Sie nicht.

Wissen und Glauben sind nicht das gleiche. Was Sie wissen, brauchen Sie nicht zu glauben und umgekehrt, was Sie glauben, brauchen Sie nicht zu wissen. Der Unterschied sollte nicht verwischt werden, denn Wissen und Glauben gemischt führt zu Halluzinationen. Entweder glauben Sie etwas zu einer bestimmten Zeit und ergänzen den früheren Glauben durch Wissen, oder Sie verbleiben in Ihrem Glauben aus Mangel an Wissen. Bitte machen Sie eine ehrliche Anstrengung, von nun an die richtige Terminologie zu gebrauchen. Dies ist für eine unparteiische Untersuchung von äußerster Wichtigkeit.

Vorausgesetzt, daß wir mit der vorangegangenen Erklärung übereinstimmen, haben wir festgestellt, daß die Substanz dem Körper entspricht. Die ganze Menge an Substanz, die das Universum füllt, kennen wir nicht. Wir sind uns nur besonderer Teilchen von Substanz bewußt, und zwar in Form von Materie. Solche Ausschnitte aus dem Ganzen sind für uns begrenzt durch ihr Gewicht und ihre Masse.

Um Bewegung in die Substanz zu bringen, ist Leben notwendig. Das Leben selbst vermag man nicht zu messen. Nur die Dauer des Lebens innerhalb der Substanz als eines Ausschnittes des universalen Lebens läßt sich beobachten. Weil Sie nicht wissen, wann und wo das Leben begann und wo es aufhören wird zu bestehen, schreiben Sie dem Leben Ewigkeit zu, das heißt ein Sein ohne Beginn oder Ende. So ist das Leben ewig während.

Eine fehlerhafte Vorstellung herrscht unter den Menschen vor. Das Lexikon wird Ihnen sagen, daß das Wort Geist (englisch: spirit) von dem lateinischen Wort spiritus kommt, was Atem bedeutet. Spirare bedeutet lateinisch atmen. Es bezieht sich auf den Geist als das Lebensprinzip im Menschen. Meine Feststellung, daß Geist Leben ist, stimmt mit der Definition in Webster's Dictionary überein. Hätte Herr Webster hier aufgehört, hätte er eine beträchtliche Verwirrung vermeiden können. Unglückseligerweise hörte er nicht auf, sondern fügte eine Mischung von anderen Erklärungen hinzu. Er fährt nämlich fort, uns zu erklären, daß Geist (englisch: spirit) auch Seele bedeuten könne. Aber wie wir später sehen werden, war das noch nicht genug. Er erläutert weiter und behauptet, daß Geist auch das Denken, das Fühlen, den Verstand, die Intelligenz, den Willen und den Gedanken im Unterschied zur Materie bedeutet - ebenso übernatürliche Wesen, Geister, Engel, Dämonen usw. Dies alles scheint für Herrn Webster immer noch nicht genug gewesen zu sein, denn er ergänzt weiterhin, daß Geist auch eine individuelle Person bedeute, eine Stimmung, ein belebendes Prinzip, eine durch Destillation bereitete Flüssigkeit usw. Da die Definitionen eines Lexikons im allgemeinen als die letzte Instanz betrachtet werden, um einen Streit zu schlichten, scheint kein anderer Weg für eine Entscheidung offen und gangbar. Das ist gegen die Vernunft und wird sich als Irrtum erweisen, wie Sie sehen werden. Lassen Sie mich fragen: Mit welcher Autorität traf Herr Webster seine Feststellungen? Ich bekenne, ich weiß es nicht, aber ich glaube, daß einige auf seiner Auslegung der Heiligen Schrift, beispielsweise der Bibel, beruhen, sobald er Worte wissenschaftlich nicht festlegen konnte. Der Wortschatz des Wissenschaftlers enthält keine Begriffe wie Seele, Geist, Engel, Dämonen usw. Geist ist aber nicht dasselbe wie Seele oder Verstand, was Sie selbst erkennen werden.

Ebenso werden Sie sich selbst beweisen können, daß sich Herr Webster irrte, als er annahm, daß Geist und Seele das gleiche seien.

Sie sind sich also jetzt dessen bewußt, daß dem Körper die Substanz und dem Geist das Leben entspricht. So haben wir zwei der wesentlichen Bestandteile des sterblichen Menschen. Beide sind voneinander verschieden.

Nun lassen Sie uns eine neue Feststellung treffen, die zunächst widersprüchlich erscheint. Obwohl Substanz und Leben (Körper und Geist) nicht das gleiche sind, bilden sie vereint miteinander ein Ganzes. Das bedeutet, daß der Geist (das Leben) nicht getrennt von der Substanz (einem Körper) gefunden werden kann. Wenn man es ganz genau betrachtet, gibt es keinen völlig toten Körper, weil alle Substanz einem beständigen Wechsel unterworfen ist. Dies scheint nun der Vernunft zu widersprechen, denn wir stellten uns ein totgeborenes Kind vor, das kein Leben mehr hatte. In Wirklichkeit handelt es sich hier aber um eine falsche Bezeichnung. Es gibt keinen Tod im äußersten Sinne des Wortes, wenn wir uns nämlich den Tod als das Ende einer Existenz vorstellen. Es sieht nur so aus, sobald man an einen Körper denkt, dem das Leben zu fehlen scheint. Solch ein Wechsel als Bewegung wird durch den Geist (also Leben), der Energie ist, hervorgerufen. Diese Geistenergie innerhalb der Substanz begegnet Widerständen. Das Ergebnis ist ein Kraftfeld. Kraft kann nur in dem Verhältnis erkannt werden, in welchem Energie innerhalb einer Substanz auf Widerstand trifft. Dies ist die Ursache der ständigen Bewegung. Sie ist unendlich ohne Anfang oder Ende und kann deshalb auf Erden nicht geschaffen werden. Wenn auf Erden eine immerwährende Bewegung erzeugt werden könnte, so würde das bedeuten, daß sie vor ihrer Erzeugung nicht existiert hätte, - also wäre es auch keine immerwährende Bewegung.

Dies läßt die dritte Frage noch offen. Was bewirkt, daß der Geist beständig in der Substanz in Tätigkeit ist? Die Antwort lautet: Der dritte der drei wesentlichen Bestandteile ist die Seele.

Mit dieser Feststellung wird deutlich, daß Herr Webster unrecht hat, wenn er Geist gleich Seele setzt und es damit begründet, daß die Seele Bewußtsein oder Verstand sei.

Sie können nunmehr erkennen und unterscheiden, daß

a) das Universum aus Substanz besteht, angefangen von den dichtesten Teilchen bis zu äußerst feinen und subtilen Partikeln,

b) das Universum aus Leben besteht, angefangen von dem kürzesten eben noch meßbaren Impuls bis zu unmeßbarer Unendlichkeit,

c) das Universum aus Bewußtsein besteht, welches alles durchdringt, was es enthält, ferner, daß dieses Bewußtsein das Leben innerhalb der Substanz als Seelenessenz oder Verstand leitet.

Das also sind die drei wesentlichen Bestandteile, die den Menschen als dreifaches Wesen bilden: Körper Geist - Seele oder Substanz Leben Bewußtsein. Als Ausschnitt der universalen Existenz enthält der Mensch alle drei Bestandteile in wechselnden Anteilen. Unvollkommenen Menschen fehlt entweder die Fülle des Geistes, oder sie leiden an einem Defekt der Substanz - verursacht durch ein Ungleichgewicht, weil sie zuwenig Geist haben, der den Körper vitalisieren könnte, oder es fehlt ihnen der richtige Anteil an Bewußtsein. Dieses letzte Dilemma zeigt sich als Mangel an Intelligenz, als unvollkommene Seele, die nach Perfektion strebt. Vollkommene Menschen besitzen alle drei wesentlichen Bestandteile in ausgewogener Menge. So haben sie einen gesunden und ausdauernden Körper, durchdrungen von der Fülle des Geistes und der völligen Kontrolle ihrer Seele.

Es ist die Aufgabe des Menschen, seine Seele von den untauglichen Reaktionen des Körpers (des Fleisches) zu befreien, der leicht zum beherrschenden Faktor wird, weil zuwenig Geist (Lebensenergie) vorliegt. Dies ist in dem Spruch der Bibel gemeint: 'Der Geist ist willig, doch das Fleisch ist schwach.' Eine Schwäche in einem der drei wesentlichen Bestandteile ruft ein Ungleichgewicht im Menschen hervor. Seine Seele kann verlorengehen (die Kontrolle verlieren), wenn die Belange des einen Bestandteiles über die der anderen zu herrschen beginnen.

Es sollte klar sein, daß die Seele verlorengehen, aber niemals zerstört oder vernichtet werden kann. Was verloren ist, kann wiedergefunden werden, ohne Rücksicht darauf, wie lange es verborgen war und in welchem Zustand es wieder entdeckt wird. Mit Sorgfalt kann es wieder hergestellt, geheilt und vor zukünftigem Verlust geschützt werden.

Es sieht so aus, als ob des Menschen größte Schwierigkeit darin bestehe, in Harmonie mit sich selbst als gut ausbalanciertem dreifachem Wesen zu leben. Wird ein solcher Zustand erreicht, so ist der Mensch als Mensch in funktioneller Hinsicht vollkommen geworden. In Ihrem gegenwärtigen Entwicklungszustand, in diesem ewig wechselnden, sich immer ausdehnenden und ewig werdenden Plan kosmischer Evolution ist es für Sie unmöglich, mehr als diese drei wesentlichen Bestandteile zu erkennen, welche die Trinität im All ausmachen. Derzeit läßt sich keine Vorstellung über einen vierten wesentlichen Bestandteil beschreiben, den man den drei bekannten hinzufügen könnte und der nicht schon in den dreien enthalten wäre.

Können Sie sich einen anderen wesentlichen Bestandteil denken als Substanz (Körper), Leben (Geist) und Bewußtsein (Seele)? Wenn Sie es können, sind Sie der einzige bekannte Sterbliche, der eine solche unerhörte Leistung vollbringt.

Nun ist es an Ihnen, mir zu beweisen, daß ich Unrecht habe, indem Sie mir Ihr Wissen enthüllen. Der Nachdruck dabei liegt auf Wissen und nicht auf dem, was es Ihrer Annahme nach sein könnte. Ihr Wissen muß durch Ihre eigene Erfahrung handgreiflich gemacht worden sein.

Wenn das Bewußtsein (Seele) sich innerhalb der mit Leben getränkten Teilchen der Substanz (Körper) des Menschen befindet, ist er am Leben. Das heißt, er ist am Leben hier auf der Erde, wo seine Seele (Bewußtsein) sich befindet.

Wenn andererseits das Bewußtsein seinen Körper verläßt und die Herrschaft über den Geist (Leben) aufgibt, der seinen Körper als Ganzes vitalisiert, trennen sich die Teilchen (Zellen) seines Körpers voneinander aus Mangel an Kohäsion, weil der individuelle Geist (Leben) den Körper verlassen hat. Die Putrefaktion oder Fäulnis trennt die frühere Anhäufung von Zellen in immer kleinere Portionen von festen, flüssigen oder gasförmigen Stoffen oder macht sie zu Wärme. Dann werden sie durch natürliche Prozesse in pflanzliche oder tierische Bestandteile umgewandelt, die als Nahrung dienen können.

Wenn während der Schwangerschaft mehr Substanz als Nahrung für das ungeborene Kind erforderlich wird, so ist das einzig bekannte Mittel, durch welches körperliches Wachstum stattfinden kann, die Zuführung einer solchen mit Leben durchtränkten Nahrung. Das nötige Gleichgewicht zwischen Geist und Substanz ist von äußerster Wichtigkeit. Sollte die Substanz zuwenig Geist haben, der durch die Verdauung befreit wird, so muß er auf andere Weise, zum Beispiel durch einen gesonderten Auszug, ergänzt werden. Solche Extraktionen kann man vor allem beobachten, wenn der Geist aus Pflanzen künstlich herausgezogen wird. Der Geist des Weines ist ein Beispiel. Wie der Name anzeigt, wird nur der Geist aus einer Substanz, in diesem Fall aus der reifen Traube, extrahiert. Denn jede natürliche Substanz enthält Geist, der freigesetzt und zur Ergänzung einer Nahrung mit ungenügendem Geistgehalt verwendet werden kann.

Sobald eine Mutter ihr Kind geboren hat und die Nabelschnur durchtrennt wurde, ist das Kind eine eigene Persönlichkeit. Von diesem Moment an atmet das Kind die Luft ein, die Geist, also Leben, enthält und die Körperzellen mit Leben füllt. Mit diesem ersten Atemzug tritt ein Funken des universalen

Bewußtseins, der Seelenessenz, ein, und der nun belebte Körper wird ein belebtes Seelenwesen. Dieser Vorgang ist in der Heiligen Schrift der Christen niedergelegt, denn die Bibel bestätigt: 'Und der HERR Gott formte den Menschen aus dem Staub der Erde, und er blies in seine Nase den Atem des Lebens, und der Mensch wurde zur lebendigen Seele.'

Dieses Bibelzitat stellt sehr klar fest, daß Erdensubstanz gebraucht wurde, um den Menschen zu formen und zu bilden. Ein Organismus wurde geschaffen, der sich selbst erhalten konnte, indem er Substanzen, die für eine längere Lebenszeit nötig waren, einem eigenen Kreislauf zuführen konnte. Aber eine solche Reproduktion von Substanz war erst möglich, nachdem der Geist, der Atem des Lebens, mit Hilfe der Lungen aufgenommen wurde. Die Lungen luden dann die Flüssigkeit, bekannt als Blut, mit Geist auf. Es ist das Blut, welches als Träger des Geistes dient, um ihm so zu erlauben, zu jeder Zeit alle Teile des Körpers, der Substanz, zu durchdringen. Erst dann wurde der Mensch als ein organisiertes sich selbst genügendes Wesen lebendig. Trotzdem kommt eine koordinierte Kontrolle über den ganzen Organismus erst zustande, nachdem der dritte wesentliche Bestandteil, das Bewußtsein, dem Geiste eingepflanzt worden ist. So wurde der Mensch eine lebendige Seele. Dieser individualisierte Ausschnitt des höheren universalen Bewußtseins, eingepflanzt in das, was man heute als den Menschen kennt, stellt das Meisterstück einer höheren Intelligenz dar. Eine höhere, sich selbst kontrollierende Intelligenz war nötig, um die oberste Kontrolle über den ganzen Körper auszuüben. Dabei war jede selbstbewußte Zelle dem Kommando der Seele unterworfen. Nach der vollendeten Zusammenführung aller drei wesentlichen Bestandteile im Menschen wurde er dann zur lebendigen Seele erklärt. Darin besteht die Bedeutung einer belebten und kontrollierten Materie.

Die letzte Aussage 'lebende Seele' zeigt einen anderen Seinszustand an als bloß einen 'lebenden'. Im ersten Moment sieht es so aus, als ob das einzige Gegenteil zu lebend eben tot sei. Wenn man weiter denkt, möchte man meinen, daß die Seele die belebte Substanz betreten und wieder verlassen kann, wenn auch im Moment vielleicht noch nicht auf eigenen Willen, so doch auf Geheiß einer höheren Intelligenz, als sie der Mensch besitzt. Durch diese höhere Intelligenz, die dem Menschen noch unbekannt ist, bekam er das Bewußtsein seiner unabhängigen Wesenheit.

Der Mensch allein ist das am höchsten entwickelte aller auf Erden erschaffenen Wesen, das durch seine Fähigkeit, zu denken und zu überlegen, über den niederen Arten steht. Es ist das Überlegen, das den Menschen von allen anderen Kreaturen auf Erden unterscheidet. Die dem Menschen am nächsten stehende Entwicklungsstufe ist mit Instinkt ausgerüstet, aber kaum mit der Fähigkeit, klar zu denken und zu überlegen.

Wenn man den Menschen im jetzigen Zustand als eine 'lebendige' Seele ansieht, so läßt sich daraus folgern, daß es einen früheren Zustand als 'nicht - lebendige' Seele gegeben hat. Dies wird in erster Linie deutlich, wenn man sich die Frage stellt, die den Menschen quält, seitdem er ein Bewußtsein hat: Was wird mit der Seele, nachdem sie den Körper zusammen mit dem Geist verlassen hat, der die übergeordnete Energie der Kohäsion einfließen ließ, die alle Zellen seines Körpers vor dem Auseinanderfallen, der Trennung voneinander, bewahrt?

Unsere Erde ist heute der einzige dem Menschen bekannte Platz, wo das Leben so auftritt, wie wir es kennen. Andererseits, wenn das Leben ewigwährend ist, muß es überall gefunden werden. Warum dann aber eine besondere Bezeichnung wie 'lebendige Seele'? Die einzige andere Bezeichnung, die wir finden können, ist das Gegenteil, genannt Tod, wie vorher erwähnt. Mit dem Wort Tod sollte nichts Düsteres verbunden sein. Wir kennen den Tod nur als Gegenteil des Lebens, dem Gesetz der Polarität entsprechend. Im wesentlichen sind Leben und Tod das gleiche, so wie wir den Tag in Tag und Nacht trennen, jedoch beides, Tag und Nacht zusammen einen Tag nennen. Wenn wir das Leben als ewigwährend betrachten, entspricht die Zeit des Todes der Zeit der Nacht innerhalb eines Tages. Deswegen sind beide, Tag und Nacht, nur jeweils eine Hälfte eines vollen Lebens. Dies zeigt an, daß die Seele als Bewußtsein auf die gleiche Weise während des Lebens existiert, wie sie es während des Todes tut. Was könnte einfacher sein, um uns die Dauer des Bewußtseins innerhalb des zeitlosen, ewigwährenden Jetzt verstehen zu lassen?

Der Mensch lebt normalerweise mehr als einen Tag lang. Wir können mit Recht annehmen - bis wir wissen - daß der Mensch mehr als einmal als 'lebendige' Seele leben wird. Wie tief das im Bewußtsein des Menschen verankert ist, kann an den verschiedenartigen Anspielungen erkannt werden, die er auf das Leben nach dem Leben macht. Er spricht von den verlorenen Seelen in der 'anderen' Welt, oder daß die Seele 'verschieden' sei. Das Sich - Scheiden von einem Platz bedingt die Ankunft an einem anderen. Das Abscheiden einer Seele, ein Ausdruck, der über die ganze Welt hin gebraucht wird, zeugt von seinem inneren Wissen, daß es ein Leben danach gibt, eine Überzeugung, die er durch Nachdenken greifbar machen kann. Er nennt es das Leben unter den Toten. Sieht er nicht auch eine Auferstehung für diejenigen vor, die unter den Toten in den Ebenen des Todes auf ein ewiges Leben warten? Der Mensch selber erfand die wundervollste Beschreibung des Lebens, die es je gab: ewigwährendes Leben. Abgesehen von der Annahme 'eines Lebens danach' können Stellen in den Heiligen Schriften gefunden werden, daß der Mensch schon vorher gelebt hat. Wenn wir die Bibel wieder zitieren, finden wir viele Stellen, die sich auf einen solchen Zustand beziehen. Es ist spekulativ, ob das als ein Leben in Knochen, Fleisch und Blut, so wie wir es jetzt kennen, ausgelegt werden kann, aber es ist einwandfrei angedeutet, daß das Bewußtsein fortdauert. Hier sind einige Bibelzitate:

In der Hoffnung auf ein ewiges Leben, mit Gott, der nicht lügen kann, versprochen bevor die Welt begann (Titus 1.2).

Denn durch die Sünde des Menschen kam der Tod, und durch den Menschen kam wieder die Auferstehung von den Toten. Aber einige werden sagen: 'Wie können Tote wieder auferstehen? Und in welchem Körper werden sie wiederkommen?'

Es gibt auch himmlische Körper und Körper der Erde: aber die Glorie der himmlischen ist ein Ding, und die der irdischen ist ein anderes.

Es gibt einen natürlichen Körper, und es gibt einen geistigen Körper (I.Korinther 15).

Wo warst Du, als ich die Fundamente der Erde legte? Zeige mir, wenn Du verstanden hast. Als die Morgensterne zusammen sangen und alle Söhne Gottes vor Freude jubelten (Hiob 38.4+7).

Dann soll der Staub auf die Erde zurückkehren, so wie es war: Und der Geist soll zu Gott zurückkehren, der ihn gab (Prediger 12.7).

Wenn man die ihrer strukturellen Erscheinung nach niedere Substanz von dem Standpunkt aus untersucht, daß der Mensch die am höchsten entwickelte Art ist, gibt es kein Problem. Das offensichtlich auf der Hand Liegende erleichtert diese Aufgabe. Herumzuschauen und einfach anzunehmen, daß auf Erden intelligentes Leben korporale Substanzen bewohnen kann, die anders sind als alles, was die Menschen kennen, ist offenbar unmöglich. Wenn man die Evolution als einen kontinuierlichen Prozeß ansieht, ist es irrational, auch nur zu vermuten, er könne mit dem Menschen beendet sein. Aber wie sehen Arten aus, die höher stehen als der Mensch? Diese Frage erhielt viele Antworten, die bei näherem Beleuchten nicht korrekt waren, weil sie alle mit dem begannen, was dem Menschen ähnlich sieht, und weil sie mit dem aufhörten, was dem Menschen gleicht.

Zweifellos werden Sie sich an die Tage Ihrer Kindheit erinnern, als Ihre Mutter Ihnen zusprach, sich nicht zu ängstigen, nachdem sie den Raum verlassen und das Licht ausgeschaltet hatte. Vielleicht erinnern Sie sich an ein Zwiegespräch, das ungefähr so verlief:

'Nun, liebes Kind, liege still und fürchte dich nicht. Dein Schutzengel wird dich beschützen, nachdem ich hinausgegangen bin und das Licht ausgemacht habe. Er wird dich vor allem Schlimmen schützen.'

'Was ist ein Engel, Mama?'

'Die Engel sind wundervolle Wesen, die bei unserem himmlischen Vater leben.'

'Wo ist der Vater im Himmel, Mama?'

'Er ist im Himmel, hoch, hoch oben, über den Wolken über uns. Und die Engel sind bei IHM.'

'Aber wenn die Engel im Himmel sind, warum fallen sie nicht herunter?'

'Sie haben große wundervolle Flügel - sie können fliegen.'

'Kommen Sie auch hierher?'

'Ja.'

'Warum kann ich sie nicht sehen, Mama?'

'Weil du schläfst, wenn sie kommen.'

'Hat der Vater im Himmel einen Namen, Mama?'

'Ja, sein Name ist Gott.'

'Wie sieht er aus?'

'Er ist sehr alt, weil wir alle seine Kinder sind. Er hat schneeweißes Haar und einen wundervollen Bart.'

'Sieht er wie Großpapa aus?'

'So ähnlich, aber Gott ist viel, viel älter.'

'Können wir ihn besuchen, so wie wir Großpapa besuchen?' 'Nicht jetzt, wir müssen warten, bis er uns ruft. Dann werden wir bestimmt zu ihm gehen.'

'Wann wird er uns rufen, Mama?'

'Ich weiß nicht, niemand weiß das. Wir müssen eben warten. Nun schlaf schön ein. Gute Nacht, Liebling!'

Ein Kuß besiegelt gewöhnlich ein solches Zwiegespräch.

Was sagt uns das? Es bedeutet, daß sich der Mensch nichts Höheres, als was er selbst ist, vorstellen kann. Daraus erklärt sich, warum ein Engel wie ein Mensch aussieht und der Mensch einen Engel als Statue abbildet, die zusätzlich nur Flügel hat, um ihn von normalen Menschen zu unterscheiden. Und was Gott anbelangt, so spricht die vorige Szene für sich selbst. Vater im Himmel. Wie sieht ein Vater aus? Und da haben wir es wieder, der Mensch kann sich kein intelligentes Wesen vorstellen, das höher steht als er selbst. Deswegen leiht er sich ein Bild von dem aus, was er kennt. Was er nicht wahrgenommen hat, weiß er nicht. Genau hier hört es auf.

Wenn man in alten Aufzeichnungen nachsieht, findet man, daß Engel und Planeten gleichgestellt werden. Die einem solchen himmlischen Wesen innewohnende Intelligenz - denn ein Planet hat eine Existenz als Wesen, als Sein, sonst wäre er nicht da, würde nicht sein - ist es, die alles Leben hier auf Erden beeinflußt. Alles Leben - nicht nur den Menschen. Weil solche Planeten nicht herunterfallen, sondern im Himmel bleiben, wo sie in ihren Bahnen um den Thron Gottes kreisen, haben wir die Anschauung von den 'Schwingen' der Engel.

Sogar Erzengel werden erwähnt. Man verbindet sie mit den Sonnen (den Fixsternen). Sind sie nicht alle als Wesen begrenzt? Haben sie nicht irgendwelche Dimensionen, ein bestimmtes Gewicht usw.? Der Mensch kann sich etwas nur in den Grenzen seines gegenwärtigen Verstandes vorstellen. Er kann gedanklich nicht weiter gehen, es sei denn, eine übergeordnete Intelligenz mache es ihm möglich, einen höheren Verstand zusätzlich zu seinem jetzigen zu erlangen.

Der Mensch fühlt eine solche gehobene Intelligenz. Tatsächlich ist er ihr sein ganzes Leben lang gegenübergestellt, nur daß er sie nicht ergründen und erfassen kann. Sie findet sich einfach über oder jenseits seiner gegenwärtigen Reichweite. Wer hat nicht schon Zeichnungen der kleinen Leute vom Mars gesehen? Wie sehen sie aus? Einige sind klein. Andere haben vielleicht einen großen Kopf, riesige Ohren oder überhaupt keine Ohren, statt dessen antennenähnliche Auswüchse am Kopf. Auf jeden Fall aber sehen sie wie disproportionierte Erdlinge aus - wie Menschen.

Diejenigen, die behaupten, sie hätten diese himmlischen Boten gesehen - was sagen Sie, wie diese Boten aussehen? Wie es in der Heiligen Schrift heißt: Da erschien einer vor ihm, der wie ein Mensch anzusehen war.

Wo wir auch hinblicken und wem wir auch gegenübergestellt werden: Anfang und Ende höherer Wesen als der Mensch stellen stets eine Verkörperung seines eigenen Bildes dar.

Die Herkunft der Arten der einzelnen Lebewesen gibt zu den größten Meinungsverschiedenheiten Anlaß. Die Ursache dafür ist, daß man sich der Frage von zwei verschiedenen Seiten her nähert, die dann zusammenstoßen und eine Barriere bilden, die weder der Wissenschaftler noch der Religiöse zu überwinden fähig zu sein scheint. Trotz der Argumente, die vorgebracht werden, haben beide Seiten viel Gemeinsames. Die Wissenschaft geht von der allgemeinen Theorie aus, daß die erste einzellige Erscheinung des Lebens die Leistung einer dem Menschen unbekannten Intelligenz ist. Ferner, daß der Prozeß der Evolution ein intelligentes Verhalten in sich schließt, das aus der ersten Zelle herstammt. Die Wissenschaftler geben selber zu, daß sie nicht wissen, wie das zustande kam. Diese Erklärung beruht auf Tatsachen, die man durch Untersuchung der Naturerscheinungen gewann, insbesondere den Einfluß, den die verschiedenen wechselnden Umwelten auf Nachkommenschaft und Verhalten ausübten. Selbst wenn eine wissenschaftliche Theorie gegebenenfalls nachweisen könnte, daß das Leben aus Gasen wie Wasserstoff, Helium, Sauerstoff und Stickstoff kam, die sich dann zu Flüssigkeiten und schließlich zu festen Stoffen zusammenlagerten - ein Zyklus, der umkehrbar ist und beständig vor sich geht - so wäre der Ursprung dieser Gase noch nicht erforscht. Der Ursprung der ersten Substanz wäre so ungeklärt und wissenschaftlich nicht erforscht wie zuvor.

Die religiöse Methode geht das Problem entgegengesetzt zu den wissenschaftlichen Ableitungen und Untersuchungen an. Sie beginnt mit der Aussage, daß alle schöpferische Tätigkeit in relativ kurzer Zeit abgeschlossen war - ganz im Gegensatz zu dem lange währenden Evolutionsprozess, der von der Wissenschaft gelehrt wird.

Da die Anhänger der Religion sich auf ein übernatürliches Geschehen berufen, das alle Arten hervorgebracht habe, umfaßt ihre Theorie das ganze Universum oder zum mindesten unser Sonnensystem. All diesen Ansprüchen mangelt wissenschaftliche Beweisführung. All diese religiösen Ansichten werden als direkte Offenbarung betrachtet, die Menschen zu verschiedenen Zeiten durch höhere Intelligenz zuteil wurde. Bei Informationen dieser Art weiß man nicht, wie sie zustande kamen und mit welchen Mitteln sie erreicht wurden. Unsere religiösen Informanten sagen uns, daß dem Menschen solche

Mitteilungen in ferner Vergangenheit gemacht und danach eifersüchtig bewacht wurden. Für eine andere Methode, mit der höhere Intelligenzen ihre schöpferischen Anstrengungen manifestiert hätten, blieb keine Möglichkeit offen. Die Bibel und andere Heilige Bücher wurden von ihren Anhängern als alleinige authentische Quellen angesehen, die als einzige von der Schöpfung berichteten und den Schöpfer als Gott bezeichneten.

Wenn man die beiden Ansätze betrachtet, den wissenschaftlichen und den religiösen, steht man der sehr wichtigen Tatsache gegenüber, daß keiner von beiden beweisen kann, wie und warum eine primäre Intelligenz diese Schöpfung hervorgebracht hat. Beide stimmen in diesem Punkt überein, keiner indessen kann seine Behauptungen augenscheinlich handgreiflich machen, weil beide, der Wissenschaftler wie der Religiöse ihren Mangel an endgültigem Wissen mit einer Hypothese oder einem Glauben zudecken.

Dies stellt einen vor die einzig mögliche Alternative: Soll ich fortfahren, einfach bloß zu glauben, oder soll ich meinen Glauben auf die augenscheinlichen Tatsachen aufbauen, die man in der Biologie, Geologie, Paläantologie, Anthropologie und Archäologie findet?

Ein künstlich vom Menschen geschaffener Riß trennt die Meinungen, die von Tatsachen, welche bereits als Wissen feststehen, überbrückt werden könnten. Aber diejenigen, die darauf bestehen, daß eine einmal gegebene Offenbarung nie geändert werden dürfe, weisen diese Überbrückungsmöglichkeit zurück. Etwas anderes als ihren fixierten Standpunkt können sie nicht akzeptieren, so daß für sie eine sich immer weiter öffnende Kluft zum unüberwindlichen Hindernis wird, obwohl diese Kluft beweisbar nur eine Täuschung ist. Für alle anderen dagegen, die sich willig zeigen, die Dinge zu sehen, wie sie sind, liefert ein Konfrontieren der offensichtlichen Beweise und Tatsachen das bestverfügbare Mittel.

Man muß sehr achtsam sein, um all die Annahmen zu entdecken, die zunächst unwiderlegbar scheinen, sich bei einer näheren Prüfung aber als falsch herausstellen. In vielen Fällen verursacht eine übersehene Tatsache - übersehen deshalb, weil infolge zu geringen Wissens zu schnelle Urteile gefällt werden - ein noch größeres Mißtrauen bei zwar uninformierten, jedoch sonst gutwilligen Untersuchern solcher Phänomene. Beispiele, die das bestätigen, gibt es reichlich. Eines davon soll hier gebracht werden.

Unter Wissenschaftlern und religiös Eingestellten gleichermaßen ist die Entdeckung eines Tonscherbens oder eines neuen Papyrus, eines Pergamentes oder anderer Schriften ein bedeutendes Ereignis. Und zwar deswegen, weil hier zwei Dinge zu gleicher Zeit geschehen sind. Erstens ist bei ausgegrabenen Gegenständen das Alter eine offensichtliche Tatsache. Zweitens enthüllt die Inschrift etwas von der Denkweise jener Zeit. Beides sind Tatsachen. Ungeachtet des unbestreitbaren Faktums, daß dieser Gegenstand alt ist, was an seinem Äußeren erkannt werden kann, gibt es keine Garantie dafür, daß es auch wahr ist, was er aussagt. Nehmen wir an, bei der Zeremonie der Grundsteinlegung eines neuen Gebäudes wird eine Kassette in den Eckstein gelegt, der eine Momentaufnahme der Tagesereignisse enthält. Man legt Zeitungsausschnitte hinein, Fotos der Umgebung, Aufzeichnungen über irgendwelche Ereignisse und wissenschaftliche Errungenschaften der Gegenwart. So kann es vorkommen, daß die Zeitung seit kurzem ihre äußere Aufmachung geändert hat. Dies wird dann vielleicht durch den Reporter Art Buchwald etwas ironisch kommentiert, so wie er es öfter mit Tagesereignissen und bekannten Persönlichkeiten macht. Würde das tausend Jahre später, wenn man den Kasten dann findet und öffnet, genau die heute vorherrschende Denkweise aller Zeitungsreporter widerspiegeln? Nehmen wir an, auf der Titelseite wäre ein illustrierter Bericht von der Landung auf dem Mond und der Rückkehr zur Erde. Sie wird vielleicht als das 16. Ereignis dieser Art geschildert, wobei unter Beifügung von Fahrplänen noch kurz erwähnt wird, daß von der Erde stammende Satelliten auf dem Weg zu Venus und Mars sind. Ist es nicht vernünftig anzunehmen, daß diejenigen, die solche Berichte in der Zukunft lesen werden, daraus etwa Folgendes entnehmen werden: Wir versuchen mitzuteilen, daß wir bereits andere Planeten besuchen, da es sich schon um den 16. Mondflug handelt. Kann aus diesem Bericht irgend jemand erkennen, ob es sich um den 16. Rückflug vom Mond innerhalb eines Tages, einer Woche oder eines Jahres handelte? Die bisherigen Erfahrungen beweisen, daß über solche Punkte nicht diskutiert wird. Das Alter und die Herkunft scheinen gesicherte Tatsache zu sein. Wie verhält es sich aber mit den Inschriften? Über sie sollte man diskutieren. Genauso ist es bei Funden in unserer eigenen Zeit. Wir haben keine Garantie dafür, daß die Texte den Tatsachen entsprechen. Die Erfahrung lehrt, daß man nur die Zeit einer solchen Aufzeichnung genau bestimmen kann. Es muß wiederholt werden: Es gibt keine automatische Garantie für die Glaubwürdigkeit des Inhalts. Botschaften können ebenso trügerisch, absichtlich irreführend, humorvoll oder ironisch gemeint sein, allein sie können auch genau den Tatsachen entsprechen. Kein Wunder, daß Wissenschaftler und religiös

Eingestellte so begierig sind, alte Aufzeichnungen, egal welcher Art, zu finden. Sie hoffen, damit bereits bekannte Tatsachen erhärten zu können. Sie hoffen, weiterhin Verbindungsglieder zu finden, die ihr Puzzlespiel vervollständigen könnten. Das Vertrauen des religiös Eingestellten wird dadurch zu einem festen Glauben gestärkt, der zur Untermauerung das Wissen braucht. Unglücklicherweise kann in diesem Fall nur empirisches Wissen anerkannt werden, das aus einer Überzeugung entspringt und dann seinerseits den Glauben wieder stärkt. Eine Erhärtung und Bestätigung der Tatsachen ist immer erreichbar, aber nicht alle Bestätigungen erweisen sich am Schluß als richtig. Für jene, die religiöse Ideen zu einem von Menschen gemachten Glauben oder gar zu Dogmen ausbauen, die einander gelegentlich sogar widersprechen können, wird dies zur Falle.

Man erhält so aus Worten geschmiedete Waffen, um damit diejenigen zu attackieren, die sich weigern, vorgefaßten, auf unsicheren, ewig wechselnden Annahmen beruhenden Meinungen zuzustimmen. Sobald infolge eines Mangels an Wissen ein religiöser Glaube von jemand angenommen wird oder jemand seinen Glauben gewechselt hat, gilt dies als Beweis der eigenen Unfehlbarkeit. Während diese Schlüsse und Folgerungen in Wirklichkeit nur versuchsweises Stützwerk sind, werden sie bereits als unwiderleglich angesehen.

Bruderschaften, mystische und metaphysische Organisationen und Gruppen sind nicht viel besser. Zugegeben, manche bauen ihre Lehren auf die Erfahrung ihrer Vorgänger auf. Sie, die selbst ohne Erfahrung sind, hängen an strikten Ritualen und Zeremonien als äußerem sichtbarem symbolischem Offenbarwerden, die eine Suche nach dem Wesen irgendwelcher Phänomene, wie gesprochene Worte oder ritualistische Erbschaften, erkennen lassen.

Keine von diesen Gruppen kann, weder allein mit wissenschaftlichen Postulaten noch allein mit religiöser Hingabe, irgendwelche greifbaren Tatsachen vorweisen, geschweige denn die Frage, wie alle die Arten hier auf Erden entstanden sind, befriedigend beantworten. Ganz abgesehen von den Vorgängen im Weltall, bei denen möglicherweise komplizierte Substanzen eine Rolle spielen. Weder die Wissenschaft isoliert für sich, noch die Religion allein, kann diese Frage beantworten. Anders wäre es, wenn die Erkenntnis der drei wesentlichen Bestandteile im Bewußtsein der Menschen vorhanden wäre. Sodann könnte eine Synthese von Wissenschaft und Religion eine teilweise Antwort erbringen, die genügend erklären würde, was wir nicht wissen. Wir könnten so gleichzeitig uns der letzten Quelle bewußt werden, die, zeitlos und ewig, durch sterbliche Menschen nicht ergründbar ist, die nur ein Ausschnitt eines unbekannten Alls sind und zudem an den Dingen hängen. Wir erkennen, daß ein sich immer mehr vergrößernder geistiger Horizont mehr enthüllen und so dem Bewußtsein des Menschen helfen wird, sich auszudehnen. Aber, daß der Mensch erdgebunden durch seine Begrenztheit, selbst nur ein Ausschnitt eines unbegrenzten Ganzen, jeweils das Ganze verstehen könnte, von dem er doch bloß ein Atom ist, bleibt gegenwärtig unvorstellbar. Trotzdem existiert diese Möglichkeit, jedoch erst, nachdem der Mensch diese Existenz als begrenztes Erdenwesen überschritten hat. Bis zu dieser Erkenntnisschwelle haben Wissenschaft und Religion keine Antwort.

Viele andere Beispiele und Analogien wären noch zitierbar, um noch mehr zu illustrieren, was hier ausgeführt wurde. Wesentliches ließe sich indessen nicht hinzufügen. Die Frage nach seinem Ursprung wird Ihnen Ihr Körper allein nicht beantworten.

Ihre Vorstellungen von dem, was Sie gehört oder gelesen und von dem Sie auch glauben, es verstanden zu haben, entsprechen oft nicht dem, was gemeint war. Dies offenbart, daß das bei Ihnen gerade vorherrschende Interesse bestimmend ist für das Maß Ihres Verständnisses des Dargebotenen und außerdem den Grad Ihrer Bereitschaft, es in Ihr Denken aufzunehmen oder zurückzuweisen.

Solange Sie darauf bestehen, zuerst herauszufinden, ob das Gesagte mit Ihrer Meinung übereinstimmt, beharren Sie auf einem Vorurteil. Ihre Bereitschaft, zuerst zu fragen, bevor sie mit etwas übereinstimmen können, weist Sie als einen Menschen aus, der gründlich nachdenkt und einen weiten Horizont hat. Nicht alle Menschen scheinen den Unterschied zwischen diesen beiden Verhaltensweisen zu erkennen, einen Unterschied, wie er etwa auch zwischen den beiden Aussagen besteht: 'Wir werden uns zwischen Weihnachten und Neujahr wiedersehen' und 'Wir werden uns zwischen Neujahr und Weihnachten wiedersehen'. Bei der ersten Aussage dreht es sich nur um etwa eine Woche Zwischenzeit, im zweiten Falle sind es etwa 51 Wochen. Bei solchen Bemerkungen mangelt es an Überlegung. Glücklicherweise kommen derartige gedankliche Fehlleistungen nicht oft vor; sie verraten jedoch in jedem Fall den niedrigen Intelligenzgrad des Sprechers.''

Alle vier waren wie gebannt, als ihnen dämmerte, daß ihre Frage eine Antwort gefunden hatte. Es war die Antwort, nach der sie immer gesucht hatten. Bis zu diesem Zeitpunkt war niemand fähig gewesen, ihnen die Sachlage zu enthüllen. Ja, wirklich, dies bedeutete eine Offenbarung ähnlich den Offenbarungen von Sehern und Propheten. Es war kein Erzeugnis des menschlichen Verstandes und kam aus direkter Offenbarung.

„Jetzt verstehe ich, warum Sie zu der Zeit des Wesak-Mondes zu uns kamen", bekannte Elisabeth Gunderson.

„Ja, die Natur der Hierarchie und ihr Zweck wurde mir offenbar", fügte Dr. Farnsworth hinzu. „Das bewußte Licht der Hierarchie ist auf mich herabgestiegen."

„Wäre es nicht besser, zu sagen, daß wir zu den höheren Ebenen durch die Vermittlung unserer älteren Brüder emporgehoben wurden? Infolge unseres Aufstieges in größere Höhen waren wir fähig, das zu sehen und zu erfahren, was wir früher nicht sehen und erfahren konnten", bemerkte Dr. Syndergaard.

Schweigen breitete sich im Garten aus. Der sanfte Wind hatte aufgehört. Wie im Gleichklang hob jeder von ihnen den Kopf und lauschte intensiv. Dann wurden sie sich plötzlich eines wunderbaren Rosenduftes bewußt, der die Luft erfüllte. Es war, als ob unsichtbare Hände Girlanden von Rosen durch die Luft wanden, obwohl doch kaum eine Rose im Garten blühte. Einer nach dem anderen atmete tief ein.

„Ich muß eine wundervolle Vorstellungskraft haben", meldete sich Godfrey Gunderson. „Die Luft duftete, als sei sie mit Rosen erfüllt." Ehe er fortfahren konnte, bestätigten die anderen diese Wahrnehmung.

„Wie spät ist es eigentlich?" wollte Godfrey nunmehr wissen.

„Fast zwei Uhr", antwortete Dr. Syndergaard.

„Das ist sehr spät", bemerkte Godfrey sachlich und fügte auffordernd hinzu; „Sie müssen alle recht müde sein. Wir gehen besser."

Aber es blieben alle noch besinnlich sitzen und betrachteten weiterhin unverwandt den untergehenden Wesak-Mond.

Mystiker, Lehrer und Gesellschaften

Eine Wildtaube gurrte in einem Baum. Es waren ungewöhnliche Laute, die man in Dr. Syndergaards Umgebung nicht oft hörte. Tatsächlich konnte er sich überhaupt nicht erinnern, sie in seinem Garten je vernommen zu haben. Die Sonne schien strahlend vom wolkenlosen Himmel. Die Kondensspur eines hoch fliegenden Düsenflugzeugs stand im klaren, azurnen Blau und löste sich allmählich wieder auf. Dann drangen Laute vom Garten herauf. Irgendwelche frühen Vögel, grübelte Dr. Syndergaard. Sie können nur ein paar Stunden geschlafen haben - wenn sie überhaupt schliefen, dachte er. Dann öffnete er die Tür und ging auf die Terrasse hinaus. In diesem Moment erschienen Dr. Farnsworth und der Alchemist.

„Guten Morgen", grüßte Dr. Farnsworth.

Der Alchemist streckte Dr. Syndergaard seine Hand entgegen. „Haben Sie gut geschlafen?" fragte er und fügte hinzu: „Ein wundervoller Morgen, nicht wahr?"

Dr. Syndergaard lächelte. „Ihre erste Frage muß ich verneinen. Tatsächlich habe ich nicht eine Spur von Schlaf gefunden. Ich war so mit allen Problemen beschäftigt, mit allen Fragen, die von Ihnen letzte Nacht beantwortet wurden. Es war ein Neudurchdenken früherer Ideen. Das Wichtigste, das, was mir am meisten zu überlegen gab, war: wie konnte ich je die Bedeutung des Geistes so sehr mißverstehen."

„Sie haben nicht mißverstanden, was Geist bedeutet. Es scheint mir vielmehr, daß es Ihnen von Anfang an nicht klar war. Gleich vielen anderen zogen sie keine Grenze zwischen Geist und Seele. Es bestand da kaum ein Unterschied für Sie."

Dr. Farnsworth lächelte. „Dies gilt für mich auch. Es ist mir nie aufgegangen, was für ein großer Unterschied zwischen Geist und Seele besteht." Er wandte sich zu dem Alchemisten. „Vielen Dank dafür, daß ich nun eine klare Definition habe."

Alle drei gingen langsam über den Rasen auf die Garage zu. Von dieser konnte man nicht viel sehen. Sogar das Dach war mit dem glorienhaften tiefen Purpurrot der Bougainvillea bedeckt. Sie waren eben an dem Gebäude angekommen, als ein Wagen vorfuhr. Es waren Godfrey und Elisabeth. Die drei

Männer warteten, bis der Wagen hielt.

Elisabeth stieg aus, und ihre ersten Worte waren: „Fein, ich sehe, Sie sind schon auf und draußen. Wir dachten, wir wären die ersten, die aus dem Bett kamen." Sie lachte herzlich. „Wissen Sie was?"

Bevor sie etwas hinzufügen konnte, steckte Godfrey, der noch im Wagen saß, den Kopf aus dem Wagenfenster und sagte: „Ja, wissen Sie was? Wir gingen ordnungsgemäß zu Bett, aber dann sprachen wir die ganze Nacht über und haben nicht eine Spur geschlafen."

Er stieg aus und ging zu den drei Männern, denen seine Frau gerade einen guten Morgen wünschte.

Ein herzliches Lachen begrüßte die neu Hinzugekommenen, und nach kurzer Zeit saßen sie alle auf der Terrasse, wo das Frühstück bereits serviert war, wie es schien, von unsichtbaren Händen, denn niemand hatte eine Bedienung gesehen.

Während sie ihren Kräutertee tranken - sein Aroma verriet eine ausgesuchte Pflanzenmischung - sagte der Alchemist: „Es ist meine persönliche Zusammenstellung. Ich hoffe, Sie mögen ihn."

„Ausgezeichnet", rief Elisabeth Gunderson aus. „Ich habe niemals etwas ähnliches getrunken. Was ist es?"

„Nur einige gewöhnliche Pflanzen, die andere als Unkraut bezeichnen", erläuterte er. „Schauen Sie, können Sie diese kleine Pflanze sehen?"

Er stand auf und ging von der Terrasse hinunter, bückte sich und pflückte ein Blatt Löwenzahn und daneben, eng an den Stufen, ein Wegerichblatt. Am Tisch zurück, sagte er: „Manche Leute nennen dies Unkraut. Ich nenne sie die Engel des Gartens."

Elisabeth lachte. „Das ist nicht der Name, den unser Gärtner benutzt."

„Ja", seufzte er; „nicht jeder weiß, was in diesen Blättern verborgen ist."

Dr. Farnsworth hörte amüsiert zu. Sich zu dem Alchemisten wendend, meinte er: „Jeder von uns hier stirbt beinahe vor Neugierde, etwas über Sie zu hören, über Ihr Leben. Wie Sie das alles erreicht haben? Sie verstehen, was ich meine. Wie Sie dazu gekommen sind, diese Dinge alle zu wissen. Sie müssen sehr früh in Ihrem Leben damit angefangen haben. Zum Beispiel, ich selbst: Wenn ich jetzt beginnen würde, so wäre es nur zu offenkundig, daß ich zu alt wäre."

Der Alchemist schüttelte den Kopf. „Wie alt ist alt? 'Ich bin zu alt, um so etwas zu beginnen', sagte ein Mann zu einem anderen, als er hörte, daß dieser sich auf eine geistige Reise begeben hatte, die ihn in unbekanntes Land führen würde. Er meinte, daß geistige Belange berücksichtigt werden sollten, solange man jung ist. Gleichzeitig war er einer von denen, der, als er noch jünger war, immer sagte: 'Sobald ich mehr Zeit haben werde, wenn ich einmal älter bin und mich zur Ruhe gesetzt habe, dann werde ich all das studieren, was jetzt eben infolge Mangel an Zeit zu warten hat.'

In einem Brief, den ich einmal erhielt, stellte ein Mann fest, daß er jetzt zu alt für ein Studium der Esoterik sei, weil er bereits 66 Jahre zähle. Gleichzeitig hatten wir in einer Studiengruppe kürzlich einen Frater, der 78 Jahre jung war. Seine geistige Wendigkeit, die Begeisterung und der Eifer, den er während der anstrengenden Studienzeit zeigte, würde manchen jüngeren Mann beschämt haben. Seine kühnen Einsichten und die Erfahrungen, die er während seines Aufenthaltes auf diesem Planeten gesammelt hatte, steigerten sich mit seinen Erfolgen während dieser Zeit zu einem Höhepunkt. Und nicht nur das; obwohl er nach seinen eigenen Worten für ein Jahr lang genügend Arbeit und genügend zum Verdauen mitbekommen hatte, hoffte er, daß er im folgenden Jahr wieder eingeladen würde, zurückzukommen.

Nun lassen Sie uns die Sache ansehen: Wann haben wir jemals genug Geld und Zeit, um zu tun, was wir wollen? Manchmal haben wir nur wenig Geld und kaum Zeit. Zu anderen Zeiten haben wir wieder etwas Zeit zur Verfügung, aber keine Hilfsmittel, nichts von den wesentlichen Materialien, die wir benötigen, um arbeiten zu können. Die meiste Zeit hören wir, daß nicht genügend von einem der beiden dagewesen sei - nicht genug Geld, um weiterzumachen, und nicht ausreichend Zeit, um all das zu tun, was hätte getan werden sollen.

Wenn wir bloß herumsitzen und auf Zeit oder die nötigen Hilfsmittel warten, ohne selbst etwas beizutragen, dann ist es sehr unwahrscheinlich, daß wir überhaupt vorwärtskommen werden, ganz zu schweigen von irgendwelchen Reisen, seien sie nun physisch oder rein geistig."

„Aber nicht jedermann hat Gelegenheit, in seiner Jugend damit zu beginnen. Braucht man nicht irgend jemand, der einem den Weg zeigt oder der einem auf den Weg zu einem solchen Wissen hilft?" fragte Elisabeth. „Selbst ältere Leute hätten gern etwas Hilfe."

„Ja, wir hören es immer und immer wieder im Leben, aus allen Richtungen und von alt oder jung", bestätigte der Alchemist. „Ich möchte gerne...' oder 'ich wünsche mir sehr...', und dann folgen die Wünsche des einzelnen. Solche und ähnliche Sätze hören wir nur zu oft. Was danach kommt, ist in der Regel eine

Verneinung, die bekräftigt, was am Anfang gesagt wurde, nämlich ein zweifelhaftes Unterfangen.

Irgend etwas, was wir lieben, oder etwas, was wir gerne tun wollen, wird durch bestimmte Begrenzungen behindert. 'Ich möchte gerne studieren, habe aber jetzt keine Zeit dazu', oder 'ich möchte unbedingt ein Buch lesen, habe aber kein Geld, es zu kaufen - deswegen muß ich nur noch ein bißchen warten, bis ich es mir leisten kann.' Wie positiv wäre dagegen ein entschlossenes 'Ich will!' - Ich will nicht, ich wünsche oder ich möchte gerne, wird dann den Unterschied ausmachen. Große Frauen und Männer gingen davon aus, das zu verwirklichen, was sie verwirklichen wollten. Ihr ganzes Dasein war darauf ausgerichtet. Sie wußten, was sie wollten. Bei einer oberflächlichen Betrachtung mag das als unbedeutend erscheinen und nur als ein Wortspiel. Doch es steckt mehr dahinter als auf den ersten Blick erkennbar wird. Wenn ein Gesetz erfüllt oder eine Kraft in Bewegung gesetzt wird, so muß dieser Anstoß eine Manifestation zur Folge haben. Der Wille, etwas hervorzubringen oder etwas in Bewegung zu setzen, ist es aber, der die Handlung oder die sichtbare Manifestation auf der materiellen Ebene je nach dem angewandten Gesetz hervorbringt. Der Intellekt muß gleichermaßen aktiviert werden, wenn nicht, bleibt er in seinem latenten Zustand und wird nur unmerklich, dem evolutionären Prozeß folgend, angetrieben, durch höhere Kräfte vorwärts zu schreiten. Als höhere Kräfte einige dieser uns bekannten Gesetze anwandten, so war es, weil sie es wollten, und danach geschah es so."

Dr. Syndergaard räusperte sich. „Ich denke nicht, daß es ganz so einfach ist. Wenn es so wäre, könnte jedermann diese Dinge verstehen wie ein ABC. All dies erscheint mir als sehr schwierig, einfach deswegen, weil es zu viele Zweifel gibt, die der Mensch in seinem Leben zu überwinden hat." Forschend schaute er den Alchemisten an: „Meinen Sie nicht auch?"

„In Ihrer Denkweise erscheint es so, aber für einen tapferen und vertrauensvollen Menschen ist es nicht schwierig. Nur der zweifelnde Schwächling findet es unmöglich. Ein Ziel zu erreichen, setzt die Kraft voraus, sich zu entscheiden, und eine besondere Anstrengung dazu. Wer selbstzufrieden ist und nicht mehr erreichen will, als er unmittelbar gerade braucht, wird wesentlich weniger erreichen als derjenige, der sich ganz speziell anstrengt. Diese ganz besonderen Anstrengungen erhoben den Menschen über die Tiere und über die primitiven Menschen. Ihre Zielstrebigkeit bewirkte den Fortschritt. Voraussicht und Sonderbemühungen sind erforderlich, um anderen auch nur neue

Gedanken einzuflößen, ganz zu schweigen davon, zu erreichen, daß sie sie dann in die Tat umsetzen. Der hemmende Einfluß eines unentschlossenen Verhaltens ist äußerst negativ, denn es erwürgt die Idee, bevor sie übermittelt werden kann. Dann wird daraus eine Totgeburt ohne die Aktivität, die normalerweise allem Leben eingepflanzt ist.

Wenn wir einmal von der Richtigkeit eines bestimmten Zieles überzeugt sind, dann wird die Höchstleistung aus Begeisterung zu einer leichten Sache. Wenn wir unsere Absicht mit der höchsten Wichtigkeitsstufe bewerten, wird das den Prozeß beschleunigen. Es wird mehr Aufmerksamkeit auf das erwünschte Resultat gerichtet, als wenn man dem Zufall die Bewertung überlassen hätte. Die Bedeutung und der Gewinn, die eine Verwirklichung mit sich brächten, sollten alles andere überragen. Schwierigkeiten stören weniger, wenn man voller Anregung sieht, wie die Idee wirklich Form und Gestalt annimmt. Eine besondere Anstrengung macht es so möglich, in kürzester Zeit das zu erreichen, was sonst einen langsamen und häufig enttäuschenden Kurs eingeschlagen hätte.

Diejenigen, die sich eines sinnvollen Zieles nicht bewußt sind, können keine Begeisterung hervorrufen. Sie sehen keinen Grund, eine besondere Anstrengung zu unternehmen oder einer entmutigenden Opposition fest entgegenzutreten. Ihnen fehlen das Vertrauen und der Glaube an die Gesetze, die sie anwenden. Wer eine Absicht faßt oder ein Ziel ansteuert, muß, sobald das geschehen ist, die Begeisterung zeigen, die ihm den Mut verleiht, Widrigkeiten leichter zu überwinden, so daß der Glaube und das Vertrauen ihre Erfüllung auf den höheren Ebenen finden können, entsprechend den angewandten Gesetzen. Dort werden wir alles Wissen und das größere Licht finden, die beide unerläßlich für unseren Fortschritt und unsere Entwicklung sind. Für die Furchtlosen und Glaubensstarken ist nichts schwierig!"

„Würde dies nicht einen beträchtlichen Glauben an oder ein erhebliches Vertrauen in diejenigen, die solches lehren, oder auf die Lehren selbst erfordern?" fragte Godfrey Gunderson.

„Vertrauen, aber kein blinder Glaube", antwortete der Alchemist, „wird bei allen in gewissem Maße gefunden. Einige haben mehr, andere weniger. Bewußtsein zu haben und Vertrauen dazu - das sind wundervolle Eigenschaften. Sich dessen bewußt werden, was gesagt oder gelehrt wurde, verlangt eine sorgfältige Aufnahme voller Aufmerksamkeit. Wirrköpfe sind unzuverlässig. Sie haben für alles eine Entschuldigung. Ihr einziger Beitrag für die menschliche

Gesellschaft besteht in der Abschreckung.

Ein Mensch voller Vertrauen braucht dies nicht unbedingt auf religiöse Vorstellungen zu beschränken. Hier sprechen wir von vertrauenswürdigen Individuen. Vertrauen haben ist kein Zustand, den man erzwingen kann, sondern der aus Freiwilligkeit erwächst. Vertrauen haben, bedeutet Zuversicht und Hoffnung. Wer wesentliche Gesetze gelehrt bekommt, der sollte sich der Erleuchtung bewußt werden und seinem Lehrer Vertrauen und Glauben entgegenbringen. Wenn dann die gegebenen Lehren angewandt werden, wird man schnell den Scheidepunkt erreichen, von dem ab man die Richtigkeit selber nachprüfen kann. Dieses ist dann die Belohnung dafür, daß man am Anfang sich der Dinge bewußt war und Vertrauen hatte.

Studenten der Alchemie müssen diese wesentlichen Qualitäten besitzen. Man hat sich dessen sehr genau bewußt zu sein, was von anderen aufgezeichnet wurde. Von anderen, die persönlich erfahren haben, daß sie das erhielten, was nach den Schriften der Lohn eines vertrauensvollen Verhaltens sein sollte. Ungeduld und Zweifel sind die größten Hindernisse, wenn man die Gebiete der Alchemie betritt. Wenn man als nicht existent erklärt, was unsichtbar oder im Moment noch nicht realisierbar ist, so schafft man ein Hindernis, das nur durch ein bewußtes und vertrauensvolles Verhalten gegenüber dem Gelehrten überwunden werden kann."

Dr. Farnsworth hatte diesen eingehenden Ausführungen mit großem Interesse gelauscht. Er wollte soeben unterbrechen, als Elisabeth Gunderson sich mit einem tiefen Atemzug zu reden anschickte. „Bei mir ist es nicht nur der Mangel an Vertrauen. Mir scheint, daß nicht Vertrauen allein eine wesentliche Voraussetzung ist, um Erleuchtung durch Wissen zu erlangen. Hängt es nicht zu einem großen Teil ebenso von dem ab, was demjenigen zuteil wird, der so sein Vertrauen und seine Zuversicht zeigt?"

„Völlig richtig", bestätigte der Alchemist und streckte Elisabeth seine Tasse hin. Sie hatte ihm die erhobene Teekanne zugeneigt, mit dieser Geste fragend, ob er noch Tee wünsche.

„Ich gebe, was du geben kannst." Dieser Satz kann auf mancherlei Weise ausgelegt werden und vielerlei Zwecken dienen. Das aber entsprach nicht seiner ursprünglichen Bedeutung. Diese war vielmehr, anderen so Hilfe zu gewähren, daß sie fähig wurden, sich selbst zu helfen, ohne auf andere angewiesen zu sein. Es ist ein wechselseitiges Verhältnis.

Wenn wir anderen helfen, sollte dies nicht aus selbstsüchtigen Motiven geschehen, weil dann die Hilfe an Wert verliert. Wenn wir hier aufhören würden, wäre die Hilfe nur von kurzer Dauer und würde wenig nützen. Das Helfen muß zu einer beständigen Haltung werden. Jeder Empfänger steht unter der moralischen Verpflichtung, die empfangene Hilfe an andere weiterzugeben, und zwar mindestens im gleichen Umfang. Sie muß nicht notwendigerweise in der gleichen Art und Weise weitergegeben werden, aber doch im gleichen Geist. Eine Zugabe sollte als Ausgleich beigefügt werden. Wirklich, es ist beglückender, zu geben als zu erhalten. Diese Aussage verneint die Tatsache nicht, daß der Empfänger durch die Gabe genauso bereichert wird.

Aktivierter guter Wille ist eine Gnade für alle, die unter seinen Einfluß kommen. Unglücklicherweise scheint es indessen so, als ob mehr willige Empfänger als aktive Geber zu finden sind. Wenn man von seiner Zeit, seiner Kraft, seiner Aufmerksamkeit oder von materiellen Dingen, die einem gehören, hergibt, und zwar mit der Absicht, einen guten Gedanken vor dem Erlöschen zu bewahren, dann wird das Gesetz des Ausgleichs noch wirksamer. Wenn keine Notwendigkeit zu geben besteht, ist es besser, diese Tat zu unterlassen, bis dann einmal in der Zukunft eine Zeit kommt, die den Samen auf fruchtbaren Grund fallen läßt, auf dem er dann aufgehen und Früchte tragen kann.

Manches wird auf dumme Weise gegeben, sobald nämlich die Gefühle den Verstand steuern. Wenn aber beide Hand in Hand arbeiten, trifft der Geber dagegen meistens eine weise Wahl. Das Mitleid will uns häufig zu einer Tat nötigen, doch man sollte nie vergessen, zu überlegen, wann, wo und wie man seine Gabe, sei sie welcher Art auch immer, austeilt. Es ist nicht richtig, uns auf die Hilfe von anderen zu verlassen, wenn es in unserer Macht steht, die Dinge zu verwirklichen, die wir uns ohne ihre Hilfe auszuführen vorgenommen haben. Dies wird die Aktivität des Gebers freisetzen, so daß die Hilfe dorthin geleitet wird, wo am meisten Gutes gewirkt werden kann. Deswegen der Ausspruch: Ich gebe, was du geben kannst."

Elisabeth Gunderson schaute weiterhin die beiden an und fragte dann: „Aber wie weiß man, wann und wie man zu geben hat? Wie sollen wir wissen, wann es tatsächlich an der Zeit ist, zu geben und nicht bloß eine höfliche Geste zu machen, wie es die Gesellschaft oder das Bedürfnis, nicht aufzufallen, von uns verlangen? Kann das Geben mit aller guten Absicht nicht die schlechte Gewohnheit schaffen, daß das Geben einfach als Selbstverständlichkeit erwartet wird?"

Während sie diese Frage stellte, hatte der Alchemist seine Tasse Tee ausgetrunken. Dann antwortete er: „Eine schlechte Gewohnheit sollte nicht geduldet werden. Etwas, was in der Denkweise eines Menschen schlecht ist, ist den anerkannten Ideen zuwider, die wir als gut ansehen. Wenn es Sitte geworden ist, Gutes zu tun, ist eine edle Haltung entwickelt worden. Allein, wenn man das Gegenteil tut, wird der negative Aspekt verstärkt. Gewohnheiten, die von negativer, herabsetzender Art sind, sollten wirklich überwunden, nicht lediglich unterdrückt werden. Sitte gewordene Gewohnheiten bürgen noch nicht für einen veredelnden oder wohltätigen Einfluß. Es ist nutzlos, an Gewohnheiten um ihrer selbst willen festzuhalten. Wir finden Sitten und Gewohnheiten bereits vor, und wir werden dann von diesen Traditionen total abhängig, ja sogar selber zu einem Teil ihrer Erscheinungsform. Viele solche Sitten umgeben uns. Sie bestimmen die Art, wie wir essen, schlafen und arbeiten. Ebenso entsprechen unsere Art zu lernen und die Art, wie wir neues Wissen erwerben, nicht unserem heutigen Denken und unserem Wissensstand. Und doch klammern wir uns aus sentimentalen oder anderen Ursachen an die Überlieferungen. Wenn sie erhebend und inspirierend wirken, sollten sie natürlich unter allen Umständen beibehalten werden. Mit demselben Maß gemessen sollte man sie unter allen Umständen abschaffen, wenn es sich zeigt, daß sie allem Erhebenden oder Veredelnden entgegenstehen. In Momenten der Sicht nach Innen treffen wir auf viele solche Tatsachen, die bisher übersehen wurden, weil man sie als Sitte und Gewohnheit angenommen hat. Wenn man sich anders verhält, als es Sitte und Gewohnheit vorschreiben, so mag das seltsam und weltfremd erscheinen. Aber es ist weit besser, weltfremd zu erscheinen als wirklich seltsam zu sein, indem wir Sitten anhängen und Gebräuche befolgen, die für uns völlig nutzlos sind. Altertümliche Gebräuche sind ein Hindernis für den Fortschritt, abgesehen davon vielleicht, daß sie eine historische Bedeutung haben, weswegen man sie auch aufrechterhält."

„Kommen wir nicht von unserer ursprünglichen Frage ab?" warf Dr. Syndergaard ein. „Nicht daß das, was wir gerade hörten, von keiner Bedeutung wäre. Es ist im Gegenteil sehr klärend und stellt viele Gesichtspunkte heraus. Für mich ist es erstaunlich, wie lässig Sie diese Fragen beantworten, die doch für uns von geradezu überragender Wichtigkeit sind. Dies macht uns noch neugieriger zu erfahren, wie Sie diese Antworten gefunden haben. Bitte erzählen Sie uns etwas über sich selbst. Ihre Kindheit, alles über Sie ist für uns von Interesse, selbst Ihr wirklicher Name, einfach alles."

„Mein Name ist nicht von Bedeutung. Er würde wenig zu dem hinzufügen, was über mich gesagt werden sollte. Deswegen möge das genügen, was schon erwähnt wurde, denn es dient dazu, diejenigen zu informieren, die erkannt haben, daß die Dinge nicht immer so sind, wie sie unseren Augen erscheinen. Seltsame Dinge, wie wir es so nennen, sind vielen zugestoßen. Wir waren oft neugierig, wie diese Dinge zustande kamen. In manchen Augenblicken waren wir sogar neugierig, warum sie so geschahen. Manchen erscheinen diese seltsamen Dinge als ein Wunder - jedoch nur, weil ihnen eine vernünftige Erklärung fehlte. Es besteht keine Notwendigkeit auch nur eines Versuches, zu erklären, was über mich gesagt wird. Es wäre sinnlos. Von Wert für Sie ist allein die eigene Erklärung.

Meine Erinnerungen gehen bis zu der Zeit zurück, da ich kaum die ersten Schritte tun konnte, um mich aus eigener Kraft vorwärts zu bewegen. Als einer von sieben Söhnen, der in einer armen Familie aufwuchs - arm nach dem allgemein üblichen Maßstab, an dem man materiellen Wohlstand mißt - war ich der fünfte; Zwillingsbrüder folgten. Mein Vater war Maurer von Beruf. Er trank, zum Schaden der Familie, die deswegen auf manches zusätzlich verzichten mußte, dessen sich andere Familien mit gleichem Einkommen erfreuen konnten. Was die Vorfahren meines Vaters betrifft, so ist sein Ahnenstammbaum im dunkeln. Meine Großmutter, deren Liebling ich wohl war, wollte nicht davon erzählen. Alles, was ich ihr einmal in einem schwachen Moment entlocken konnte, war, daß mein Großvater väterlicherseits Offizier in der Garde des Königs gewesen war. Sie durfte nicht mehr sagen. Aus welchem Grund - darüber konnte man eigener Meinung sein. Meine Großmutter kam aus einer Familie, die in Deutschland nahe an der Grenze Böhmens, in der Nähe des Erzgebirges, wohnte. Ihr Vater war ihrer Geburtsurkunde nach Nadlermeister. Da mein Vater ein illegitimer Sohn war und keine offiziellen Aufzeichnungen darüber existieren, wollen wir diese Sache auf sich beruhen lassen.

Die Vorfahren meiner Mutter stammen ebenfalls aus Deutschland, und zwar wiederum aus einer Gegend nahe der Grenze zu Böhmen, aber diesmal weiter östlich auf Hochwald und Lausche zu. Die Vorfahren der Mutter meines Vaters kamen aus dem Vogtland, die der Mutter meiner Mutter aus der Lausitz. Großvater und Großmutter mütterlicherseits habe ich nie gesehen, auch keine Verwandten, ausgenommen meine Tante und meine zwei Kusinen, als ich noch klein war.

Im Kreise der Familie wurde erzählt, mein Großvater mütterlicherseits sei dafür bekannt gewesen, daß er viel über Kräuter und Pflanzen wußte und aus ihnen zahlreiche Heilmittel zubereitete. Die Salben und Balsame und andere Medikamente waren sehr gefragt. Großvater war unter der österreichisch-ungarischen Monarchie geboren und im römisch-katholischen Glauben in Böhmen aufgewachsen. Seine Erziehungsmethoden mußten außerordentlich streng gewesen sein. Man erzählt von ihm, er habe seine Kinder geringster Vergehen wegen auf dem bloßen, mit Erbsen bestreuten Boden, schlafen lassen. Solche und ähnliche Vorfälle wurden berichtet, die verraten, daß er selbst keine leichte Jugend gehabt hatte.

Großvater wurde später Leinenweber und heiratete ein protestantisches Mädchen, das ihm Söhne und Töchter schenkte, eine davon war meine Mutter. Sie scheint etwas von ihm mitbekommen zu haben. Meine Mutter erinnerte sich, daß er seine Kinder jeden Morgen, gleich unter welchen Umständen, mit einem freudigen 'Guten Morgen, liebe Kinder' begrüßte und ermunternd hinzufügte: 'Steht auf im Namen des Herrn!' Meine Mutter war eine sehr fleißige Frau. Sie allein hatte ihre sieben Söhne aufzuziehen, nachdem Vater auf dem Schlachtfeld geblieben war. Manche Leute behaupten, daß man sich an seine Kindheit nicht weiter zurückerinnern könne, als bis zu einem Alter von 5 oder 6 Jahren. Woher diese Behauptung stammt und auf welchen Beobachtungen sie beruht - wenn überhaupt irgendwelchen - weiß ich nicht. Ich jedenfalls habe Erinnerungen, die in die frühesten Tage meiner Kindheit, ja sogar in mein erstes Lebensjahr zurückreichen. Mehrere solche Vorfälle wurden genau geschildert und von andern bestätigt. Nur ein paar davon sollen erwähnt werden, um zu zeigen, daß der Speicher des Erinnerns schon von frühester Kindheit an gefüllt wird und daß die Eindrücke jederzeit willentlich reproduzierbar sind.

Bei einer solchen Gelegenheit - ich konnte damals noch kaum gehen - nahm mich mein Vater mit an die frische Luft, zu einem Spaziergang. Aber frisch blieb sie nicht lange. Sobald wir um zwei Hausecken herumgegangen waren, kamen wir auf einen großen Platz - damals ein Feld. Dann ging mein Vater mit mir ein paar Stufen hinauf und wir betraten eine Schenke an der Ecke des Häuserblocks. Der Name des Eigentümers stand über dem Eingang. Wie ich vom Erzählen her wußte, lautete die Inschrift: 'Restaurant Simlie'. Die Szene steht mir noch klar vor Augen. Der Eigentümer kam und begrüßte meinen Vater mit seinem Vornamen. Wir setzten uns in die Nähe des einzigen anderen Gastes. Es war früh am Sonntagmorgen und es gab noch nicht viele, die ihren Weg zum Restaurant und zu dem unvermeidlichen Krug Bier gefunden hatten.

Kurz danach machte die Schenke einem anderen Geschäft an der gleichen Stelle Platz.

Als solche und ähnliche Begebenheiten einmal während eines Familientreffens vierzig Jahre später zur Sprache kamen, nachdem annähernd dreißig Jahre lang kein persönlicher Kontakt mehr mit den Verwandten bestanden hatte, wurden sie von den älteren Leuten bestätigt. Man war sehr erstaunt, daß sich jemand so weit zurückbesinnen konnte. Erfundene Geschichten hätte man sicher als solche erkannt, da es sich um sehr verwickelte und persönliche Ereignisse handelte, die außer den Beteiligten niemand kennen konnte. Dies soll nur erwähnt werden, um anzuzeigen, daß solche Gedächtnisfähigkeiten bestehen und auch beweisbar sind. Es würde aber zu weit führen, zusätzlich Ereignisse zu berichten, die sich in den ersten Jahren dieser Inkarnation zutrugen.

Während meiner gesamten Kindheit geschahen bemerkenswerte Dinge, die in meiner Erinnerung einen starken Eindruck hinterließen. So hat sich das durch das ganze Leben hindurch fortgesetzt. Selbst jetzt, wenn ich mich in mein alchemistisches Labor in der Weite der Rocky Mountains zu meinen Retorten zurückziehe, tauchen Szenen aus der Vergangenheit auf. Es scheint so lange her zu sein (und doch, was sind schon Jahre auf diesem Planeten?), als ich über die Pflastersteine durch die Straße neben der Burg ging, wo sich die Apotheke „Zum Storch" befand. Auf ihrem Schild war das Abbild eines Storches, der ein Bündel im Schnabel hatte. Sobald man dann die Offizin betrat, stieg einem der angenehme Geruch der Kräuter und Tinkturen einer alten Landapotheke in die Nase.

Wie leicht steigt ein Bild aus der Erinnerung auf - der Eigentümer, über seine tief sitzende Brille schauend, seine Augenbrauen fragend erhoben und auf den verlegenen Jungen hinabsehend, der ungeschickt dasteht, keiner ein Wort sagend. Es muß bei diesem ersten Zusammentreffen offensichtlich gewesen sein, daß es nicht bloß Neugierde war, die ihn hergeführt hatte, sondern eher das starke Verlangen, etwas über Dinge zu erfahren, über die er nichts Faßbares wußte, deren Bedeutung er aber spürte. Seltsam? Ja, wirklich. Alles begann, als ich, ein Junge noch, einmal im Bett lag unter der niederen schiefen Decke, während meine Gedanken die endlosen Weiten des Universums durchstreiften. Mein Vater, den ich drei Jahre zuvor verloren hatte, nahm mich in einer Vision in ein anscheinend menschenleeres, jedoch wunderbar gebirgiges Land mit, das auf einem fernen Kontinent lag. Es war spät am Nachmittag, oder eher früh am

Abend, als die Sonne jenseits eines großen Gewässers unterging. Weder ein menschliches Wesen noch irgendwelche Zeichen, daß dieses Land bewohnt war, waren sichtbar. Es wirkte äußerst still und heiter und majestätisch in seiner Größe, aber verlassen.

„Dort wird es sein, wo du deine meiste Zeit verbringen wirst. Hier wirst du Antwort auf viele deiner Fragen und Probleme finden. Hier wirst du die Meisterschaft über das erlangen, was du vor dir siehst.

Die Elemente, wie das Feuer der sinkenden Sonne, die Erde unter deinen Füßen, das Wasser vor dir und die Luft, die du atmest, sind die deinen, um damit zu arbeiten. Das größte aller Geheimnisse soll dir enthüllt werden, und du sollst die Macht, zu erschaffen, verliehen bekommen. O, mein Sohn, wie furchtbar von Gott - und doch so voll von seiner Gnade -, Sterblichen solche unermeßliche Kräfte über Bewußtsein und Materie zu verleihen. Hüte sie wohl!"

Obwohl ich die Bedeutung dieses seltsamen Traumes empfand, der mich neugierig und friedvoll zurückließ, wußte ich noch nicht, was wirklich damit gemeint war.

Ein wenig erkannte ich, daß sich eines Tages etwas in mir verändern würde. Es würde eine Transmutation von niedereren Bestrebungen und Gewohnheiten in subtilere sein. Manchmal sicherlich ein schmerzhafter Prozeß, indes mit begeisternden Resultaten.

„Um es noch einmal zu sagen - wie fern ist doch die Vergangenheit, die nur in der Erinnerung lebt und während des Aufenthaltes auf dieser Erde nicht voll in das Gedächtnis zurückgerufen werden kann! Wie nutzlos erscheint es, einige der Bilder aus vergangenen Inkarnationen zu erwähnen! So wie damals, als ich über einen Herd gebeugt stand, mit einem Lederschurz bekleidet, und über dem offenen Feuer hantierte, während die tanzenden und springenden Flammen tiefe Schatten über mein Gesicht warfen. Für jemand, der nicht in unser 'Großes Werk' eingeweiht ist, würde es nichts bedeuten. Es wäre dann nur eine jener phantastischen Geschichten für die Fanatiker, die ausschließlich nach dem Geheimnis streben, wie man Gold macht - nach dem Mammon, durch den sie reicher würden, als ihre wildesten Träume es ihnen vorgaukeln. Sie wissen nichts vom Gold der Philosophen und haben nie von dem wahren Gold der Weisen gehört. Solche Bilder sind die Seifenblasen ihrer Einbildungskraft, die ihnen nichts anderes als Phantasie und eine stehengebliebene Entwicklung eintragen. Sie suchen vergeblich nach Hinweisen auf den abgegriffenen Seiten der Werke eines Theophrastus, eines Basilius und nach den Zeichen anderer verehrter Brüder des Goldenen Rosenkreuzes. So ist die menschliche Natur. Wo die Wahrheit in aller Einfachheit zu finden ist, können sie sie nicht erkennen, weil sie durch ihre selbstsüchtigen Wünsche verblendet sind. Hinterher verdammen sie dann die Alchemie. Sie wissen nichts über die Anhebung von Schwingungen und nennen es Hokuspokus, obwohl auch sie einmal an die Alchemie glaubten, dann aber im Laufe der Zeit das Vertrauen verloren.

Ich war ein gläubiger Mensch und verlor meinen Glauben nicht und wurde nach manchen Jahren mit Erkenntnis gekrönt, wobei die Erfahrung mir half, zu verstehen und so ein wenig mehr an Weisheit zu gewinnen. Denn wenn wir verstehen, was wir wissen, und es konstruktiv anwenden, besitzen wir Weisheit, eine Weisheit, die andere als den letzten Unsinn und Hokuspokus bezeichnen.

Hokuspokus? Ja, für den Ungläubigen.

Alchemie? Ja, für denjenigen, der unter dem Goldenen Rosenkreuz im Lichte der göttlichen Vorsehung arbeitet. Zwei Auffassungen, die ihre Daseinsberechtigung gegeneinander zu behaupten suchen."

Er hörte plötzlich auf und führte die rechte Hand an die Stirn. Dann fuhr er fort: „Das sind bloß Fragmente. Sie werden Ihnen nicht viel bedeuten. Ich erwähne sie nur, weil sie mir gerade einfielen. Von Bedeutung ist das Werk, das ich auszuführen habe, nicht was ich als Wesen bin oder wer ich in den Augen eines Betrachters zu sein scheine."

„Sie wissen," sagte Dr. Syndergaard, „ich habe mich immer wieder gefragt, was wohl das Werk sein mag, das getan werden muß, das Sie so oft erwähnen. Was ist dieses Werk in Wirklichkeit?"

Einen Moment lang schien es, der Alchemist habe der Frage keine Aufmerksamkeit geschenkt, denn er blickte ziellos in die Ferne. Dennoch war er sich sehr wohl der Frage bewußt. Noch abwesenden Blickes antwortete er: „Viel zu viele denken nach den ersten Schritten auf dem esoterischen Pfad, daß nur eine einfache Formel oder ein magisches Wort nötig sei, um alle Geheimnisse zu erfahren, die sie erlangen wollen. Es kann kaum einen größeren Irrtum geben. Solche Erwartungen sind absurd. Für alles esoterische Wissen, das man erlangen will, hat man zu arbeiten. Man muß es erwerben. Jedermann, der glaubt, es würde ihm in den Schoß fallen, wird sicher enttäuscht.

Wer Manifestationen zustande bringen will, dem werden Anstrengungen abverlangt. Es sollte - ein für allemal - ganz klar sein, daß nur Arbeit und Mühe

Resultate auf dem esoterischen Pfad bringen.

Bei den Studiengruppen zeigt sich dies sehr deutlich, wenn man beobachte-te, wie einzelne wirklich ehrlich versuchten, die gegebenen Lehren zu meistern. Es ist wahr, daß viele mehr an Lehrstoff erhielten, als sie zuvor angenommen hatten. Für einige war er vollkommen neu, obgleich er so alt wie die Zeit selber ist, und deshalb, weil die Art, in der er dargeboten wurde, völlig neue Möglichkeiten enthüllte. Ja, die in dieser Zeit erzielten Fortschritte ließen weitere und vertieftere Ergebnisse erwarten. Dies ist der Punkt, der hier betont werden soll. Die Möglichkeiten, die sich dem ehrlichen Studenten eröffnen, sind so enorm, daß man sich tatsächlich aktiv an dem Werk beteiligen muß, um zu einer Verwirklichung zu kommen. Die Theorie allein vermag nicht das zu zeigen, was bei tätiger Beteiligung an dem Werk deutlich werden kann. Oft sind einzelne mit vielen Büchern ausgerüstet, die ihre Bücherbretter zieren. Einige davon enthalten genügend Licht, um ein ganzes Menschenleben zu erhellen. Und doch - und das hat sich immer wieder gezeigt - fragen diese Menschen nach mehr Licht. Es klingt lächerlich, aber sie hoffen, daß irgendeines dieser Werke ihnen das Wort oder die magische Formel geben werde, die ihnen alle Möglichkeiten eröffnet. Dabei haben andere ihr ganzes Leben gebraucht, um in diese Geheimnisse initiiert zu werden. Gelegentlich ist es recht amüsant, die Leute zu beobachten und ihre Erwartungen zu erfahren, wenn sie auf die Alchemie stoßen. Eine romantisch angehauchte Haltung früherer Zeugnisse der Alchemie gegenüber erregt ihre Erwartungen. Sie denken, daß man alle diese Dinge mit ein bißchen Anstrengung und der Hilfe von irgend jemand erreichen könne. Nichts ist von der Wahrheit weiter entfernt. Alchemie ist eine Lebensarbeit. Es ist hartes Tun, geistig und körperlich. Man benötigt viel Zeit, bevor auch nur eines der erwünschten Resultate erzielt wird. Es kann zudem viel Geld kosten und wird es auch meistens. Noch anderes gibt es, was einen abschrecken könnte. Die Umgebung, negative Stimmungen, religiöse Bedenken und andere verborgene Hemmungen erweisen sich als schwer überwindbare Hindernisse. Manchmal ist man entmutigt. Wenn sich nach einiger Zeit keine Ergebnisse zeigen oder diese in keiner Weise ermutigen, beginnt das Interesse nachzulassen, so daß viele aufgeben, weil sie noch nicht bis zum Kern vorgestoßen sind. Wenn man praktisch arbeiten will, bevor man die Theorie beherrscht, ist man für solch ein Abenteuer schlecht gerüstet. Dann wird wieder der persönliche Nutzen Ergebnisse überschatten, die man zum Wohle der Menschheit anzuwenden hätte.

Die Versuche einzelner erwiesen sich als enttäuschend, wenn ihnen nicht die Hilfe eines Wissenden zur Seite stand. Gewöhnlich ist einer, der genügend Interesse für diese Art von Arbeit hat, ausreichend vorbereitet.

Zu gegebener Zeit werden sie erkennen, daß sie zum Bestandteil eines größeren Ganzen geworden sind. Ein Schema wird entwickelt werden, in dem ihnen ein Platz zugewiesen ist. Dann wird ihnen die der Alchemie zugrunde liegende Wahrheit offenbar. Dies wurde schon immer von denen, die wußten, verkündet. Wir müssen nicht ins Altertum oder in das Mittelalter zurückgehen, um das darzulegen. In neuerer Zeit gibt es Äußerungen zu diesem Thema, die das klarstellen. Nicht wenige, die über dieses Gebiet geschrieben haben, bringen dafür weitläufige Beweise. Diese kommen von Personen mit verschiedensten Erfahrungen, wodurch ihr Zeugnis erst möglich wurde. Viel ist gesagt und geschrieben worden über die sogenannten okkulten Schulen. Für manche stellen sie Lehrinstitute dar wie Universitäten. Wenn von solchen Schulen gesprochen wird, sollte man sie sich nicht als einen anerkannten Gebäudekomplex an einem bestimmten Platz vorstellen. Sie entstehen vielmehr durch ein Zusammentreffen geeigneter Personen zu einer bestimmten Zeit zu einem bestimmten Zweck. Sobald dieser Zweck erfüllt ist, hören sie auf. Irgendwo erscheinen sie später wieder unter anderem Namen und um ein anderes Werk zu vollbringen.

Es mag gut sein, hier zu zitieren, was Alice Bailey mitzuteilen hatte, während sie unter dem Einfluß der Höheren stand: „Bestimmte okkulte und theosophische Schulen behaupteten, die einzig Verantwortlichen für die Lehren dieser Höheren zu sein. Sie behaupteten auch, sie wären die einzigen Träger, womit sie das begrenzten, was jene Höheren tun, und Bedingungen aufstellten, welche sich nach Zeit und Umständen als falsch erwiesen. SIE, die Höheren, arbeiten ganz sicher durch solche Gruppen von Denkern und strahlen viel von ihrer Kraft in die Arbeit derartiger Organisationen hinein. Trotzdem haben sie ihre Schüler und Anhänger überall und arbeiten durch viele Körper und mit Hilfe mancher Lehren. Über die ganze Welt sind Schüler jener Meister in unserer Zeit zu dem einzigen Zweck inkarniert worden, an den Tätigkeiten, Beschäftigungen und dem Verbreiten der Wahrheiten der verschiedenen Kirchen, Wissenschaften und Philosophien teilzunehmen. So soll innerhalb der Organisationen selber eine Expansion, eine Öffnung des Blickwinkels und wenn nötig sogar eine Zersetzung erreicht werden, sofern es nicht anders zustande gebracht werden könnte. Es wäre für die okkulten Studenten überall sehr klug, diese Tatsachen zu begreifen und die Fähigkeit zu entwickeln, die Schwingungen der Hierarchie zu erkennen, die sich mit Hilfe des Mediums ihrer Schüler an den ungewöhnlichsten Plätzen und Gruppen zeigen.

Ein Punkt sollte hier noch im Zusammenhang mit der Arbeit der Meister durch ihre Schüler erwähnt werden: Die verschiedenen Schulen des Denkens, welche die Energie der Weissen Bruderschaft speist, werden in jedem Fall von einem oder mehreren Schülern gegründet. Auf diesen Schülern und nicht auf ihrem Meister ruht die ganze Verantwortung für den erzielten Erfolg und das daraus sich ergebende Karma. Die Verfahrensweise ist ungefähr so: Der Meister enthüllt einem Schüler das Ziel eines unmittelbar bevorstehenden kleinen Zyklus und regt an, diese wünschenswerte Entwicklung zu übernehmen. Es ist die Aufgabe des Schülers, sich der besten Methoden zu versichern, um die erwünschten Resultate zu erreichen und erfolgversprechende Pläne zu entwerfen. Dann beginnt er mit seinem Projekt, gründet seine Gesellschaft oder Organisation und verbreitet das nötige Wissen. Er hat die richtigen Mitarbeiter auszuwählen, die Arbeit den Bestgeeigneten zu übergeben, und die Lehren in eine repräsentative Form zu kleiden. Alles Tun des Meisters ist: mit Interesse und Sympathie auf die Anstrengungen zu blicken, solange der Schüler seinem ursprünglich hohen Ideal treu bleibt und mit reinem Altruismus seinen Weg fortsetzt. Der Meister ist nicht zu tadeln, wenn es dem Schüler bei der Auswahl seiner Mitarbeiter an Unterscheidungsvermögen mangelt oder er nicht fähig ist, die reine Wahrheit zu vertreten. Wenn er gute Arbeit leistet und das Werk wie gewünscht fortschreitet, so wird der Meister weiterhin seinen Segen auf das Unternehmen ausgießen. Hat er Mißerfolg oder weichen seine Nachfolger vom ursprünglichen Impuls ab und verbreiten so Irrtümer irgendwelcher Art, so wird der Meister trotz all seiner Liebe und Sympathie seinen Segen zurückziehen, seine Energie zurückhalten und aufhören, das anzuregen, was besser sterben sollte. Formen können kommen und gehen, das Interesse und der Segen des Meisters mögen durch diesen oder jenen Kanal fließen, das Werk mag durch dieses oder jenes Mittel wachsen - aber immer wird die Lebenskraft bestehen bleiben, die Form gebrauchend, wenn sie den unmittelbaren Belangen dient, oder sie zerstören, wenn sie nicht mehr angepaßt ist.

Wie sich hier schnell erkennen läßt, ist die mit einem solchen Unterfangen verbundene Verantwortung enorm. Niemand sollte halben Herzens eine solche Prüfung auf sich nehmen. Der Mensch, der mit okkulter Tätigkeit verbunden ist, trägt in ähnlicher Weise Verantwortung. Es ist Pflicht, darauf zu achten, daß das vorgezeichnete Werk erfüllt wird, solange er damit verbunden ist. Wenn er es unterläßt, seinen Teil beizutragen, so wird er ersetzt werden, und ein anderer wird seinen Platz ausfüllen, bis die Zeit seine Wiedereinstellung rechtfertigt. Ein großer Verlust an wertvoller Arbeit wird die Folge sein, nicht so sehr in bezug auf den persönlichen Fortschritt, der im Laufe der zyklischen Evolution nachgeholt werden kann, als bezüglich der Hilfe für jene, die sie so verzweifelt benötigen. Nachdem sie erkannt haben, wieviel die Beherrschung der nötigen Gesetze bedeutet, wessen sie sich als frühere Eiferer noch nicht bewußt waren, haben sie Anspruch auf Hilfe. Diese Hilfe kann nur von denjenigen kommen, die sie zu leisten vermögen. Sie sind als Diener der Welt Instrumente unter der Aufsicht der Größeren, die ihrerseits wieder von höheren Kräften geführt werden, die dem sterblichen Menschen unbekannt sind. In der letzten Analyse ist es das All, welches leitet, und seine Untergebenen führen aus, entsprechend dem Gesetz.

Dessen Verwirklichung ist das Wesentliche ohne Rücksicht auf das, was einem zugeteilt wird. Diese Erfordernisse werden offensichtlich, wenn wir das Fehlschlagen unserer Versuche erleben, mit dem Gesetz zusammenzuarbeiten.

Existieren viele okkulte Schulen? Ja und nein. Es hängt vom Bewußtseinszustand der Fragenden ab. Für manche wird eine pseudookkulte Schule authentisch erscheinen. Der relative Unterschied entsteht durch die bewußte Entwicklung des Individuums, das immer mehr befähigt wird, seinen gegenwärtigen Standpunkt im kosmischen Plan zu erkennen. Wer die niederen Gesetze nicht gemeistert hat, wird Schwierigkeiten haben, die höheren auch nur zu erkennen.

In vielen Fällen ist es weit besser, sich nicht am okkulten Werk zu beteiligen, wenn der mystischen Entfaltung nicht eine genügende Vorbereitung vorausgegangen ist. Diejenigen, die noch Versuche in der Mystik anstellen, befassen sich mit dem theoretischen Aspekt. Doch das okkulte Werk bedeutet, daß das mystische oder symbolisch erworbene Wissen seine Bewährungsprobe bestehen und alsdann angewandt werden muß. Fehlt das letztere, so handelt es sich um Okkultismus. Die Alchemie, die als okkulte Wissenschaft betrachtet wird, hat allen diesen Testen standzuhalten. Die Anwälte spiritueller oder mystischer Ideen allein sind Mystiker, aber keine Okkultisten. Dies ist von Wichtigkeit und sollte nicht vergessen werden. Ein Okkultist hat auch ein Mystiker zu sein. Nur auf dem Weg über die Mystik kann er Okkultist werden. Es gibt viel mehr über all das, als an der Oberfläche zu sehen ist. Wir können diejenigen, die rasch in diese Gefilde eindringen wollen, nicht genug warnen. Wenn sie diese einmal betreten haben, aus freiem Willen und auf eigenen Wunsch, dann sind sie moralisch gezwungen, das zu tun, was sie freiwillig auf sich genommen haben. Kein wahrer Initiierter wird einen anderen zwingen, diese Arbeit zu beginnen. Im Gegenteil, es werden viele Fragen gestellt, und es wird manches untersucht werden, bevor ein Bittender aufgenommen wird. Selbst dann gibt es keine Garantie, daß der Initiierte sich als fähig erweist, dies zu erkennen. Viele können nur so weit gehen, aber nicht weiter. Das 'Warum' erfordert eine tiefere Einsicht in die leitenden Gesetze. Dies soll keine Abschreckung sein, sich vorzubereiten, damit man in die Mitte derer aufgenommen wird, die wirklich wissen und sich auf den Gebieten ihres Strebens bewiesen haben, wie vorhin festgestellt wurde. Haben wir uns aber einmal verpflichtet, bleibt es unsere Pflicht, das auszuführen, wozu wir uns verpflichtet haben. Versagen wir dabei, so wird sich das in unserer karmischen Aufzeichnung auswirken, die eine Erfüllung des Gesetzes verlangt. Wenn sie ihre Arbeit tun können ohne die Hilfe derjenigen, die über ihnen stehen, ist alles in Ordnung. Wenn nicht, sollten sie für das, was sie benötigen, einen Ausgleich leisten, indem sie ein reines Leben leben. Denn es gibt Arbeit, die getan werden muß, hier und jetzt."

„Aber bevor man ein so ungeheures Werk beginnen kann, muß man doch einiges Wissen über die eigenen Fähigkeiten haben?", sinnierte fragend Dr. Syndergaard. „Sollte man nicht wenigstens hinreichend über sich selbst wissen, wissen, ob nicht mindestens eine entfernte Möglichkeit gegeben ist, solche Lehren zu verstehen? Sie erwähnten Alice Bailey. Vor ihr gab es viele andere, die Lehren verbreiteten, die sie vermutlich aus höheren Quellen empfangen hatten, was immer das einem auch bedeuten mag. Gibt es nicht auch andere, wie Jakob Böhme, Paracelsus und die Rosenkreuzer früherer Zeiten, ebenso wie Zeitgenossen, zum Beispiel Fulcanelli, über den so viel geschrieben wird? Und wie verhält es sich mit den verschiedenen anderen esoterischen Orden oder Gesellschaften? Sind diese echt? Können Sie etwas Licht auf deren Lehren werfen?"

Der Alchemist lächelte und nickte: „Einzelpersönlichkeiten wie Gruppen von Persönlichkeiten sind erforderlich, um das Licht unter den Menschen zu verbreiten, weil die Menschheit als Ganzes gesehen unwissend ist. Notgedrungen begnügt sie sich mit Glaubensvorstellungen. Nehmen wir als positives Beispiel Jakob Böhme, den Sie erwähnten. Dieser einfache Schuhmacher aus

Görlitz fand in sich selbst das Licht. Es ist ohne große Bedeutung, ob der Erleuchtete nun Böhme heißt oder Paracelsus oder sonst irgendwie. Von Bedeutung ist nur das Licht der Wahrheit, das aus solchen Persönlichkeiten erstrahlt.

Jakob Böhme, ein einfacher Flickschuster in einer kleinen Stadt Deutschlands, wurde von den gelehrten Herren beneidet. Man nannte ihn den deutschen Erleuchteten, weil er über die tiefsten Probleme, die sich der menschliche Verstand ausdenken kann, wissend sprechen konnte.

Er hatte kein Studium absolviert und besaß weder Titel noch Auszeichnungen von Universitäten oder anderen Lehrinstituten. Seine Erkenntnisse kamen aus einer höheren Quelle, die menschliches Wissen übersteigt.

Jakob Böhme zeigt den Weg zur inneren Entfaltung und läßt erkennen, welche Möglichkeiten ein sogenannter ungebildeter Mensch hat, um die höheren Lehren zu empfangen, die in der Gegenwart kein Institut in seinem Arbeitsplan hat, weil es keine Initiierten gibt, um diese zu verbreiten.

Er war ein einfacher Mensch, aber eine hochentwickelte Seelenpersönlichkeit, die ihr Erbe für alle zurückließ, die den Pfad einschlagen wollen. Die Werke, die er seiner Nachkommenschaft hinterlassen hat, beweisen das lebendig.

Licht und Wahrheit sind ewig. Keines kann ausgelöscht werden. Beide werden beständig herrschen. Alles hängt von ihnen beiden ab, und der Mensch kann ohne sie nicht existieren. Sie sind wesentlich. Doch der Mensch in seiner Unwissenheit erkennt ihre ungeheuren Auswirkungen auf sein eigenes Leben nicht. Entsprechend der schwierigen Position, die er in der Tierwelt einnimmt, scheut er das Licht gerade dann, wenn er es am meisten bräuchte. Der Wahrheit ergeht es in seinem täglichen Leben nicht besser. Der Mensch versucht dem Unvermeidlichen auszuweichen. Er will das verschieben, von dem er erahnt, daß es nicht für immer verschoben werden kann.

Manche Menschen fürchten geradezu das Licht. Es würde zuviel von dem enthüllen, was sie lieber nicht beleuchtet sehen wollen. Vor dem Licht davonschleichen, das ist Furcht vor der Wahrheit. Die Unfähigkeit, im Einklang mit dem zu leben, was das Licht enthüllt hat und noch immer enthüllt, bewirkt, daß der Mensch sich hinter seiner Falschheit versteckt.

Er legt das, von dem er weiß, daß es anders ist, falsch aus. Er fürchtet seine eigene Unwissenheit mehr als das Licht. Er erkennt nicht, daß das Licht sein ungenügendes Wissen ergänzen wird, und weigert sich, in seiner Wärme sich zu sonnen. Erst wenn die Hoffnungslosigkeit des Ausweichens sein Ich und seinen Körper ergriffen hat, kriecht er wie ein getroffenes Tier aus seinem Schlupfwinkel, um die heilenden Strahlen des Lichtes einzusaugen. Nur allzubald versteckt er sich wieder, wenn jemand auftaucht, der seine Blöße sehen könnte. Er scheut die Konfrontation mit der Wahrheit. Er schämt sich seiner selbst und ist völlig hilflos dabei. Es ist für ihn naheliegend anzunehmen, daß es mehr über das Leben zu erfahren gibt, als er weiß, und daß es stärkere Kräfte gibt, als er kontrollieren kann. Eigentlich weiß er das aus Erfahrung, aber er zögert, es zuzugeben. Nur durch schmerzliche Erfahrungen lernt er, und selbst dann nur langsam.

Deswegen wird der Mensch niemals verwirklichen, wonach er strebt, bevor er seine Furcht vor dem Licht und der Wahrheit nicht abgelegt hat. Sobald er erkennt, wie dringend er des helleren Lichtes bedarf, und einsieht, wie notwendig es ist, sein Leben entsprechend den höchsten Wahrheiten zu leben, die er begreifen kann, wird er sich als ein Kind Gottes seiner wahren Würde bewußt werden. Er ist dann zur Wiedergeburt im Geiste bereit. Kein anderer Mensch in den Blättern der modernen Geschichte hat solche Kontroversen verursacht, wie Paracelsus, was seine Persönlichkeit und seine Lehren anbelangt.

Die Art und Weise, wie er das Gebiet der Medizin und Biochemie angegangen ist, lassen ihn den Titel eines „Luthers der Medizin" mit Recht tragen. Wirklich revolutionär waren seine Vorstellungen von den Ursachen von Krankheiten, wobei er die Wirksamkeit seiner Methoden zu deren Beseitigung durch seine manchmal geradezu wunderbaren Heilungen bewies.

Die Kräfte, die er den Mineralien und Metallen zuschrieb, werden von der Wissenschaft nur allmählich wiederentdeckt. Am bedeutendsten jedoch wird jene Wiederentdeckung sein, die den Schlüssel liefert, der die scheinbar seltsame und widersprüchliche Terminologie dieses Weisen aufschließt.

Es werden noch manche, manche Jahre vergehen, bevor man den wahren Wert seiner Lehren in vollem Maße erkennen wird. In der Zwischenzeit sollten diejenigen, die das Privileg genießen, in die Weisheit eingeführt zu werden, die er seiner Nachwelt hinterlassen hat, der lebendige Beweis der Erbschaft dieses großen Geistes sein. Er war und ist immer noch Jahrhunderte seiner Zeit voraus, wie es in der Vergangenheit und Gegenwart erhärtet wurde und wovon die Zukunft Zeugnis ablegen wird."

Hier warf Dr. Farnsworth fragend ein: „Sie erwähnten Paracelsus. Vorausgesetzt, daß er andere Alchemisten als Persönlichkeit überragt: Wie verhält es sich dann mit einzelnen Gruppen, die gemeinsam auf einer breiteren Basis zu erreichen versuchten, was eine Einzelpersönlichkeit nicht hatte erreichen können?"

Der Alchemist drehte den Kopf langsam von einer Seite zur anderen. „Ja, solche Versuche wurden gemacht, trotzdem kann keine Gruppe mehr erreichen als der unter ihnen am weitesten Vorgeschrittene. Es gab und gibt vielleicht noch solche alchemistischen Gruppen."

„Wie verhält es sich mit der Golden Dawn, die in England vor der Jahrhundertwende auftrat?" fragte Elisabeth Gunderson.

„Oder mit den europäischen Rosenkreuzern, die es vor Jahrhunderten gab?" fügte Godfrey hinzu.

„Manchmal ist es schwierig, zwischen den Personen, die solche Orden gründeten, und jenen, die sie dann weiterführten, zu unterscheiden. Die letzteren setzen nicht immer die Gedanken fort, die ursprünglich die Bildung einer solchen Gruppe veranlaßt haben," antwortete der Alchemist. Nach einer Pause fuhr er fort: „Seit der Jahrhundertwende sind manche Lichter am esoterischen Horizont erschienen, die für sich mystisches und okkultes Wissen beansprucht haben. So spektakulär manche von ihnen anfangs in Erscheinung traten, so verschwanden sie dennoch zuweilen wieder unbemerkt von ihrem Arbeitsfeld. Unter ihnen war H. Spencer Lewis eine Ausnahme.

Das Werk, an dem er arbeitete, hat tausenden und abertausenden ermöglicht, den äußeren Hof des Tempels der esoterischen Weisheit zu betreten.

Von diesen sind manche auf dem Gebiet ihrer Anstrengungen weitergekommen. Gleichgültig, ob man das Für und Wider seiner Tätigkeit klar erkennt, die Ergebnisse sprechen jedenfalls für sich selbst. Wenn man mit der Art und Weise, wie von ihm und seinen Nachfolgern seine Lehren präsentiert wurden, nicht zufrieden ist, sollte man sich erinnern, daß sich die Zeiten seit dem Mittelalter und auch in den letzten 50 Jahren geändert haben und damit auch die Gebräuche, während die Lehren, so wie sie H. Spencer Lewis in seinem alten und mystischen Orden vom Rosenkreuz formulierte, im Grunde die gleichen blieben. Er leistete für die Erleuchtung derjenigen, die nach mehr Licht suchten, einen großen Beitrag mit Hilfe anderer Mittel und durch die Werke, die er veröffentlichte.

Die Resultate sind offensichtlich, wie man heute sieht und noch in der Zukunft sehen wird. Zwischen Atheisten und Theosophen ist eine Kluft, so tief, daß man kaum hoffen kann, sie je zu überbrücken. Nur mit der am Anfang nahezu unmerklichen Hilfe aus bestimmten Quellen kann so etwas fast Unmögliches erreicht werden. Annie Besant förderte auf vielfältige Weise die Lehren ihrer Vorgängerin, Frau Blavatsky.

Die Theosophie, wie sie von Annie Besant und ihren Mitarbeitern verbreitet wurden, half im Westen ein Fundament legen, auf dem manche der esoterischen Lehren aufbauen konnten. Erst nachdem sie ihre Erkenntnisse in Form von Lektionen und Büchern veröffentlicht hatte, erschienen die verschiedenen Sprößlinge, sowohl in den Vereinigten Staaten wie in Europa.

Unter den vielen Lehrern, die längere Zeit im Westen verweilten, gibt es noch eine weitere herausragende Persönlichkeit: Paramahansa Yogananda.

Der außerordentlichen Ausschmückungen entkleidet, mit denen er von eifrigen Nachfolgern versehen wurde, erscheint er dennoch als ein begabter Lehrer aus der orientalischen Schule, der in der westlichen Welt Fuß faßte. Seine Verdienste liegen in seiner Fähigkeit begründet, östliche Gedanken und Yogalehren dem westlichen Denken in verständlicher Weise darzustellen.

Er wollte nur als Sterblicher unter Sterblichen gelten, was er in seiner Autobiographie sehr klar zum Ausdruck brachte.

Wer weit genug fortgeschritten ist, um wahres Yoga praktizieren zu können, wird in seinen Lehren große Hilfe finden. Paramahansa Yogananda lebte, was er lehrte, wie seine sterblichen Überreste nach seiner Transition bewiesen, die sich lange, nachdem der letzte Atemzug seinen Körper verlassen hatte, noch nicht zersetzt hatten, wie es sonst der Fall ist.

Yogananda ist eines der Bindeglieder, welches einen engeren Zusammenschluß zwischen östlicher und westlicher Auslegung der höheren Lehren bewirkte.

Wir sprechen hier nicht über Personen, die diesem oder jenem Orden angehört haben und ihm ein gewisses Ansehen verliehen. Wir sprechen darüber, was ein Orden oder eine Gesellschaft den Mitgliedern zu bieten hat und welche Hilfe sie empfangen, so, wie man das aus den Lehren erkennen kann.

Während des letzten Viertels des 19. Jahrhunderts wurde der Hermetische Orden der Golden Dawn (der goldenen Dämmerung) in England mit Hilfe der Autorität deutscher Rosenkreuzer - Adepten gegründet. Dieser Orden ist oder war bis vor kurzer Zeit die einzige Sammelstelle von gewissem okkultem Wissen. Viele geheime Gesellschaften bezogen das wenige magische Wissen, das sie besaßen, von Mitgliedern dieses Ordens, die ihr Wissen preisgaben. Alle Berufe, Künstler, Wissenschaftler, Handels- und Geschäftsleute waren unter den Mitgliedern vertreten, genauso wie einfache Männer und Frauen, demütig und unbekannt, die nach dem Licht verlangten. Auf verschiedenste Weise haben diese Lehren direkt und indirekt alle Bereiche des Lebens und der Gesellschaft durch die Tätigkeit ihrer Mitglieder beeinflußt.

Kabbala, Alchemie, Magie, Astrologie und divinatorische Verfahren waren in den Lehrplänen enthalten, damit das Licht am Ende in der Dunkelheit scheinen möge. Jedes Mitglied wurde feierlich verpflichtet, sich dem Großen Werk zu widmen, 'damit ich am Ende mehr als menschlich sein und mich selbst so gradweise mit meinem höheren und göttlichen Genius vereinigen möge.'

Ähnliche Bemühungen finden wir auch in der Freimaurerei. Nur wenn wir von Freimaurerei sprechen, meinen wir nicht immer das gleiche.

Es scheint so, als ob man einen Unterschied machen sollte zwischen Freimaurerei als Gilde, beziehungsweise bruderschaftlicher Organisation, und einer sozialen klubähnlichen Gemeinschaft, um persönliche Interessen im kommunalen oder nationalen Kreise zu fördern.

Der wahre Geist des Freimaurers ist weltweit anzutreffen und umfaßt alles in der Schöpfung Gottes. Die Bruderschaft aller Menschen ist eine Realität und keine Utopie, wie uns etliche glauben machen möchten. Deswegen ist der Geist der Freimaurerei aus einem Guß und ist ein Gebäude nicht nur im materiellen Sinn, um des Erbauers Kunstfertigkeit zu beweisen, sondern gleichermaßen, um moralische und geistige Grundlagen für die Menschen überall zu schaffen, damit größere Höhen auf dem Gebiete der Kultur, des sozialen Lebens, der Wirtschaft und der Wissenschaft in der ganzen Welt erreichbar sind. So verstanden, kann jede Rasse, Nation oder Gruppe ihre Individualität und ihre Charakteristiken beibehalten, wobei sie tolerant das Recht ihrer Mitbrüder achtet, damit diese sich ebenfalls dieser Individualität erfreuen können. Ein Freimaurer im wahren Sinn des Wortes ist eine hoch zu respektierende Person, nicht nur wegen der von ihm vertretenen Prinzipien, sondern auch des Beispiels halber, das er im täglichen Leben gibt.

Gleichgültig, ob er nun zur „Blauen Loge" oder zu einem der höheren Grade gehört, er steht für Gedankenfreiheit und Freiheit der Handlung in der ganzen Welt. Er ist als Förderer des zukünftigen Fortschritts der Menschheit sehr gefragt.

Manchmal leisten Einzelpersönlichkeiten der Menschheit einen größeren Beitrag als ganze Organisationen. Denken sie nur daran, was ein einzelner

Mann wie Albert Schweitzer durch seine Handlungsweise in Gang gebracht hat!

Sobald ein Mensch den Höhepunkt seines Lebens erreicht hat und die ihm noch verbleibenden Jahre bis zum Ende seines Aufenthalts auf Erden zählt, muß er sich Rechenschaft ablegen über das bisher Geleistete. Wenige können auf eine genauso reiche und vielfältige Vergangenheit, die alle guten humanitären Aspekte umfaßt, zurückblicken wie Albert Schweitzer. Man erinnert sich an ihn nicht nur als an einen großen Künstler, Musiker, Theologen, Arzt und Chirurgen, sondern auch als einen Menschenfreund ersten Ranges. Die Erbschaft, die er zurückläßt, muß als allumfassende Liebe für alle lebenden Wesen anerkannt werden. Dies ist mehr als vom Durchschnittsmenschen oder von vielen gesagt werden kann, die beanspruchen, zu höheren Daseinsstufen aufgestiegen zu sein. Die von Albert Schweitzer, seinem Körper und Verstand aufgebrachte Energie, die zur Milderung der körperlichen und geistigen Schmerzen aller Kreaturen eingesetzt wurde, ist wirklich ein Phänomen. Nicht nur das Bild dieser Tätigkeit, sondern der Mann Albert Schweitzer selbst ist ein Mahnmal für die von Gott gegebene Kraft, die im Menschen ruht.

Das ist es, was erleuchtete Personen oder Gruppen gleicher Einstellung verkündet haben.

Eine andere Persönlichkeit, welche Menschen in Bewegung brachte, die mehr in schöpferisch - konstruktiver Weise denken, war Gurdjieff. Sein Schüler Ouspenski trug wesentlich dazu bei, Gurdjieffs Lehren unter die Leute zu bringen. Wir sollten diejenigen, die abgesandt wurden, das Licht unter die Massen zu tragen, nicht mit jenen verwechseln, die kraft ihres Wissens und Verstehens und ihrer Weisheit Macht und Autorität haben. Diese letzteren überragen jene, die ausgesandt werden. Warum? Weil ein Abgesandter seine Kräfte nicht delegieren kann. Sie sind auf ihn beschränkt. Diejenigen, die sich das Recht nehmen, ein Amt oder eine Autorität an andere zu übertragen, müssen wirklich im Besitze dieser Macht und Autorität sein. Jede Person, die autorisiert ist, eine bestimmte Arbeit zu tun, sollte ihre Fähigkeit beweisen können, die ihr zugewiesene Aufgabe innerhalb ihrer Aktivitätssphäre durchzuführen - und genau da liegt die Grenze. Der Auftrag enthält kein Recht für eine weitere Ausdehnung. Die Autorität eines Abgesandten ist begrenzt. Dagegen kann der Delegierende das Recht auf Grund seiner Autorität ausweiten. Dies gilt ebenso in bezug auf völliges Wissen, Verstehen und die für den Plan nötigen Mittel, die ein Abgesandter nicht ganz sein eigen nennen muß. Er wird im allgemeinen nur ein teilweises Wissen und Verstehen besitzen und kann nur über einen Teil der Mittel verfügen. Solange er sich in dem ihm zugewiesenen Bereich bewegt, wird er seine Aufgabe ohne weiteres durchführen können.

Wie oben, so unten. Es ist das Vorrecht des Menschen, nach Höherem zu streben. Vergleiche sollten auf der Grundlage der den Menschen angeborenen Fähigkeiten und auf seinen Zielsetzungen beruhen. Wer allein unter sein gegenwärtiges Niveau schaut, wird nur diejenigen finden, die noch nicht so weit sind wie er. Vergleiche dieser Art werden einem nicht viel bei der eigenen Entwicklung helfen. Sie können vielmehr in hemmender Weise zu einem selbstzufriedenen Gefühl der Überlegenheit führen. Derjenige, der nicht weiter entwickelt ist als du, kann beim Erwerb größeren Wissens für dich nur von geringem Nutzen sein. Wir müssen aufwärts schauen, wenn das größere Wissen unser Ziel ist. Wir müssen jene suchen, die mehr wissen als wir. Dort wartet der Überfluß, von dem wir uns nähren können. Dort wird man die Mittel und Wege finden, um höheres Wissen zu erwerben, das uns aus unserer Selbstzufriedenheit aufrüttelt. Unser früherer Glaube an unsere selbsternannte Größe wird nichtig. Anstatt hinunterzublicken, schauen wir nach oben.

Wir selbst wähnen uns im Zentrum der Dinge. Es gibt die unter uns und die über uns. Sobald wir erkannt haben, daß es jeweils immer einen unter uns gibt, der eine bestimmte Aufgabe nicht so gut wie wir ausführen kann, erkennen wir auch, daß es einen über uns geben muß, der sie besser auszuführen vermag. Das sollte uns helfen, in uns ein gewisses Gleichgewicht herzustellen. Es wird uns helfen, einem Gefühl beständiger Überlegenheit zuvorzukommen. Viele suchen Sicherheit, indem sie sich beständig mit denjenigen vergleichen, die unter ihrem gegenwärtigen Wissensniveau stehen. Das ist eine Selbsttäuschung. Erinnern Sie sich: Es findet sich stets einer, der die Dinge besser als Sie machen kann, jemand, der größeres Wissen und Verständnis als Sie besitzt. Von dort können wir die Hilfe erwarten, die uns ermöglichen wird, anderen unsererseits zu helfen, die unserer Hilfe bedürfen - dann werden wir im Geiste der Sanftmut und Dankbarkeit verweilen und nicht in Arroganz und Selbstüberschätzung."

„Gibt es irgendwo noch lebende praktizierende Alchemisten, die praktisch arbeiten und die Ergebnisse ihrer Arbeit anderen, die sie brauchen, zur Verfügung stellen?" wollte Dr. Farnsworth wissen.

„Ich kann mich im Moment nur an zwei erinnern", erwiderte der Alchemist, „die ich persönlich getroffen habe. Einer lebt im Schwarzwald in

Deutschland und produziert spagyrische Medikamente, die nur auf ärztliches Rezept in Apotheken abgegeben werden dürfen. Der andere, Baron Alexander von Bernus, starb vor ein paar Jahren. Bis dahin stellte er auf seinem Schloß in Donaumünster - ein paar Kilometer von Donauwörth entfernt, wo Franz Hartmann geboren wurde - spagyrische Heilmittel her."

„Was ist mit von Bernus und Dr. Hartmann?" fragte Dr. Farnsworth angeregt.

„Am 2. Februar 1965 fuhr ein Tonaufnahmewagen des Bayrischen Rundfunks im Schloß Donaumünster ein, um ein besonderes Programm für den Westdeutschen Rundfunk zu übertragen. Bei diesem Anlaß wurde der Baron, ein Alchemist unserer Tage und ein bedeutender Schriftsteller vom Format eines Thomas Mann, mit dem er eng verkehrte, geehrt. Es ist nur verwunderlich, daß man Baron Alexander von Bernus diesen Tribut erst an seinem 85. Geburtstag zollte.

Die alchemistischen Schriften dieses Weisen des 20. Jahrhunderts, die in Deutschland erschienen und ins Französische übersetzt wurden, beweisen klar, daß es sich bei ihm um einen Alchemisten handelte, der selbst im Laboratorium arbeitete und nicht nur theoretisch die alten Schriften der früheren Alchemisten abhandelte. Seine Darlegungen lassen keinen Zweifel daran, daß er sehr viel verstand. Lassen Sie mich aus der Erinnerung folgende Stelle zitieren: 'Das Verfahren, wie man die Salze flüssig machen und überdestillieren kann, haben die alten Meister immer streng geheimgehalten. Nicht infolge eines müßigen Verlangens nach Geheimhaltung, sondern weil der Schlüssel zur Bereitung des Steins der Weisen hinter den Salzen verborgen liegt. Wer aber glaubt, irgend etwas in den metallischen Salzen unserer heutigen Chemie zu finden, geht gewaltig in die Irre. Der Gegenstand ist weit davon entfernt, einfach zu sein."

Freiherr Alexander von Bernus wurde am 6. Februar 1880 in Äschbach bei Lindau am Bodensee geboren. Als Kind lebte er in England, in Heidelberg und auf Stift Neuburg, dem Besitz seiner Vorfahren. Zuerst studierte er Philosophie und Literatur, dann von 1912 bis 1916 Medizin. Das Ergebnis seiner alchemistischen Studien war die Gründung des Stuttgarter Solunar-Laboratoriums im Jahre 1921. Später verlegte er das Laboratorium nach Schloß Donaumünster in Bayern. Hier hatte der Baron eine reichhaltige Bibliothek von Originalwerken über Alchemie und damit zusammenhängende Gebiete.

Wem der Baron besonders vertraute, dem erlaubte er, in den alten schweins-

ledernen Bänden zu blättern. Der Kenner wußte zu schätzen, die handge-
schriebenen Seiten der Werke eines Albertus Magnus noch in Latein oder die
Werke eines Paracelsus oder Valentinus in ihren Erstausgaben zu lesen.

Im Jahre 1942 sagte Dr. med. Oosterhuis von Den Haag, Holland, auf dem
medizinischen Kongreß in Utrecht über die Werke von Bernus: 'Eine der
Methoden der Alchemisten, die den Chemikern unserer Tage unbekannt blieben, bestand nach von Bernus Meinung in der Sublimation verschiedener
Kaliumsalze.' Der Vortragende legte dar, daß das feste Weinsteinsalz ($K_2 CO_3$)
durch die Kohobation mit einem ätherischen Geist verflüssigt werden kann.
Solch ein flüssiges Alkali ist von großem medizinischen Wert. Die Verflüs-
sigung und Destillation der Kalium- und Natriumsalze sind nach von Bernus
Geheimnisse, die unsere Chemie noch nicht entschleiert hat. Im Gegensatz zu
den pharmazeutischen Techniken unserer Tage dauern solche spagyrischen
Zubereitungen mit der vorhergehenden Vereinigung Monate, bis sie ein
Ergebnis zeitigen. Dr. Oosterhuis führte dann weiter wörtlich aus: 'Von Bernus
deutet an, daß die Metalle einen physikalisch-chemischen Zustand erreichen
können, der nicht weiter reduziert, das heißt nicht mehr auf Einzelbestandteile
zurückgeführt werden kann.' Alchemisten, die praktisch gearbeitet haben, wissen aus eigener Erfahrung, daß dies so ist, können sie doch ihre Essenz oder ihr
wesentliches Öl (den alchemistischen Sulfur) extrahieren. Das war es auch, was
mir von Bernus anvertraute, als ich ihn in seinem Schloß Donaumünster
besuchte. Dort laborierte er und mißachtete dabei keineswegs die Entdeck-
ungen der modernen Chemie. Daraus läßt sich schließen, daß der Baron kein
Dilettant war, der versuchte, persönliche Ansichten anderen aufzuzwingen,
sondern, daß er sowohl in alten wie in neuen Wissenschaften durchaus bewan-
dert war.

Ihn als führend unter den deutschen Alchemisten anzuerkennen, erscheint
angemessen, denn es war zur gleichen Zeit kein anderer öffentlich hervorgetre-
ten, der ihn überragt hätte. Diese Feststellung beruht auf persönlicher
Bekanntschaft mit jenen, die sich mit dem Hermetischen Werk in Europa und
in den USA befassen. Der Erfahrungsaustausch über unabhängig voneinander
im Laboratorium erzielte Resultate, die auf den strikten Formeln der alchemistischen Gesetze beruhen, beseitigen jeden Zweifel an der Möglichkeit, zu
übereinstimmenden Ergebnissen zu kommen. Dafür kann ich mich persönlich
verbürgen. Es war ein sich gegenseitig befruchtendes Geschehen.

Die Untersuchung des Azinats, eines Antimonpräparates, das der Baron herstellte, erwies, daß es nicht nötig ist, diesen Alchemisten des zwanzigsten Jahrhunderts zu verteidigen oder zu rechtfertigen, denn seine Werke sprechen für sich selbst. Ihre Annahme durch die europäische Medizinerschaft verleiht ihr das Siegel eines Verdienstes. Fortgeschrittene wissenschaftliche Denker der medizinischen und pharmazeutischen Welt haben sich um von Bernus geschart und die Erzeugnisse seines Labors geprüft. Er hat nicht spekulative, sondern wirkliche praktische Resultate erzielt, die den Prüfungen der Wissenschaft standgehalten haben.

Es mag seltsam anmuten, daß in diesem Zeitalter der medizinischen Wunder die Kunst und Wissenschaft des Alchemisten noch nötig erscheint. In modernen Texten über die Alchemie wird sie lächerlich gemacht. Man meint, sie wäre überholt. Wesentliche Erkenntnisse deuten aber eher darauf hin, daß der wahre Wert und das Wesen der Alchemie erst in unserer Zeit verstanden werden. Es ist ein ähnlicher Durchbruch wie während der Jahre um 1920, als Sir Ernest Rutherford die wissenschaftliche Welt bis in ihre Grundlagen erschütterte, als er die Umwandlung einzelner Elemente ineinander ankündigte. Heute zeigen die neuesten Atomgewichtstabellen als gesicherte Erkenntnis, daß sich dem Uran von Menschenhand geschaffene Elemente anschließen. Inzwischen werden solche Erkenntnisse in den wissenschaftlichen Lehrbüchern so dargestellt, als ob es nie einen Zweifel daran gegeben hätte. Und doch, die lächerlich gemachten mittelalterlichen Wissenschaftler, die man als Alchemisten kennt, behaupteten, daß eine Transmutation möglich sei und bewiesen es Jahrhunderte vorher.

Die Iatrochemie, so wie sie von den Medizinern verstanden wurde, hatte ihren Ursprung in den 'Tugenden' der Substanzen.

Es handelt sich nicht um einen synthetisch hergestellten Bestandteil, sondern die der Substanz innewohnende Qualität, - auf natürliche Weise gewonnen, - ist ausschlaggebend. Das frühere Wissen über die Bedeutung der einer Substanz innewohnenden Eigenschaften für die medizinische Wissenschaft ging zu einem großen Teil verloren. Baron von Bernus legte den Widerspruch offen, der darin besteht, chemisch gewonnene Substanzen zu verwenden, die der wesentlichen Heilung bringenden Qualitäten beraubt sind. Die alchemistische Zubereitung wird zur Notwendigkeit, wenn man nicht bloß an den Symptomen herumkurieren will, sondern die Ursache der Krankheit zu beseitigen trachtet. Der Baron und andere, die sich mit diesem Gebiet befaßten, produzierten solche Medikamente. Klinische Versuche durch praktizierende

Ärzte haben die Wirkung zu beweisen. Nur durch Versuche wird man herausfinden können, wieviel die Alchemie wert ist. Alchemie war ein bedeutender Faktor in der Medizin und wird es bleiben.

Alchemistische Präparate sind deswegen schwerer herzustellen, weil sie eine sehr sorgfältige Zubereitung verlangen und es nur wenige wirkliche Alchemisten gibt. Dadurch sind solche Produkte in der Medizin äußerst selten. Sie können nicht in Fabriken hergestellt werden, denn das dazu nötige Wissen steht in keiner Pharmakopöe, weshalb es Aufgabe der Alchemisten sein wird, diese zu ergänzen. Alchemie selbst ist nicht ein Teil der Heilkünste wie Allopathie, Homöopathie oder Biochemie. Sie ist ein Verfahren zur Herstellung reiner Medikamente, die in jedem der obigen Systeme anwendbar ist. Solche Medikamente behalten die mitgebrachten unerläßlichen Tugenden oder Heilkräfte, die auf wissenschaftliche Weise räumlich konzentriert wurden. Patienten, die in die glückliche Lage kamen, die Erzeugnisse des Solunar-Laboratoriums einzunehmen, sind die lebenden Zeugnisse der Wirksamkeit dieser Präparate.

Es ist ein glücklicher Umstand, daß Bernus alchemistisches Wissen anderen vermittelte, denen er vertraute. So kann sein Werk zum Nutzen der Menschheit durch die dazu Bevollmächtigten fortgesetzt werden.

Wie bereits angedeutet, entstammte der gleichen Gegend, in der von Bernus arbeitete, noch eine andere Persönlichkeit, welche die okkulten und hermetischen Lehren beeinflußte. Dr. Franz Hartmann wurde als Sohn eines Arztes in Donauwörth in Bayern am 22. November 1838 geboren und starb am 7. August 1912 in Kempten. Während der 74 Jahre seines irdischen Daseins erlebte er viele Veränderungen, nicht nur in der Welt um sich herum, sondern auch in sich selbst. Mit 24 Jahren beendete er seine pharmazeutischen Studien. Da er darin nicht gefunden hatte, was er suchte, nämlich ein Wissen, das ihm hätte helfen können, sein alchemistisches Forschen zu unterstützen, entschied er sich, Medizin zu studieren. Danach kamen Jahre erfolglosen Bemühens, das ihn durch die ganze Welt trieb. Er verzweifelte fast, weil er jenes Wissen, das Männer wie Paracelsus und andere vor ihm besessen hatten, nicht finden konnte. Er kam in die USA und errichtete eine Augenklinik. Dann ging er nach Mexiko. Hierauf lebte er eine Zeitlang in Colorado, worauf er sich als Schiffsarzt auf den Weg in den Orient begab. Über Japan gelangte er nach Indien. Dort fand er Kontakt zu der Theosophischen Bewegung. Frau Blavatsky war es, die sein Denken auf positive Wege leitete. Nach zwei Jahren in Indien kehrte er 1885 nach Europa zurück und lebte in Salzburg und Berchtesgaden. 1897 gründete er in München die Internationale Theosophische Gesellschaft und wurde in der ganzen Welt als der Vorkämpfer ihrer Ziele bekannt.

In den USA veröffentlichte er die erste englische Ausgabe der 'GEHEIMEN SYMBOLE DER ROSENKREUZER'. Unglücklicherweise fehlt in einer etwas späteren Ausgabe seine recht ausführliche Einleitung. Nach seinem Tode vergrößerte sich sogar der Einfluß von Franz Hartmann auf seine Zeitgenossen.

Dann gibt es noch andere in unserer eigenen Zeit. Manche kennt man nur dem Namen nach, weiß aber nichts über ihren Aufenthaltsort. Dazu gehört zum Beispiel Fulcanelli.

Es war im Herbst 1937, als Pierre de Lesseps, der Eigentümer von Chateau de Lere, in der Nähe von Bourges, in seinem Schloß in Gegenwart eines Chemikers, eines Geologen und zweier Physiker aufmerksam zusah, wie jener Fulcanelli ein halbes Pfund gewöhnliches Blei schmolz und dann eine unbekannte Substanz hinzufügte. Nach kurzer Zeit war das Blei in Gold verwandelt. Als er gefragt wurde, was die Substanz, die er beigefügt hatte, sei oder was sie enthielte, um eine solche Verwandlung hervorbringen zu können, antwortete er nur, daß sie aus Pyrit, einem natürlich vorkommenden Mineral, bestehe, das aus Eisensulfid ($FeS2$) gewonnen sei.

Er verwandelte dann noch 100 g Silber in Uran. Die erstaunten Zeugen hatten sehr genau aufgepaßt. Anfangs hatten sie die Ausgangsmaterialien genau untersucht, ebenso wie nachher die Endprodukte, die der Alchemist vorwies, denn um einen solchen mußte es sich hier handeln. Sie alle hatten die Tatsache dieses Phänomens der Transmutation eines Metalls in ein anderes zugeben müssen.

Kurz danach verschwand Fulcanelli. Einer der wenigen, denen er vertraute, sein früherer Sekretär, lebt gegenwärtig in Savignies bei Beauvais in Frankreich. Dieser schiebt alle Fragesteller ab mit dem Bemerken, er kenne den gegenwärtigen Aufenthaltsort Fulcanellis nicht und wisse nicht, ob Fulcanelli sein wahrer oder bloß ein angenommener Name sei. Er weigert sich standhaft, irgendwelche Informationen über diesen mysteriösen Menschen zu veröffentlichen. Der Name von Fulcanellis Sekretär ist Eugene Canseliet.

Es gibt wilde Spekulationen über den Aufenthaltsort von Fulcanelli. Zahlreiche Geschichten über ihn sind in Umlauf. Man behauptet, daß das FBI hinter ihm her war und immer noch sei, da man annimmt, daß er im Besitz eines Schriftstückes von Roger Bacon ist, eines Alchemisten des 13. Jahrhunderts, in dem ein Verfahren zur Atomspaltung und Atomfusion enthalten sein soll. Man bezieht sich auf eine Bemerkung von Roger Bacon: aus einem bestimmten Material könne ein Explosivstoff gemacht werden, der fähig sei, eine ganze Stadt oder eine ganze Armee in einem blendenden Blitz untergehen zu lassen. Manche meinen, daß sich dies auf die Erfindung des Pulvers beziehe. Andere weisen diese Ansicht zurück, indem sie zu bedenken geben, daß der Blitz bei der Explosion von Pulver und vor allem die Zerstörungskraft von Pulver nicht groß genug sei, um eine ganze Stadt zu vernichten, wie es der Mönch Roger Bacon behauptet hatte. Dies könne nur durch die Entfesselung der Atomkraft erreicht werden. Man erzählt sich auch, daß Fulcanelli versuchte, Professor Rene Hellbronner, einen französischen Wissenschaftler, von seinen Atomforschungen abzubringen.

Welche Phantasien oder Sachverhalte auch mit dem Namen oder Menschen Fulcanelli verbunden sein mögen, die eine Tatsache bleibt bestehen, daß ein Mann unter diesem Namen in Frankreich erschien und vor rund vierzig Jahren ein alchemistisches Experiment im Laboratorium von Chateau de Lere durchführte, wie von dem Eigentümer des Schlosses und anderen glaubwürdigen Zeugen berichtet wird.

Die Frage aber bleibt bestehen: Wer war oder ist dieser moderne Alchemist Fulcanelli, und wo lebt er jetzt? Eugene Canseliet weigert sich unnachgiebig, etwas zu sagen, und so vertieft sich dieses Geheimnis immer mehr.

Wird seine Identität in der nächsten Zukunft enthüllt werden? Wer weiß!

Es wird Sie vielleicht interessieren, daß ich soeben von Europa zurückgekommen bin, wo ich Fulcanellis einzigen Schüler, Eugene Canseliet, getroffen habe. Ich wollte einige Dinge klären, die Mißverständnisse unter seinen Lesern verursacht haben und die auch durch die Darstellungen seiner persönlichen alchemistischen Demonstrationen nicht ausgeräumt wurden.

Es ist jetzt ein paar Monate her, seit Herr Augusto Pancaldi aus Ascona und ich im Orientexpress von Domodossola nach Paris fuhren. Herr Villa Santa aus Lugano hatte eine Verabredung für uns mit Eugene Canseliet in seiner Wohnung in der Nähe von Beauvais arrangiert, eine Fahrstunde vom Gare du Nord in Paris. Da Canseliet nicht Englisch spricht, war Herr Pancaldi dabei, der sich selbst aktiv mit laborantischer Alchemie befaßt. Da er vier Sprachen beherrscht, war er als Dolmetscher zur Überwindung der schwierigen alchemistischen Sprachbarriere gut geeignet.

Als wir zur verabredeten Zeit ankamen, wurde uns von Frau Canseliet mitgeteilt, daß sie nichts von unserem Kommen wisse und daß Herr Canseliet nicht zuhause sei. Wir empfanden dies als Ausrede, die verhindern sollte, daß er gestört werde. Sie war dann einverstanden, daß wir später noch einmal kommen sollten, denn sie wisse, wie sie ihn erreichen könne. Wir kamen später wieder. Er öffnete die Tür und führte uns in sein Haus, in einen nicht sehr großen Wohnraum. Canseliet ist von kleiner Gestalt, mit wenigen Haaren, die von den Seiten und von seinem Hinterhaupt weit herabhängen.

Wir drei setzten uns nun an einen runden Tisch. Nach dem Austausch der Förmlichkeiten, als die Unterhaltung in Gang gekommen war, stimmte Canseliet zu, einige Fragen zu beantworten, die ich auf der Fahrt im Zug vorbereitet hatte. Herr Pancaldi las die Fragen vor und schrieb die Antworten von Canseliet genau mit, um spätere Mißverständnisse zu vermeiden. Wenn einige der französischen Worte von Canseliet in meinen Aufzeichnungen in Klammern erscheinen, so nur, um die Bedeutung vergleichen und zeigen zu können, daß die Übersetzung aus dem Französischen den gleichen Sinn ergibt.

Ich begann, indem ich fragte: 'Herr Canseliet, Sie sind durch Ihre alchemistischen Schriften in Europa bekannt geworden, und zwar vor allem durch die Veröffentlichung der zwei Bücher Fulcanellis. Da nur eines davon ins Englische übersetzt wurde, ist Ihr Name in den USA nicht so bekannt wie in Ihrem Vaterland Frankreich. Ich will einen genauen Bericht dieses Zusammentreffens geben. Darf ich Sie um zusätzliche Informationen bitten?'

Antwort: 'Ja, denn die Alchemie verändert sich nicht in sich selbst (immuable). Alchemie ist die große Harmonie. In einem bestimmten Sinn ist sie auch die Kunst der Musik, wie die des Priestertums, was beides eine beständige Reinigung erfordert, denn der Alchemist hat in beständigem Einklang (soit au diapason) mit seiner Materie, dem Kosmischen, zu sein. All dies muß in völliger Reinheit geschehen, genau wie es Rulandus in seinem Lexikon sagt: Alchemia est impuri separatio . . .

Die Alchemie besteht aus drei Teilen:
1. Der Notwendigkeit, mit der Materie, mit der man arbeitet, Harmonie zu sein.
2. Diese Harmonie hat auch im Alchemisten selbst zu bestehen.
3. In Harmonie mit dem Kosmischen zu sein.

Alle drei haben als eine Harmonie zu existieren. Diese Harmonie kann durch Strahlungen, die das Wetter stören, sehr beeinflußt werden, wie man bei einem beständig bedeckten Himmel oder der gegenwärtigen anhaltenden Trockenheit beobachten kann.

In unseren Laboratorien führen wir die gleichen Arbeiten aus wie die Alten, wobei wir jedoch den Vorteil einer besseren technischen Ausrüstung haben. Dafür aber beklagen wir den Nachteil, daß uns etwas fehlt, was die Alten hatten: eine enge Verbindung mit der Natur. Sie hatten auch den Vorteil, daß die vier Jahreszeiten nicht so durcheinander waren, wie wir es jetzt erleben. Wenn der Himmel bedeckt ist, kann der Universale Geist nicht herabsteigen.'

Frage: 'Ihr Name, Herr Canseliet, ist beinahe gleichbedeutend mit dem von Fulcanelli geworden. Ist dies deswegen so, weil Sie die einzige Person sind, die sich als sein Schüler bezeichnen kann?'

Antwort: 'Ich war der einzige (le seul) Schüler von Fulcanelli.'

Frage: 'Arbeiteten Sie theoretisch mit Fulcanelli, oder waren Sie sein Gehilfe in der praktischen alchemistischen Arbeit im Labor oder beides?'

Antwort: 'Wir, Fulcanelli und ich selber, haben uns nur mit spekulativer Alchemie befaßt. Ich habe einige Dinge während dieser Zeit gesehen, in der ich mit Fulcanelli zusammen war. Ich konnte ihm oft einen Gefallen tun, was mir ermöglichte, ihn zu beobachten, während er arbeitete. Ich arbeitete nicht mit ihm zusammen. Ich schaute lediglich zu. Ich lernte Fulcanelli 1915 kennen, als ich 16 Jahre alt war. Dies geschah durch einen Angestellten, den er hatte, und der sagte zu mir: 'Ich werde dich mit einer sehr interessanten Persönlichkeit bekanntmachen', und das war dann Fulcanelli.'

Frage: ' Wann haben Sie Fulcanelli zum letzten mal gesehen?'

Antwort: 'Ich war 15 Jahre mit Fulcanelli zusammen. Fulcanelli verließ mich 1930. Das war das Jahr, in dem 'Demeures Philosophales' (Die Wohnungen der Philosophen) veröffentlicht wurde. Kennen Sie 'Le Mystere des Cathedrales'? Es wurde ins Englische übersetzt, aber ich bin nicht überzeugt, daß es eine gute Übersetzung ist, vornehmlich, weil ich nicht Englisch spreche. 1932 starb Jules Champagne, dessen Bild Sie hier an der Wand sehen. Von ihm stammen alle Zeichnungen in dem Buch.'

Frage: 'Wissen Sie, woher Fulcanelli kam?'

Antwort: 'Nein. Ich weiß nur, daß er einen großen Freundeskreis hatte, darunter auch Ferdinand Lesseps (Erbauer des Suezkanals) und Pierre Curie, um nur ein paar gut bekannte Namen zu erwähnen.'

Frage: 'Wissen Sie, wo Fulcanelli jetzt ist, oder haben Sie irgendwelche Vermutungen?'

Antwort: 'Er besuchte mich 1922 einige Male in Sarcelles. Als er mich 1930 verließ, war er ein alter Mann (un vieillard). Als ich ihn 1952 wiedertraf, sah er wie kaum 50 Jahre alt aus.'

Frage: 'Wen sehen Sie als den bestinformierten lebenden Alchemisten in Europa oder sonst an?'

Antwort: 'Ich kenne keinen.'

Frage: 'Sind Sie mit anderen Alchemisten hier auf Erden in Kontakt? Wenn ja, mit welchen?'

Antwort: 'Ich kenne keinen. Da gab es Barbault und Savouret, aber sonst kenne ich nur Studenten der Alchemie, und ich bin bloß ein älterer Student. Einer der ältesten, die mit jüngeren Studenten arbeiten, denn Alchemie ist vor allem die Kunst des Feuers.'

Frage: 'Was halten Sie von Armand Barbault und seiner spagyrischen Produktionsweise, wo wir ihn doch beide persönlich kennen?'

Antwort: 'Er betreibt spagyrische Chemie. Ich weiß persönlich von ihm, daß er auf diese Weise arbeiten wollte. Sein Turba ist nicht die Prima Materia der Philosophen. Man kann dies nicht ernst nehmen (ce n'est pas serieux). Man kann aus Pflanzenüberresten (dechets vegetaux) nichts Nützliches machen. Aber es gibt Gebiete, auf denen die persönliche Überzeugung eine Rolle spielt, und jedermann handelt in Übereinstimmung mit seinen Überzeugungen.'

Frage: 'Was halten Sie von der Zukunft der praktischen laborantischen Alchemie?'

Antwort: 'Ich glaube, daß die Jugend (les jeunes) sich damit befassen wird (s'y mettrent). Seit mehr als zwanzig Jahren beobachte ich, daß die Zukunft der Alchemie der Jugend gehört. Der Philosoph mit seinem Stein ist stets in der Gegenwart, und diese Gegenwart enthält beides, die Vergangenheit und die Zukunft.'

Frage: 'Sind Sie damit einverstanden, daß wir beide, Sie und ich, zusammen einige praktische alchemistische Experimente in Ihrem Labor, oder wo immer Sie wollen, durchführen?'

Antwort: 'Ich sehe keine Schwierigkeiten, sobald das Labor fertig ist, aber nicht zu dieser Jahreszeit.'

Daraufhin sagte Herr Pancaldi zu Herrn Canseliet:

'Ich kann diese gemeinsamen Arbeiten vorbereiten. Es liegt an Ihnen, auf welche Weise Sie den Philosophischen Merkur herstellen wollen, auf dem Trockenen oder auf dem Feuchten, denn beide Methoden können angewandt werden. Die Zeit hängt von unserer Anwesenheit hier im nächsten Jahr ab, und zwar zwischen Juni und August.'

Antwort: 'Ich ziehe den trockenen Weg vor. Wissen Sie, daß der Philosophische Merkur nur zur richtigen Zeit hergestellt werden kann? Entsprechend der traditionellen Alchemie soll diese Zeit der Frühling sein, denn nur der Philosophische Merkur, der zu dieser Zeit produziert wird, ist der Philosophische Merkur. Darum ist es wichtig, den richtigen Zeitpunkt zu kennen.'

Frage: 'Wissen Sie, wie man den Philosophischen Merkur auf dem trockenen und nassen Weg herstellen kann, und sind Sie bereit, dies zu beweisen?'

Antwort: 'Nein. Meiner Ansicht nach sprechen die meisten traditionellen Texte nur deshalb vom nassen und trockenen Weg, um den trockenen Weg besser zu verbergen. Der Philosophische Merkur kann nur auf dem trockenen Weg gewonnen werden.'

Herr Pancaldi unterbrach, wies auf mich und sagte: 'Er kann einen Glasbehälter sowohl für den trockenen wie für den feuchten Weg benutzen.' Daraufhin antwortete Canseliet nur: 'Nein.'

Frage: 'Was verstehen Sie unter dem Philosophischen Merkur?'

Antwort: 'Die Seele (l'ame), dies ist der kleinere Teil (la partie minuscule), den man aus der Masse während der Sublimation auf dem trockenen Weg gewinnen kann. Er wird auch der kleine Fisch (le petit poisson = la remore), der zum Stein wird, genannt.'

Frage: 'Zeigte Fulcanelli im Labor, wie der Philosophische Merkur zu bereiten ist, und haben Sie dies auf die gleiche Weise nachvollzogen? Wenn ja, können Sie den Philosophischen Merkur unmittelbar erkennen, wenn man ihn Ihnen zeigt?'

Antwort: 'Ja, ich habe es beobachtet. Ja, ich habe mit dem Philosophischen Merkur gearbeitet. Ja, ich würde den Philosophischen Merkur erkennen, wenn er mir gezeigt wird.'

Frage: 'Waren Sie Augenzeuge einer Transmutation von Blei in Gold durch Fulcanelli?'

Antwort: 'Ja. Ich war zusammen mit Gaston Sauvage und Jules Champagne anwesend. Die Transmutation fand in einer Fabrik in Gaz de Saroelles statt, wo ich angestellt war. Ich führte die Transmutation unter der Anleitung von Fulcanelli selber durch. Ich erhielt drei kleine Stücke des transmutierenden Steines. Dieser transmutierende Stein bestand zu einem Teil aus Gold und zu

80

einem Teil aus dem Stein der Weisen.'

Frage: 'Machte Fulcanelli sonst noch irgendwelche Transmutationen, wobei allein Sie anwesend waren?'

Antwort: 'Nein. Er machte keine anderen Transmutationen ausschließlich in meiner Gegenwart. Ich weiß nur von der einen in Sarcelles.'

Frage: 'Lehren Sie Ihre Schüler auch weiterhin das, was Ihnen Fulcanelli gelehrt hat?'

Antwort: 'Ich bin Schuldirektor (chef d'ecole), ähnlich wie Andre Breton. Mein engster Kontakt mit meinen Schülern erfolgt durch Bücher und eine beträchtliche Korrespondenz. Ich werde auch von vielen Leuten besucht, und wenn ich mich nicht von Zeit zu Zeit zurückziehen kann, wäre ich nicht fähig, etwas zu tun (sinon je ne ferais plus rien). Auch mit Italienern habe ich eine beachtliche Korrespondenz.'

Frage: 'Haben Sie irgendeinen persönlichen alchemistischen Erfolg im Labor gehabt, den Ihnen andere bezeugen können, nachdem Fulcanelli Sie verlassen hat?'

Antwort: 'Ja. Vor einiger Zeit, als ich noch mehr experimentierte als jetzt, habe ich ein Nordlicht erzeugt (Aurora Borealis). Die letzte Zubereitung habe ich bis jetzt noch nicht vollendet, abgesehen von der Reihenfolge der Farben und der Reihenfolge der Planeten, die in einem irdenen Gefäß nicht verfolgt werden können. Trotzdem kann man aber mit Hilfe von harmonischen Geräuschen und pfeifenden Tönen einen Vergleich zustande bringen, ohne eine chromatische Skala zu haben. Man kann sie chromatisch nennen wegen ihrer farblichen Beziehung zu der musikalischen Skala. Diese letzte Zubereitung konnte ich nicht vollenden, weil die Zeit, welche die Alten die 'Woche der Wochen' nannten, nicht durch das richtige Wetter begünstigt war. Die Luft war durch die verschiedensten Strahlen gestört. Dies ist der Grund, warum meine letzte Zubereitung einfach nicht zustande kommen will oder kann. Sie wissen, daß für eine solche Woche die folgenden traditionellen Erfordernisse während des Frühlings erfüllt werden müssen: Schönes Wetter mit einem klaren Himmel (ciel decouvert), während das zweite Viertel des Mondes sich dem Vollmond zuneigt. Beide Bedingungen sind nicht so leicht zusammenzubringen.' !

Frage: 'Unterrichten Sie noch in praktischer laborantischer Alchemie?'

Antwort: 'Ich lehre durch Bücher und durch persönlichen Kontakt. Die Wissenschaft und die Universität sind mein Gebiet und nicht die sogenannten okkulten Kreise.'

Frage: 'Unterrichten Ihre Schüler?'

Antwort: 'Die 'Association culturelle de l'Universite de Paris' erkannte mich mit dem Titel 'savant' (Weiser) an, und ich bin stolz darauf.'

Frage: 'Würden Sie mir erlauben, Ihr Labor zu fotografieren, damit der Nachwelt ein Bild davon überliefert werden kann?'

Antwort: 'Ich ziehe gerade mit meinem Laboratorium um. Ich kann die Stufen die Treppe hinauf nicht mehr gut bewältigen. Sie können den neuen Feuerplatz am Ende des Gartens sehen. Wie Sie wissen, ist der Ofen ein bedeutender Teil des Labors.'

Frage: 'Benutzen Sie gegenwärtig irgendeine Ihrer alchemistischen Zubereitungen zur Verbesserung Ihrer Gesundheit?'

Antwort: 'Ja. Dank dieser Zubereitung lebe ich noch. 1974 hatte ich eine Herzattacke. Dank des NITER, den ich als ein rotes Salz aus dem Tau im Frühling produziere, konnte ich genesen.'

Da Herr Pancaldi und ich noch eine andere abendliche Verabredung in Paris hatten, verließen wir Canseliet, nachdem wir den Nachmittag in seinem Heim zugebracht hatten, wo wir auch Professor Dr. Monod Heizen trafen, einen bedeutenden französischen Arzt, der beträchtliches Interesse an der laborantischen Alchemie zeigte. Es ist nicht nur ein angenehmes Treffen gewesen, sondern auch anregend und interessant, da der Professor sein ganzes Leben damit verbracht hatte, den Ursprung des Lichtes vom Standpunkt eines Arztes aus zu erforschen, wobei er nicht ignorierte, was die Alchemie dazu möglicherweise zu sagen hat.

Bald darauf wurden wir eingeladen, die persönliche Bekanntschaft von Herr Julio Villa-Santa aus Lugano zu machen, der einige Jahre zuvor ebenfalls ein Interview von Canseliet erhalten hatte, um die beiden dann gemeinsam zu vergleichen. Obwohl das frühere Interview eine Roundtable-Diskussion vor dem Schweizer Radio gewesen war, zeigten sich keine sonderlichen Unterschiede. Sowohl Herr Villa-Santa wie seine Frau, die frühere Countess Sophia Tekeli de Scel, sind eifrige Studenten der Alchemie, die nun auf das nächste Jahr und die gemeinsamen Experimente von Canseliet und mir in Beauvais warten."

„Können Sie etwas über Paul Brunton sagen, der ja noch lebt?" fragte Elisabeth Gunderson.

„Entschuldigen Sie", unterbrach Dr. Farnsworth, „sind Sie vielleicht zufällig mit irgendeinem dieser unserer Zeitgenossen, von denen Sie sprachen, bekannt oder kennen Sie diese nur vom Hörensagen? Nehmen wie den letzten

Namen als Beispiel."

„Ja, ich kenne Paul Brunton persönlich", antwortete der Alchemist, „sofern das wichtig ist."

„Eine interessante Entdeckung wurde von all denen gemacht, die sich an neue Erfahrungen wagten. Sie spürten den Erfahrungen von jemand anders nach, der sein Leben der Aufgabe gewidmet hatte, die Mysterien zu finden und auf begreifliche Weisen darzustellen, die das menschliche Leben umgeben. Paul Brunton hat dies versucht, und er hat damit Erfolg gehabt. Die lebhaften Szenen, die vor dem Auge des Lesers erscheinen, wenn er die Reise des Autors nach Ägypten und in den Fernen Osten verfolgt, lassen ihn alles miterleben und bringen ihn zu einem Verständnis seiner reiferen Werke, wie 'Die Weisheit des Überselbst' und 'Philosophie der Wahrheit', 'Tiefster Grund des Yoga'. 'Die kommende Krise der Menschheit' weist auf die Folgen der gegenwärtigen Entwicklung hin, wie sie sich in Paul Bruntons Erfahrung offenbaren. Eine Einsicht, die er als Ergebnis der Führung, die ihm in seinem Leben zuteil wurde, gründlich darstellt.

Wer sich zum erstenmal mit Esoterik befaßt, wird seine Werke äußerst interessant und enthüllend finden. Sie werden ihn mit einer tiefen Einsicht in die Beziehung des Menschen zu den sogenannten Höheren Sphären und deren Manifestationen versehen. Er wird sich dann als ein untrennbarer Bestandteil dieser Sphären erkennen."

„Was können Sie uns über die Rosenkreuzer sagen?" fragte Godfrey Gunderson. „Soviel wird über sie geschrieben, und sowenig ist tatsächlich bekannt. Wer waren sie wirklich? Wenn noch einige existieren, wo sind sie dann heute? Und was ist mit ihren Lehren, die ja nicht nur von einer Person stammen, sondern von vielen, die alchemistisch gearbeitet und ihr Ziel erreicht haben? Ich habe das Buch 'Die geheimen Figuren der Rosenkreuzer des sechzehnten und siebzehnten Jahrhunderts', das ursprünglich in deutsch erschienen ist und das ich fließend lesen kann. Was können Sie über dieses Buch und die vielen anderen Bücher über Alchemie sagen?"

„Laßt uns auch das betrachten", sagte der Alchemist, indem er seinen Hemdkragen lockerte, „viele okkulte Bücher beziehen sich auf das von Ihnen erwähnte Buch. Sie behaupten, es wäre die Quelle, aus der ihre Weisheit geschöpft wurde. Alchemistische Symbole und kabbalistische Interpretationen wurden seinen Seiten entnommen. Das Wort 'Rosenkreuzer' allein rief schon eine Art von Ehrfurcht und Scheu hervor, weil diejenigen, die man wirklich zu ihnen zählen konnte, tatsächliche Alchemisten waren, und nicht nur solche, die die Alchemie lediglich aus Büchern kannten. Es ist wie üblich: Etwas, was nicht verstanden wird, ist etwas, was von denen, die es verstehen, aufs höchste bewundert wird, während es anderen ein Rätsel bleibt.

Diejenigen, die in das fortgeschrittene Werk der geheimen Lehren eingeführt werden, kommen zu einer alarmierenden Schlußfolgerung, wenn sie der Tatsache gegenüberstehen, daß dieses Buch nur als ABC-Büchlein für junge Schüler, die sich täglich einfältig in der Schule des Heiligen Geistes üben, betrachtet wurde und immer noch wird. Dabei hat das Alter des Schülers sicher nichts mit den weltlichen Jahren zu tun, die er hinter sich gebracht hat.

Manche erachteten dieses Buch als den Auszug aus einer alchemistischen Weisheit, die für uns so weit entfernt liegt, daß man sie nur voller Verwunderung betrachten kann. Andere, die sich so weit vorbereitet hatten, daß sie in die Kreise derer aufgenommen wurden, die solche Dinge lehren und praktizieren, erfahren dann, daß diese Aufzeichnung nur als ein Buch für Anfänger angesehen wird. Der Schock ist verständlich, denn nur wenige haben dieses Buch gesehen oder kennen es gar.

Eine andere Überraschung ergibt sich, wenn diejenigen, die zugelassen wurden, in verhältnismäßig kurzer Zeit zu der Erkenntnis gebracht werden, daß es tatsächlich ein Anfängerbuch ist. Zuvor hatten alle Arten von Studien zu einem scheinbar hohen Grad an Fortschritt innerhalb des theoretischen Gebietes der esoterischen und okkulten Studien und Lehren geführt. Aber nur, soweit diese Theorien dann auf den Richtlinien beruhen, die sich allmählich selbst zu enthüllen beginnen, nur soweit sind sie von Wert.

Wenn man eine Tatsache nach der anderen demonstriert und mit anderen in Beziehung bringt, so wird die Offenbarung zu einem Wunder, für das es keine Worte gibt. An den Ausdrücken und Gefühlen jener, die das erlebt haben, kann man es erkennen. Das Unglaubliche wird plausibel, und eine etwaige negative Einstellung und Haltung macht bei denen, die in diese früheren Geheimen Symbole der Rosenkreuzer des 16./17. Jahrhunderts eingeführt werden, einer positiven Haltung Platz.

Viele Kommentare wurden zu diesem Werk geschrieben und veröffentlicht. Doch sie haben sich nur als das erwiesen, was sie vorgaben zu sein, nämlich ein Kommentar. Kommentare für oder gegen eine Sache haben selten - wenn überhaupt - irgend etwas verbessert oder etwas Grundlegendes enthüllt. Symbole sind für viele ideal, weil sie dahinter ihre Unwissenheit verbergen können, denn jedermann kann sie für seine Meinungen oder Phantasien gebrauchen. Symbole antworten nicht, sie lächeln nur wie eine Sphinx zurück. Sie erzählen niemand etwas, außer demjenigen, der die ihnen innewohnende gültige und bewiesene Bedeutung kennt. Ursprünglich war die verborgene Weisheit in den okkulten Lehren durch den Gebrauch solcher Symbole versteckt. Symbole unterscheiden heißt: sie kennen. Man kennt sie indessen nur, wenn man entdeckt hat, daß ihre Bedeutung von einigem Wert ist. Den Wert findet man durch die Offenbarung der Gesetze, die hinter den Symbolen in der Form ihrer Bedeutung verborgen sind. Die Bedeutung kann nur von denen erkannt werden, die rein in ihrem Körper, ihrem Geist und ihrer Seele sind, denn solche Reinheit macht sie weise. Die Weisen werden durch die Vernunft gesteuert und nicht durch Glauben und Vermutungen.

Um die Bedeutung der Geheimen Symbole der Rosenkreuzer des 16./17. Jahrhunderts zu verstehen, muß man in das esoterische Wissen gesetzmäßig initiiert werden. Durch dieses gesetzmäßige Vorgehen wird man dann die Geheimen Symbole kennenlernen und verstehen können.

Eine praktische Anwendung der Gesetze ist erst möglich, nachdem die Theorie gemeistert wurde. Dieses Axiom ist äußerst wichtig wenn man je etwas im hermetischen Werk erreichen will, wie diejenigen bezeugen können, die eine Ahnung von den für die Brüder R + C geltenden Regeln haben.

Kommentare zu diesem tiefgründigen Werk enthüllen nur das Wissen oder Nichtwissen derjenigen, die diese Erklärungen anbieten. Erklärungen, die - wenn überhaupt - meist nicht mit genügenden Begründungen versehen sind. Dadurch verschaffen sich diese Leute nur ein für alle lesbares Etikett der Kategorie, zu der sie gehören. In die hermetischen Lehren Initiierte werden die lebenden Beispiele der in den Lehren verborgenen Symbole. Sie benötigen keine Kommentare, denn ihre Handlungen ergeben Lob oder Verurteilung, je nachdem, ob sie die Wahrheit oder die Nachahmung zustande bringen. Das augenscheinliche Ergebnis der erworbenen und angewandten Weisheit wird der endgültige Richter am Ende ihrer Werke sein. Man wird solche Initiierte aber auch nicht einfach daliegen sehen, damit die Profanen auf ihnen herumtreten können. Das ist auch der Grund, warum die Brüder vom R + C für diejenigen unsichtbar bleiben, die in sich nicht rein genug sind, um sie zu erkennen - wo sie sich doch gleichzeitig anderen Personen enthüllen, die sich vorbereitet haben, sie selbst und ihre Lehren zu empfangen. Man wird sie in ihrer äußeren Erscheinung nicht anders finden als andere Menschen, denn sie nehmen die

Kleider und Gebräuche des Landes an, in dem sie leben. Hier werden sie das ABC ihres kleinen Büchleins jene Schüler lehren, die täglich einfältig in der Schule des Heiligen Geistes praktizieren, als Vorbereitung für das, was folgen wird und was vorher nicht gesagt werden konnte, weil es gegen das Gesetz gewesen wäre. Sie werden nichts versprechen außer einer helfenden Hand für jene, die danach verlangen, damit sie sich allenfalls nachher selber helfen können. Wer sein Ziel erreichen will, gleichgültig welcher Art, ist in Gefahr, es zu verfehlen.

Viele streben ein so hohes Ziel an, daß es nicht überraschend ist, wenn sie es nicht erreichen. Die Ursachen dafür findet man meistens in ihrem ersten Versuch, der ihre Fähigkeiten weit überstieg. Es ist nicht falsch, hohe und edle Ziele zu haben, vorausgesetzt, sie liegen im Bereich unseres Vermögens. Der Zeitfaktor allein kann nicht entscheiden, ob wir unsere Ziele erreichen, eher dagegen der Wille, ganz von vorne zu beginnen und sich auf die Anforderungen entsprechend vorzubereiten.

Für die meisten liegt der Keim für ihr späteres Versagen bereits am Anfang. Wesentliche Vorbereitungen, auf einfachen Gesetzen beruhend, werden gewöhnlich übersehen oder als unwichtig betrachtet, verglichen mit den erwünschten Resultaten. Das endgültige Zutagetreten des eroberten Berggipfels allein stellt man sich vor und vergißt dabei den Weg dorthin. Eine Weile nach dem Beginn überkommt den Wanderer ein Gefühl der Müdigkeit. Es scheint noch ein so weiter Weg vor ihm zu liegen, für den er schlecht ausgerüstet ist. Man ermattet dann leicht und unterliegt einer Erschöpfung. Schließlich erkennt man dann, daß diese Erschöpfung nicht von dem Ziel kommt, das man hatte und das noch weit weg liegt, sondern von der eigenen ungenügenden Vorbereitung auf die vor einem liegende Reise.

Hätten wir nur ein bißchen länger gewartet, uns unseren Kurs besser überlegt und Vorräte für das Unerwartete angelegt, das wir auf dem Pfade des Lebens immer antreffen, dann hätten wir mehr Mut in Reserve gehabt, als wir ihn am dringendsten benötigten. Wir hätten dann aus diesem Reservoir Hilfe bekommen können, sobald alle uns fehlten, von denen wir abhängen. Zu spät erkennen wir, daß wir unsere Ziele selbst erreichen müssen. Wer mit seinem Wagen einen Stern erreichen will, muß diesen Wagen nun auf einmal lenken. Wenn die Geschwindigkeit für ihn zu schnell wird, verliert er die Kontrolle und muß seine geliebten Hoffnungen aufgeben. Die Erfüllung unserer tiefsten Hoffnungen und Wünsche, unserer Träume und Sehnsüchte wird uns wegen unserer Kurzsichtigkeit versagt.

Mancher Aspirant der Alchemie sah seine Träume entschwinden, er konnte sie nicht realisieren und ihre praktische Verwirklichung erleben. Er verlangte am Anfang zuviel. Er forderte Dinge, die er nicht zu handhaben vermochte. Und wenn sich je sein Traum durch verbissene Entschlossenheit erfüllte, gab es keine Garantie, nicht einmal, wenn er den wahren Wert erkannt hätte. Ihm ging es nur um das Erreichen des Zieles, nicht um den Zweck dahinter. Ohne einen Zweck ist ein Ziel ein hohles Ding. Es ist, wie wenn man versucht, eine Zielscheibe zu treffen, nur um der Befriedigung willen, sie getroffen zu haben. Man wird eine solche Befriedigung kaum einen Zweck nennen können. Sollte ein selbstsüchtiger Zweck das Motiv für das Erreichen unseres Zieles bilden, so wird dies ebenfalls von geringem Nutzen sein. Nach kurzer Zeit wird es uns dämmern, daß das Ziel die Opfer nicht wert war, denn wir werden am Schluß nur wenig Freude an Dingen haben, die wir nicht mit anderen teilen können. Wir werden um den Verlust unserer Werke bangen; wir werden uns bemühen, das Erlangte zu bewahren, und sind so am Schluß die Verlierer.

Der Anfang entscheidet über unseren Erfolg und über das Endresultat. Wenn wir uns zu Beginn Zeit nehmen, uns für das Ziel vorzubereiten, dann ist es wahrscheinlich, daß wir es erreichen werden. Nur unsere Hast und die Unkenntnis der einfachen Gesetze, die mit unserem Unternehmen zusammenhängen, bewirken den Mißerfolg von Anfang an."

Elisabeth Gunderson stand auf. Sie beschäftigte sich mit ihren Haaren. Es war eine nervöse unnötige Gebärde.

„Nehmen wir an, jemand würde alle diese wichtigen Dinge, so wie Sie sie gerade angedeutet haben, beherzigen und zu den nötigen Vorbereitungen bereit sein. Würde dies unter Umständen zu einem universalen Wissen führen?"

Alle bemerkten das Lächeln im Gesicht des Alchemisten. Es war so freundlich und bedeutungsvoll und enthüllte das innere Wissen über einen kleinen Übeltäter, der sich unbeobachtet wähnte, und den er nun doch bei seiner Tat ertappt hatte.

„Wer weiß alles? Wer würde zu behaupten wagen, er wisse alles? Solch ein Gedanke - gleichgültig welchen Glauben oder welche Religion man hat - kann nur der höchsten Macht, die wir kennen, zugeschrieben werden, nämlich Gott im Herzen eines jeden Menschen. Können wir dieser Allwissenheit je entfliehen? Gibt es eine Möglichkeit, ihr zu entkommen? Man kann ihr nicht entfliehen. Diese Allwissenheit ist allgegenwärtig (omnipresent) und allmächtig (omnipotent). In Übereinstimmung mit der Denkweise des Menschen findet alles in allem seinen Ursprung und seine letzte Zuflucht in ihm. Denn diese Allwissenheit ist immer gegenwärtig. Wir können unter keinen Umständen nicht einmal den Gedanken an sie unterlassen.

Wir mögen versuchen, alle Dinge zur selben Zeit zu wissen. Dennoch werden wir jeweils, wenn wir diese Allwissenheit wollen, nur an irgend etwas denken können, das wir uns erdacht, das wir wahrgenommen haben. Selbst wenn wir es nicht wollen, wird diese Allwissenheit sich in unseren Verstand verwandeln mit seiner Welt von Gedanken, eben entsprechend unserer Art zu denken. Dies zeigt an, daß unser Verstand - wir können tun, was wir wollen - einem allgegenwärtigen, alles-wissenden, all-mächtigen höheren Verstand unterworfen ist, von dem er nur einen Ausschnitt bildet. Wir mögen versuchen, diesen Einfluß zu vermeiden, aber was wir auch versuchen, dieser Einfluß wird stets mit uns sein. Obwohl er in unserem Verstand nicht immer vorherrscht, so existiert er doch. Durch den leichtesten Anreiz wird dieser Einfluß angeregt, sich selbst zu manifestieren.

Ein Vorfall, der sich ereignete, als ich einmal auf hoher See war, macht dies sehr deutlich. Der große Ozeandampfer hatte die Mitte zwischen zwei Kontinenten erreicht, als ein Mann Selbstmord beging. Die Passagiere merkten nichts davon. Der protestantische Pfarrer, der katholische Geistliche und ich, wir drei hatten denselben Traum. Wie es sich später in einem Gespräch ergab, träumten wir übereinstimmend, daß wir durch eine große Woge über Bord gespült wurden. Wir fanden uns hilflos im Wasser in der schwarzen Nacht inmitten ein Nichts, den sicheren Tod des Ertrinkens vor Augen. Alle daran Beteiligten erkannten, jeder für sich ohne vom Traum der anderen zu wissen, wie wir voneinander abhängen und daß wir uns selbst nicht entkommen können. Unsere Gedanken begleiten uns, sogar im Traum.

Der Pfarrer, der die Leichenfeier in dieser Nacht leitete, erwähnte, daß der Selbstmörder seine Frau verloren habe und daß keines seiner Kinder sich um ihn kümmern wolle. Der Körper dieses Mannes ist in seinem feuchten Grab, aber der Gedanke, daß seine Kinder sich nicht um ihn kümmern wollten, ist noch wirksam. Er entstand durch sie, durch ihre Art zu denken, und keines von ihnen wird ihm je entkommen können. Gedanken regieren unsere Handlungen und Reaktionen, eine ewigwährende Kette von Ereignissen bildend, infolge der allwissenden Kraft, die dem All innewohnt.

So wie wir drei von dem bevorstehenden Ereignis träumten, ehe es geschah, so wurde ich Zeuge eines noch seltsameren Geschehens. In der folgenden Nacht wachte ich auf. Ich kletterte aus meiner Koje und saß bewegungslos auf den Sprossen der Leiter, die zu der oberen Koje führte. Mir gegenüber sah ich durch das Bullauge des Schiffes einen hellen Gegenstand schräg nach unten fallen.

Der katholische Priester war der einzige, dem ich diesen Vorfall erzählt hatte. Wir gingen eines Abends auf dem Promenadendeck spazieren. Als er meine Darstellung gehört hatte, blieb er stehen. Er nahm seine Zigarre aus dem Mund, schaute mich an und sagte: 'Die Wissenschaft wird nicht fähig sein, das zu erklären - nur eine höhere Macht weiß das alles'."

„Sagen Sie mir", bat nunmehr Elisabeth, „wenn man sich im Leben bemühen will, schnellere und bessere Fortschritte zu machen, haben dann Gesänge oder Töne eine Wirkung?"

Alle, außer dem Alchemisten, schauten sie erstaunt an. Niemand hatte diese Frage erwartet, die so weit vom bisherigen Thema abzuweichen schien.

„Ja", bestätigte der Alchemist. „Töne sind sehr wichtig. Lassen Sie mich bekräftigen, sehr wichtig. Im Leben eines Menschen und für den Fortschritt, den er macht. Dies gilt sowohl für Töne an sich, als auch für Gesänge und Melodien.

Sieben Grundtöne erlauben es, einfache Lieder ebenso wie komplizierte Melodien hervorzubringen. Sehr viel Unentdecktes verbirgt sich noch in der Welt der Töne, besonders in Bezug auf die musikalische Interpretation. Man kann nur neugierig sein auf die eindrucksvollen Möglichkeiten, die ein musikalischer - und manchmal ein nicht so musikalischer - Ton hervorzurufen vermag. Die Bibel enthält eines der wundervollsten Beispiele dafür, als Paulus im Korintherbrief sagt: 'Ich will beten mit dem Geist, und ich will auch beten mit dem Verstand. Ich will singen mit dem Geist, und ich will auch singen mit dem Verstand.'

Er macht uns begreiflich, daß wir mit Verständnis beten sollen, und wenn wir singen, auch dies mit Verständnis geschehen soll. Meistens werden wir uns fragen, was wohl das Motiv dieser Gebete oder Gesänge sein mag. Kann es uns wirklich helfen? Oder hängen wir nur daran, weil man es uns so gelehrt hat und weil wir hören, daß die anderen es ebenso machen? Sowohl in Zeiten des Kummers wie auch in Zeiten der Freude beten wir und machen unseren Gefühlen Luft, indem wir uns selbst zusingen, denn so können wir unsere besonderen Gefühle in diesem Moment ausdrücken. Lieder waren es, die

Menschen inspirierten, große Taten zu vollbringen, und Gebete gaben ihnen die Kraft dazu. Manchmal, wenn wir verstimmt sind, einen sich Melodie und Worte zu Gebet und Gesang, und wir fühlen uns erhoben. Wir sind stärker geworden, wo wir vorher schwach waren. Oft hat ein freudiges Lied anderen geholfen. Der Zuhörer fühlt sich wohler, es entsteht das Gefühl von Freundschaft und Harmonie. Und wenn wir mit anderen zusammen sind, bringen wir unsere Empfindungen gemeinsam zum Ausdruck. Wir schaffen so wirklich eine bessere Umgebung für alle, vorzugsweise aber für die Müden und Niedergeschlagenen.

Der große Reformator Martin Luther sagte: 'Wo man singt, da laß dich ruhig nieder, böse Menschen haben keine Lieder.'
Die Beobachtung wird uns lehren, wie wahr das ist. Menschen, die böse denken, scheuen gute Musik. Diese verletzt sie, und sie fühlen: Sie gehören nicht dazu. Hymnen, die in einer Kirche, einer Synagoge oder einem Tempel gesungen wurden, haben manche Seelen so berührt, daß sie die Wege des Betrugs und der Falschheit verließen und ein Gebet um Vergebung sprachen. Und dann, in jenem glorreichen Moment der Umkehr, sangen sie mit voller Stimme den Dank an das Licht für das Gefundene... das Licht der Welt in Christus, in dem wahren Christus aller Nationen und Zungen.

Vielleicht haben Sie einmal den tiefen Baß eines älteren Mannes gehört, der mit aller Kraft versuchte, seine Gefühle in einem Lied auszudrücken. Wenngleich er kaum einen Ton halten konnte, sang er von ganzem Herzen und ganzer Seele und drückte seine Gefühle in den Worten und in der Melodie aus, die ihm vom Herzen kamen. Er empfand sich als das Mitglied eines himmlischen Chors, denn er sang nicht einfach ein Lied. Nein! Er pries den Herrn und Schöpfer in einem melodienreichen Gebet.

Als uns der himmlische Vater unsere Organe zum Sprechen gab und auch jene zum Hören, um das gesprochene Wort zu empfangen, wünschte er nicht, daß wir bloß die Vibrationen der Außenwelt wahrnehmen sollten. Er gab uns vielmehr diese Organe, damit wir das gesprochene Wort in uns aufsaugen und es uns zu eigen machen, so daß es in unsere Herzen dringen kann.

Wenn eine Mutter ihr neugeborenes Kind im Arm hält, so ist es das Erste, Gott zu danken für das kleine Wesen, dem zu helfen ihr erlaubt wurde und sie bittet um sein zukünftiges Wohlergehen. Und dann? Was tut sie dann? Sie summt ein Wiegenlied. Zärtlich drückt sie ihre Gefühle aus und läßt sie in einer Melodie ausströmen. Es mag ein bekanntes Wiegenlied sein oder eines, das sie gerade erfunden hat, so wie das nur eine Mutter kann, ein Lied, das nie den Weg in ein Liederbuch finden wird. Denn es ist eine göttliche Melodie, es ist ein Lied, wie es von Engeln gesungen wird. Es ist ein Gebet, für die himmlischen Ebenen bestimmt und nicht für profane Ohren.

Und so geht es weiter, das ganze Leben hindurch. Während der Kindheit sind diese einfachen Lieder ein fühlbarer Ausdruck der Freundschaft und Güte. Sie sind Gebete der Älteren, in einfache Geschichten und Melodien gefasst, um die Kleinen zum Guten hinzuführen. Ja, und dann kommt die Zeit, in der die wundervolle junge Liebe erwacht. Viele der schönsten Lieder, die je geschrieben wurden, sind Liebeslieder. Hier strömt sich das Herz selbst aus und betet innig für den Geliebten, damit er vorsichtig sein möge und ihn kein Übel befalle und er sich zärtlich immer der Einen und nur der Einen erinnere.

Soll ich fortfahren und Ihnen erzählen - ja, Ihnen, ob Sie es wissen oder nicht, daß Sie von Gebeten und Melodien Ihr ganzes Leben lang umgeben und durchdrungen sind? Erinnern Sie sich an Ihren Hochzeitstag? Wie inbrünstig haben Sie da gebetet, daß Ihr Eheleben gesegnet sein möge, und wie haben Sie sich da mit einem Lied in Ihrem Herzen angeblickt und dann „Ja" gesagt und einander geküßt!

'Ah, du süßes Geheimnis des Lebens, zuletzt habe ich dich doch gefunden. Ja, ich habe dich gefunden. Denn es ist Liebe und Liebe allein', so spricht der Dichter und Komponist. Und so geht es weiterhin. Manchmal gehen wir durch ein Tal des Kummers. Aber niemals ohne ein Gebet und ein Lied voller Hoffnung. Wenn wir die Höhe des Erfolges erklommen haben, möchten wir der ganzen Welt zurufen, wie glücklich wir sind. Was tun wir? Wir rufen aus: 'O, danke, lieber Gott! Du bist so gut zu mir!' Und eine Melodie voller Freude klingt auf.

Ja, das Leben ist ein langes und aufrichtiges Gebet und ein wunderbares Lied für diejenigen, welche die Schönheit des Lebens zu sehen vermögen. Es ist wahr, für manche sieht das Leben eher wie eine einzige große Plackerei aus. Sie haben selten, wenn je, das Licht der Liebe erfahren und innere Zufriedenheit gespürt. Sie haben den süßen Frieden nie erfahren, der nur zu denen kommt, die mit Geist und Verstand beten und singen.

Und dann, wenn sich der Vorhang vor der Bühne des Lebens langsam senkt und die Stunden auf dieser Erde gezählt sind und eine müde Seele ihre Augen vor dem Leben auf dieser Erde schließt, was hören wir dann? Ein Gebet für die

Rückkehr in ihre himmlischen Ebenen und ein gemeinsames Lied: 'Bis wir uns wiedersehn.'

Ja, das Leben ist wirklich ein Gebet und ein Lied.

Mögen Ihre Leben und meines, mögen unsere Leben alle ein beständiges Gebet, ein beständiges Preisen und Danksagen sein. Und möge es gleichzeitig ein wunderbares Lied der Liebe sein. Ein Lied voll von Harmonie und Glück. Ein Lied voll von beglückenden Tugenden und Nachsicht. Dies nun ist mein Gebet und mein schweigendes Lied für Sie: 'Mögen Sie den Frieden in sich finden'."

Die Worte des Alchemisten sanken sanft wie Rosenblätter auf die Gruppe herab. Alle blickten auf den Tisch und fühlten den schweigenden Gesang, der sie umgab.

Ein Eichhörnchen kletterte den Baum herab und hielt plötzlich inne. Bewegungslos wie ein Stück aus Pelz hing es da, den Kopf abwärts, wie angenagelt an den Baumstamm. Alle warteten, was als nächstes geschehen würde, als das Eichhörnchen genauso plötzlich wieder lebendig wurde und abwärts laufend auf den Alchemisten zusprang. Elisabeth Gunderson wich ihm aus, da sie Angst hatte, es könnte sie berühren. Alsdann landete es mit einem großen Satz im Schoße des Alchemisten.

Das Eichhörnchen gab leise Töne von sich, und der Alchemist strich ihm mit drei Fingern sanft über Rücken und Köpfchen, so wie man Haustiere streichelt. Es blieb nicht lange. Ebenso schnell wie es erschienen war, sprang es wieder vom Schoß herab und verschwand hinter dem Baum. Alle Anwesenden waren sehr überrascht.

Nach einiger Zeit lehnte sich Dr. Farnsworth vor und nahm das Gespräch wieder auf: „Nachdem wir nun beinahe jeden Gegenstand erörtert haben, der uns einfiel, ist es vielleicht nicht abwegig, auch über Astrologie zu sprechen. Ich meine nicht die alltägliche Astrologie in Zeitschriften oder Voraussagen von Astrologen über die Zukunft in Tageszeitungen. In England stieß ich einmal auf das Buch von Alan Leo, 'Esoterische Astrologie', konnte aber nicht viel damit anfangen. Entweder war es zu tiefgründig, oder sein Inhalt entzog sich mir. Können Sie bitte die Esoterische Astrologie näher beleuchten?"

Dr. Syndergaard und Godfrey Gunderson wechselten einen Blick und lächelten. Nun sollte sich ihre Hoffnung erfüllen, daß dieses Thema angeschnitten würde, worüber sie erst kürzlich intensiv gesprochen hatten.

„Für manche erscheint es seltsam, daß die Astrologie um die Jahrhundertwende auf breiter Ebene erneut an Bedeutung gewann und Spuren im Denken der Menschen hinterließ", begann der Alchemist. „Seit dem Ende des Ersten Weltkrieges trat die Astrologie ihren Siegeszug erneut nicht nur in Europa, sondern auch in den anderen Ländern der Erde an. Ist erst einmal das Interesse der Menschen gefesselt, so dauert es nicht lange, bis die wirklich ehrlich Interessierten das Echte von den Nachahmungen unterscheiden lernen. Die Astrologie bildet keine Ausnahme. Das ist hier um so bemerkenswerter wegen der Schwierigkeit, es von der Oberfläche her durch die Wolken von Unsinn zu durchschauen, die die Astrologie bis zum heutigen Tage umgeben. Was unter dem Namen der Astrologie läuft, befaßt sich meistens mit den Angelegenheiten des täglichen Lebens. Beinahe jede Buchhandlung hat Bücher über Astrologie, und die amerikanischen Supermärkte führen ganze Reihen von verschiedenen monatlichen astrologischen Magazinen, die eine tägliche Voraussage für die jeweiligen Sternzeichen enthalten, unter denen der einzelne geboren wurde.

Nun, wir wissen, daß das alles sehr allgemein gehalten und nicht in jedem Fall anwendbar ist. Wenn wir diese Bücher und Veröffentlichungen lesen, finden wir, daß sich Astrologie hauptsächlich mit den weltlichen Angelegenheiten des Menschen befaßt, die manchmal nur zweifelhaften Wert haben.

Es gibt aber auch eine andere Seite der Astrologie, die sehr wenig bekannt ist und die sogar von Astrologen übersehen wird, so daß sie selten unter astrologischen Berechnungen gefunden wird. Diese befaßt sich mit den esoterischen Aspekten der Astrologie. Zuerst muß man indessen eine Definition für das Wort 'esoterisch' finden. Es kommt aus dem Griechischen. 'Esoteros' bedeutet im Griechischen dasjenige, was dem Inneren zugehört. Wenn es in bezug auf einen Menschen gebraucht wird, versteht man darunter einen Eingeweihten, einen Initiierten. Mit anderen Worten: Die esoterische Astrologie befaßt sich mit dem inneren Menschen. Sie ist für solche von besonderem Nutzen, die entdeckt haben, daß ihr inneres Leben größere Bedeutung hat als äußere Erscheinungen oder Aktivitäten. Man kann sagen, daß die äußere individuelle Erscheinung und die Eindrücke, die sie von außen empfängt, von der inneren sich entwickelnden Persönlichkeit des Individuums verschieden sind. Das Polaritätsgesetz macht das sehr klar. Das Innere und das Äußere sind nicht das Gleiche. Seitdem soviel über die äußere Manifestation des Menschen bekannt wurde, ist es verständlich, daß diese den Hauptteil seiner Aufmerksamkeit gefangenhält. Dies ist leicht zu beobachten. Jedermann scheint von diesem

Phänomen erfaßt zu werden. Wenn wir im Gegensatz dazu den inneren Menschen betrachten, sehen die Dinge anders aus. Hier sind wir nicht fähig zu erkennen, was innerhalb eines Menschen vor sich geht. Wir müssen mit Annahmen und Vermutungen zufrieden sein, die keine sehr zuverlässige Informationsquelle bilden. Trotzdem kann die gleiche grundlegende Methode, die man zur Errichtung eines weltlichen Horoskops anwendet, hier ebenfalls gebraucht werden. Das ist aber auch alles, soweit es das Verfahren betrifft, denn von hier an hat man sich mit dem inneren Selbst - dem wahren Selbst - zu befassen. Es wird zugegeben, daß einige Züge der Persönlichkeit, so wie sie das Individuum betreffen, in einem weltlichen Horoskop entdeckt werden können, doch sind das nur einige Spuren, während das meiste dem oberflächlichen Betrachter verborgen bleibt. All dies enthüllt nicht die Gesamtheit eines Individuums einschließlich seiner Persönlichkeit.

Eine der ersten Fragen, die man sich zu stellen hat, ist: Wie kann man die Trennungslinie finden, welche die beiden unterscheidet? Die Antwort ist sehr einfach. Hier geht es um die Seelen-Persönlichkeit. Diese ist die wirkliche Quelle, die enthüllt, was man ebenso auch auf der weltlichen Wahrnehmungsebene erkennen kann.

Deswegen fragen wir uns nun, was Seele ist und was Persönlichkeit, wenn man sie zur Individualität in Beziehung setzt. Sobald man zwischen diesen drei Worten einen Unterschied macht und sich bemüht, eine konkrete Definition zu finden, gerät man in ernstliche Schwierigkeiten. Wörterbücher tragen nicht dazu bei, diese Schwierigkeiten zu lösen. Da es von überragender Bedeutung ist, ein klares Verständnis der drei Begriffe Individualität, Persönlichkeit und Seele zu erlangen, gibt es keinen anderen Weg, als das Folgende zu beachten:

Erstens: Jeder Gegenstand offenbart seine Individualität. Ein Individuum ist eine von anderen Individuen getrennte Einheit. Ein Individuum wird als objektive Erscheinung wahrgenommen.

Zweitens: Abweichend von den physikalischen Aspekten ist die Persönlichkeit ein ungreifbarer Zustand mentaler Entwicklung. Die Eigentümlichkeiten, der Charakter einer Persönlichkeit sind ungreifbar. Ein Individuum, das lügt, verrät die Eigenschaft in seiner Persönlichkeit, ein Lügner zu sein. Das ist nichts Physikalisches.

Drittens: Seele ist Bewußtsein. Der Grad an Bewußtsein, den man auch als Intelligenz bezeichnet, enthüllt die jeweils gegenwärtige Entwicklungshöhe der Persönlichkeit. Das ist es, was aus dem Individuum spricht.

Ein typisches Beispiel liefert ein Mensch, dessen äußere Erscheinung den Entwicklungsgrad seiner Seelen-Persönlichkeit nicht anzeigt. Wer hat nicht schon einen Menschen kennengelernt, der einfach und unbedeutend wirkte! Vielleicht war er sogar irgendwie körperlich so entstellt, daß man nicht viel von diesem Unscheinbaren erwartete. Mit anderen Worten: Kein äußeres Zeichen ließ auf eine große Persönlichkeit schließen. Welche Überraschung dann, wenn dieser Mensch zu sprechen anfängt und sein Grad an Intelligenz oder persönlicher Entwicklung sich enthüllt! Hier gilt dann der Ausruf 'Was für eine Persönlichkeit!'

Auf der anderen Seite finden wir jedoch wieder Menschen, die körperlich ihre Umgebung überragen. Aber sie haben kaum irgendwelche bemerkenswerten Eigenschaften, die eine entwickelte Seelenpersönlichkeit oder ein höheres Intelligenzniveau verkünden.

Die esoterische Astrologie befaßt sich mit der Seelen-Persönlichkeit und ihrem jeweiligen Entwicklungszustand. Solange man nicht zwischen Individualität und Persönlichkeit zu unterscheiden vermag, ist es sehr unwahrscheinlich, daß man in einem Horoskop etwas Wertvolles entdeckt. Denn das Wort Geist ist gewöhnlich dann verwendet worden, wenn man eigentlich die Seele meinte, weswegen ein Wort der Vorsicht nicht fehlen sollte. Irenäus Philalethes, der berühmte Alchemist, sagt sehr offen: 'Denn der Geist ist ein unsichtbares Ding, welches in keiner anderen Hülle erscheint, außer in der Hülle, die die Seele ist.' Der Geist bedeutet Leben, und die Seele bezieht sich auf das Bewußtsein. Deshalb ist es unser Streben, in der esoterischen Astrologie die sich entwickelnde Persönlichkeit in einem Individuum zu finden.

Wer Bedenken hat, sich hier auf ein völlig neues Gebiet zu wagen, das früher noch von keinem tiefen Denker berücksichtigt wurde, möge sich mit einigen Äußerungen verdienstvoller Männer beruhigen lassen.

Der große Philosoph Immanuel Kant sagte: 'Es wird später einmal bewiesen werden, ich weiß nicht wann und wo, daß die menschliche Seele selbst in diesem Leben in einer unlösbaren Verbindung mit allen nichtmateriellen Wesen in der geistigen Welt steht. Ferner, daß sie auf diese einwirkt und von ihnen beeinflußt wird' (Kant, Träume eines Geistersehers).

Ein anderer großer Mann, Tennyson, sagte: '... denn Worte wie Natur enthüllen halb, halb verbergen sie die Seele darin.' Wir sehen, daß auch andere sich Gedanken über diese mysteriöse Existenz gemacht haben, die wir Seele nennen.

Ein anderer, Alan Leo, der bekannte englische Astrologe, gelangte nur mit viel Mühe zu einer vernünftigen astrologischen Methode. Es gibt in der Tat kein anderes Buch, das sich so ausführlich mit esoterischer Astrologie befaßt wie sein bereits zitiertes Werk mit dem Titel 'Esoterische Astrologie'.

Wie intensiv sich Alan Leo mit dem Gegenstand abmühte, wird klar, nachdem man im Vorwort seiner esoterischen Astrologie gelesen hat: 'Erst bei meiner zweiten Indienreise war ich fähig, den Schlüssel zu der Zentralidee zu erhalten, die alle meine zahlreichen Gedanken auf dem Gebiet der esoterischen Astrologie vereinen konnte. Auf einem der heiligen Plätze traf ich einen Weisen, dessen Verstand in vollkommener Harmonie mit meinem eigenen war. Ich brauchte bei diesem wundervollen Pandit nur einige Ideen anzuschneiden, und er spulte die ganze Folge meiner Gedanken ab, um dann mit ein paar Worten diese Ideen in ein zusammenhängendes Ganzes zu verbinden, so das erreichend, wofür ich lange Jahre gearbeitet hatte. Auf einem unserer Treffen sagte er nur ein paar Worte, aber damit übertrug er mir Ideen, die meine Gedanken in einem solchen Maße erleuchteten, daß ich augenblicklich da Licht sah, wo ich vorher blind war. Bei einer anderen Gelegenheit fuhren wir zu einem alten Tempel, und während er seine heiligen Hymnen beständig intonierte, wurde mein Verstand mit wundervollen Gedanken erfüllt, mit Fragen, die allein ein Weiser beantworten konnte. Indem ich die Ideen, die mein Denken in vielen Jahren gesammelt hat, ja sogar jene, die mir in vielen Leben gewährt wurden, zu verstehen bemüht bin und versuche, sie in diesem Buch niederzulegen, werde ich durch das Hauptmotiv bewegt. Es besteht darin, das auszudrücken, was meiner Ansicht nach die wahre Astrologie für die neue Ära ist, die nun über der Welt dämmert. Ich habe nicht den Wunsch, diese Ideen der esoterischen Schule den Astrologen aufzuzwingen. Sie mögen sie annehmen oder zurückweisen, wie sie wollen, doch ich habe wenigstens eine große Anzahl von Schülern ebenso wie einige ernsthafte Kollegen vorzuweisen, die mehr durch diese als durch irgendeine andere Art von Astrologie angezogen werden.

Für viele werden die in diesem Buch erläuterten Ideen eine Offenbarung in Bezug auf die Gesetze bedeuten, welche die Evolution dieser Welt leiten. Es sind unfehlbare Gesetze, die unaufhörlich für das letzte Wohl aller Menschen wirken. Die erläuterten Theorien sind keine Einbildung. Sie können allen bewiesen werden, die sie mit Überlegung entsprechend den für das Erlangen eines ersten Wissens erforderlichen Methoden anwenden.

Die Erfahrungen, die zu meiner Bekanntschaft mit diesem Themenkreis führten, sind einzigartig. Ich habe ihn ein Vierteljahrhundert lang ununterbrochen studiert. Aus diesen Erfahrungen ergaben sich Untersuchungen, die ich völlig unabhängig von der Meinung oder dem Einfluß anderer durchführte.'

Man mag fragen: Warum mußte Alan Leo nach Indien gehen, um über esoterische Astrologie etwas zu erfahren? Deshalb, weil indische Weise vor langer Zeit diese als den wichtigsten Aspekt der ganzen Astrologie erkannten. Ihre Ideen beruhen auf drei Einsichten:

Erstens, daß es nur ein Leben im Universum gibt und daß dieses Höhere Leben von Gott für uns aus unserer Sonne ausstrahlt.

Zweitens: Dieses Leben offenbart sich durch die Einflüsse der Planeten innerhalb des Bewußtseins.

Drittens: Beides, sowohl Leben wie Bewußtsein, wirken auf die Materie ein.

So wie das Blut durch unseren Körper fließt, um ihn am Leben zu erhalten, so fließt das Leben aus der Weite des Raumes durch unsere Sonne, um unser Sonnensystem am Leben zu erhalten. Wir hängen hier auf Erden von der Sonne und dem Begleiter der Erde, dem Mond, ab, damit unser geliebtes Leben erhalten werde. Während der Konjunktion von Sonne und Mond bei Neumond ergibt sich eine symbolische Hochzeit von Leben und Körper oder Geist und Substanz. Im Gegensatz dazu enthüllt sich, wenn wir Vollmond haben, eine strahlende Intelligenz, sobald er sich mit Geist und Körper vermischt, um das ganze System im kreisförmigen Umlauf wieder aufzuladen. Dann werden unsere Gedanken und Gefühle erhoben und beeinflussen den Körper. Eine neue und andere Erfahrung im Leben eines Menschen ergibt sich, wenn er das harmonische Zusammenspiel dieser Kräfte entdeckt.

Wenn man ein Horoskop deutet, sollte man die beiden Lichter Sonne und Mond getrennt betrachten, um die zwei verschiedenen wesentlichen Einflüsse und Richtungen zu berücksichtigen. Die Sonne repräsentiert Grad und Einfluß der sich entwickelnden Seelen-Persönlichkeit, während der Mond die individuelle (physikalische) Reaktion der vorherrschenden Lebenskraft darstellt.

Jeder Einfluß eines Tierkreiszeichens sollte zusammen mit der Intelligenz des Planeten des Zeichens betrachtet werden, denn nur beide zusammen ergeben die erwünschte Synthese.

Wenn man von Einflüssen durch Konstellationen spricht, so wie wir sie während unserer irdischen Reise um die Sonne erblicken, so sollten diese nicht mit der Intelligenz der Planeten verwechselt werden. Zwischen beiden ist ein deutlicher Unterschied. Esoterische, astrologische Beobachtungen zeigen, daß die Persönlichkeit mehr von den planetarischen Intelligenzen geführt wird und weniger den Einflüssen der Tierkreiszeichen unterliegt, in denen die Planeten des Horoskops stehen. Hier finden wir das allgemeine Muster unserer früheren Entwicklung bis zu dem Punkt des Wiedereintritts in dieses sterbliche Leben. Transite wirken nichtsdestoweniger auf die Persönlichkeit, indem sie eine ihrem Einfluß entsprechende Antwort hervorrufen. Die innere Reaktionsweise einer Individualität bestimmt die weitere Entwicklung der Persönlichkeit. Dies wird besonders deutlich, wenn ein Individuum bewußt auf die planetare Führung reagiert. Es ist unsere Antwort aus dem inneren Wesen, die astrologische Reaktionen zu esoterischen macht.

Wer seine Aufmerksamkeit allein auf die äußeren Manifestationen richtet, beachtet nicht den überaus wichtigen Einfluß von innen. Wenn das esoterische Wesen der Führung des esoterischen Solarimpulses in seiner ganzen Differenzierung durch die Planeten Intelligenzen entspricht, spielt sich der ganze Aspekt, die ganze Erscheinung, im Innern ab. Irgendwelche äußeren Manifestationen danach werden als Resultat viel größere Konsequenzen haben als wenn der Mensch nur darauf vertraut, daß ein äußerer Reiz nach innen durchdringen möge. Das letztere verursacht viele Enttäuschungen, sofern keine oder kaum wahrnehmbare Wirkungen festzustellen sind.

Äußere Manifestationen hinterlassen einen Schatten - wie Erfahrung, die keine Kraft oder Potenz hat, in das einzudringen, was man als Psyche, Seele oder Bewußtsein bezeichnet. Wenn die Seele verwirrt ist, gewöhnlich infolge zu vieler äußerer Reize, wird das esoterisch astrologische Wissen von unendlicher Hilfe sein. Am besten kann man das in der Psychiatrie sehen. Hier sind die Bewußtseinsfunktionen des Menschen behindert.

Manche vermuten hier die Tätigkeit eines Unterbewußtseins, also eines Bewußtseins, das sich unterhalb dessen befindet, was gegenwärtig bewußt ist. Dann wieder tritt das Wort Überbewußtsein auf, das ein Bewußtsein bezeichnen soll, welches über dem Gegenwärtigen liegt.

All das erweist klar, daß es Bewußtseinszustände gibt, die man jetzt nicht genau kennt. Wir können sogar noch weiter gehen und sagen, daß die Psychologie dasjenige zu entwirren versucht, was die Seele sagt oder lehrt, wobei wir wenigstens so weit innerhalb der Bedeutung dieses Wortes bleiben, wie wir uns entschieden haben, das Maß der verfügbaren Intelligenz zu sein.

Jede Untersuchung der Psyche seitens der Psychologie wie der Psychiatrie kann nur zutage fördern, was laufend in einem Individuum verfügbar ist. Im Gegensatz dazu vermag ein Horoskop Potentiale und Möglichkeiten zu enthüllen, die in einem Menschen noch nicht entwickelt wurden, ja, von denen man nicht einmal ahnte, daß sie überhaupt existieren. Es mag noch so vieles verborgen im Menschen liegen, was darauf wartet, ihm bewußt zu werden, so lange, bis der diese Potentiale erweckende Reiz kommt. Wenn solche Potentiale aber nicht erkannt werden, sind sie auch nicht aktivierbar. Unglücklicherweise ist dies in nur zu vielen Fällen so, in denen innere Bedürfnisse an die Oberfläche mentaler Wahrnehmungsfähigkeit steigen und bereits verschwinden, bevor man sie identifizieren oder ihre Quelle feststellen konnte. Durch den esoterischen Astrologen kann dieser Ursprung in einem Horoskop erkannt werden und damit das innere oder esoterische Wesen mit all seinen schlafenden Potentialen.

Es läßt sich kaum vorstellen, was für einen immensen Wiederaufstieg Psychologie und Psychiatrie erleben würden, wenn sie nicht wie bisher anscheinend stillstehen oder sich nur ängstlich auf ihrem Weg weitertasten würden. Und dennoch unternahmen einige ihrer Exponenten wie C. G. Jung furchtlose Schritte, um das erneut zu prüfen, was intellektuelle Forschungen als altmodisch und nicht mehr anwendbar abklassifiziert haben. C. G. Jung scheute nicht davor zurück, Worte wie Astrologie und Alchemie in Verbindung mit seinen tiefenpsychologischen Untersuchungen in den Mund zu nehmen. Ja, er fand sogar heraus, daß der Mensch nur mit Hilfe von Eigenbeobachtung das innere Selbst und die ihm angeborenen Leistungsmöglichkeiten entdecken kann. Beliebige äußere Erscheinungen setzte er zum inneren Wesen des Menschen in Beziehung. Dies ist ein gewaltiger Schritt vorwärts, aber noch nicht genug, um Problemen gewachsen zu sein, die weiterer Klärung bedürfen.

Wenn man von esoterischer Astrologie spricht, sollte man nicht an den weltlichen Astrologen denken, gleichgültig welches Ansehen er heute unter anderen Astrologen geniest, sondern an das neue Geschlecht der wissenschaftlich-philosophisch gebildeten Forscher, die sich mit zyklischen meßbaren Pulsationen befassen, eingedenk dessen, daß sie die Menschheit als Ganzes ebenso wie jedes Individuum einzeln beeinflussen. Solche zyklischen Pulsationen sind kosmischen Ursprung. Sie sind sowohl von enormer Dauer als auch kaum wahrnehmbarer Stärke, eine Art von Emanationen, die dem Menschen sehr wenig bekannt sind und von ihm nicht verstanden werden. Dies bezieht sich auf gigantische Vorkommnisse im All und auf Einflüsse der Evolution ähnlich denen, die wir hier auf Erden erfahren. Wie oben, so auch unten sind es Aspekte, deren Verborgensein am meisten dazu beitragen, daß die Wahrnehmungsfähigkeit des Menschen so begrenzt ist. Was dem Menschen unserer Tage bekannt ist, wirkt nur als Anreiz zur Entwirrung des Unbekannten.

Das aufregendste aller Ereignisse im Leben eines Menschen ist seine Suche nach mehr Wissen über sich selbst. Es sieht so aus, als ob es eine niemals endende Suche wäre, denn der Mensch weiß so wenig über sich, wo er doch soviel wissen müßte. Gut ist es, sich daran zu erinnern, daß das, was äußere Reize im Inneren nicht erwecken können, von innen her im Äußeren als neu erfaßte Erkenntnis verstanden werden kann.

Es wird erzählt, ein erleuchteter Hindu-Astrologe wüßte, daß auf der Astrologie ein Fluch ruhe und dieser Fluch erst aufgehoben werden könne, wenn die Begrenzungen der Astrologie erkannt seien. Die esoterische Astrologie will genau dasselbe für diejenigen, die verstehen können. Für den esoterischen Astrologen sind Planeten Sphären von Intelligenzen, die sich innerhalb gegebener Einflußregionen bewegen.

Der Tierkreis ist ein homogenes Ganzes, das nur durch Untereinflüsse seiner eigenen Abschnitte aufgegliedert wird.

Jeder Astrologe sollte den Unterschied zwischen Zeicheneinfluß und Einfluß des Hauses kennen. Es zeigt sich nämlich, daß die Planeten, wenn man sie zu den Tierkreiszeichen in Beziehung setzt, vor allem die Feuer- und Luftzeichen, esoterische Aspekte enthüllen. Wenn man jedoch die Planeten zu den Häusern in Beziehung setzt und die Erd- und Wasserelemente darin findet, werden die materiellen oder weltlichen Aspekte erkennbar.

Berücksichtigt man beides in einem Horoskop, so ist das Resultat eine Synthese der sich entwickelnden Persönlichkeit als Ganzes, und nicht bloß die Einsicht, wie ein Individuum sich zu anderen Individuen verhält und wie sie auf der materiellen Ebene aufeinander einwirken.

Nach allem, was bisher dargelegt wurde, ist es die esoterische Astrologie, die den Schlüssel für eine weitere Entwicklung und einen gemeinsamen Fortschritt der Persönlichkeit innerhalb des Individuums besitzt - der Persönlichkeit, die sich durch das ihr eigene Seelenbewußtsein enthüllt.

Laßt uns durch das beurteilt werden, was wir tun! Dies ist sehr wichtig. Wir sollen nicht an dem gemessen werden, was wir sagen, sondern an dem, was wir tun. Unsere Handlungen sind das Resultat aller unserer Worte, die auf unseren Gedanken beruhen. Was sind Handlungen? Sie sind die Manifestation dessen, was wir wissen oder dessen, woran wir glauben. Meistens dessen, was wir glauben, denn unser Wissen ist sehr begrenzt. Ebenso verhält es sich mit unseren

Handlungen, die auf Wissen beruhen. Wir glauben zuviel und wissen zuwenig. Es ist soviel leichter, den Worten von irgend jemand zu vertrauen, als selber herauszufinden, ob die Dinge wirklich so sind, wie sie uns von anderen dargestellt wurden. Wenn wir an unseren Handlungen gemessen werden - und wir werden es -, müssen wir zuerst unserer selbst, bei allem was wir beginnen mögen, sei es richtig oder falsch, sicher sein.

Ein Mystiker wird auch Astrologe sein müssen - aber nicht in dem allgemein üblichen Sinn. Er wird weder sein weltliches Horoskop unbeachtet lassen noch blind dessen Anweisungen folgen. Vielmehr wird er der Herr seiner Handlungen sein, indem er sie plant. Seine Stellung im Universum wird er erkennen und entsprechend leben, denn er weiß, daß er einmal Rechenschaft über seine Taten ablegen muß.

Dies ist Karma - das Ergebnis unserer Handlungen. Es ist die Frucht unserer Arbeit, die dem Samen innewohnt, den wir aussäen. Das sterbliche Auge kann die reife Frucht im Samen nicht sehen, allein das von Gott erleuchtete Auge vermag es. Jeder Same wird, sobald er gelegt wurde, entsprechend dem Gesetz, unter das er fällt, beurteilt, und ebenso werden wir Menschen Rechenschaft ablegen müssen. Wenn unsere Motive rein, ehrlich und Gott entsprechend sind, ist unser Wirken auch rein, ehrlich und Gott entsprechend.

Deswegen sollten wir rein denken und leben, damit unsere Taten ebenso werden... Bejahen wir das Urteil über unsere Handlungen, dann besiegen wir die Furcht, denn Furcht ist der negative Samen, der der Unwissenheit innewohnt."

„Dies bedeutet für mich: Entweder jetzt oder nie muß ich herausfinden, was über die Psyche zu wissen wert ist", sagte Dr. Farnsworth mit großem Nachdruck.

„Nicht so schnell, mein lieber Freund, nicht so schnell!" unterbrach der Alchemist. „Ein so absolutes Entweder-Oder, das eine sofortige bindende Entscheidung abverlangt, ist im allgemeinen mit ungewöhnlichen Konsequenzen verbunden. Eilig getroffene Entscheidungen bereut man später, sobald man genauer darüber nachdenkt. Aber dann kann die einmal getroffene Entscheidung nicht mehr rückgängig gemacht werden.

In vielen Fällen wird auf eine Anfrage eine sofortige Antwort gefordert. Das Geschick des Fragenden steht auf dem Spiel, und um einem Verlust vorzubeugen, versucht er durch Überraschung zu gewinnen. In einer solchen Situation ist es weit besser, die Antwort zu verweigern und Zeit zu verlangen, um die nötige Entscheidung überdenken zu können. Menschen, die schnelle Entscheidungen treffen, haben in der Regel genauso wenig Hemmungen wie jene, die einem diese 'Jetzt-oder-Nie'-Entscheidungen aufzwingen wollen. Derartige Blitzentscheidungen sind dem Zufall unterworfen. Ist einem das Glück günstig, so verlocken sie zu Prahlereien. Wenn das Glück einen jedoch in Stich läßt, dann hat man nur ein Achselzucken für den Fehlschlag.

Eine Verschnaufpause, wenn auch lediglich eine vorübergehende, ist mit solchen Leuten auszuhandeln, die einen unter Druck setzen wollen. Man kann entgegnen, daß man eine sofortige Entscheidung treffen würde, wenn der Fragende zustimmt, auf die folgende Gegenfrage nur mit 'Ja' oder 'Nein' zu antworten. Die Frage lautet: 'Befassen Sie sich immer noch damit, Leute übers Ohr zu hauen?' Antwortet er mit einem 'Nein', sagt man: 'Leute, die behaupten, daß sie aufgehört hätten, andere übers Ohr zu hauen, sind geneigt, es wieder zu tun. Wie kann ich wissen, daß Sie es ehrlich meinen?' Antwortet er indessen mit 'Ja', sagt man: 'Ich möchte nicht Ihr nächstes Opfer sein.' Wenn man von jemand zu einer 'Jetzt-oder Nie' -Entscheidung gezwungen wird, ist es durchaus angemessen, in der obigen Weise zu antworten.

Wird jemand, der einen unter Druck setzen will, so herausgefordert, dann beginnt er zu erkennen, daß er sich selbst verwickelt - also in die Situation gerät, die er dem anderen zugedacht hatte."

„Ich möchte nicht widersprechen, aber wie kann man jemanden helfen, der das Licht zurückweist, wenngleich er doch so lange in der Dunkelheit war. Stellen Sie sich vor, was der Gesamtkomplex dieses Wissens für einen Psychiater bedeuten würde! Das wäre phantastisch. Denken Sie nur, welche Fortschritte die Patienten machen könnten!" Dr. Farnsworth schien irgendwie erregt.

„Sicherlich", lächelte der Alchemist. „Sicherlich", wiederholte er. „Vom Dunkel ins Licht. Wer möchte nicht den Schatten der Dunkelheit entkommen, sobald das Licht sich zeigt? Nirgendwo sieht man das mehr als im seelischen und geistigen Bereich. Bei längerer Dunkelheit ist das Licht um so willkommener. Beim Herannahen des Lichtes, sobald die herrliche Wärme der Sonnenstrahlen das Lebendige, das sie berühren, durchdringen, wird sogar die düsterste Stimmung erhellt. Wie mild und beruhigend durchdringt das Licht der Sonne alle Lebewesen, die es nicht scheuen! Auf den geistigen Ebenen ist das Licht des Wissens ähnlich wichtig. Es erhellt die Schatten des Zweifels und der Sorge, denn Wissen ist Erleuchtung. Unwissenheit ist der Schatten der schrecklichen Dunkelheit, des Verlangens nach Wissen. Das Licht, innerhalb und außerhalb, führt zur Auferstehung schlafender Hoffnungen und Wünsche, die ihre Erfüllung im Licht der Vollkommenheit finden.

Aber der Mensch kann diese Vollkommenheit nicht zu seiner einsamen Freude erlangen, während anderen dieselben Wohltaten vorbehalten sind. Er findet sie vielmehr, indem er mit anderen das Geschenk des neu gefundenen Lichtes teilt, ebenso teilt wie die Reichtümer strahlender Helle, welche die Vorstellungen menschlichen Denkens weit übersteigen.

Indem der Mensch seine Gedanken aus dem Sumpf des Aberglaubens, aus den unreinen Gängen der verfilzten Höhlen eines verdorbenen Gehirns, aus der versklavenden Schwingung lustbetonter Impulse erhebt, kann er wie ein Phönix zu den höheren Ebenen aufsteigen. Ebenen, auf denen kein Schatten das zu verdunkeln vermag, was vom Licht der Sonne unseres Universums erhellt wurde - und von dem noch größeren Licht der Seele. Dies ist die Erbschaft des Menschen.

Nun gibt es aber auch Menschen, die fragend behaupten: 'Wer will schon die ganze Zeit im Sonnenlicht sein? Ist der Schatten nicht erfrischend, nachdem man den Strahlen der Sonne lange ausgesetzt war?' Für Oberflächliche erscheint das als willkommene Widerlegung, als gut passende Entschuldigung. Doch das ist eine Täuschung. Nur der noch erdgebundene Neuling schwankt zwischen Schatten und Licht. Wie der Maulwurf in der Dunkelheit lebt und nur selten nach oben steigt, um die Sonne zu sehen, so verhält sich derjenige, der die Dunkelheit vorzieht und vor dem Licht zurückscheut. Gott schuf das Ewige Licht. Wer in ihm wohnen will, muß sich zu ihm erheben, um letztlich von ihm verzehrt zu werden. Das ist die Vereinigung mit dem Ewigen Licht, wo er keine Dunkelheit mehr kennen wird. Kein sterblicher Mensch, der in den Schatten der Unreinheit wohnt, wird jemals im Licht jener, die reinen Herzens sind, verharren. Nur wer willens ist, sich reinigen zu lassen, wird sich aus dem Schatten in das Licht der Sonne erheben."

„Das Panorama dieser Bilder, die Sie vor uns ausbreiten, ist sehr eindrucksvoll, aber was ist mit denjenigen, die immer auf den Moment warten, ein Wunder zu erleben?" wollte Godfrey Gunderson wissen. „Manche Leute leben so. Sie können nur daran denken, wann sie wohl etwas Übernatürliches erleben."

„Kann man sein Denken mit leeren Bildern ernähren und anregen?" fragte der Alchemist zurück. „Gibt es überhaupt so etwas? Kann ein Bild bedeutungslos sein? Leer wovon? Diese Frage hat viele Laien und Kunstkenner gleicherweise beschäftigt.

Wer stand nicht schon vor einem Bild und war neugierig, was es wohl bedeuten möge. 'Es sagt mir nichts. Ich kann nichts damit anfangen.' Diese und ähnliche Bemerkungen sind recht oft zu hören. Wäre das aber bei allen der Fall, die sich ein solches Bild ansehen? Nein, denn einige finden in ihm eine Botschaft. Sie können etwas sehen, was sie nie zuvor bemerkt haben. Für andere dagegen hat es keine Bedeutung; für sie ist es leer. So geht es bei wirklichen Bildern.

Es gibt noch andere Bilder. Diese werden von unserem Denken ausgemalt, von unserer Einbildung geschaffen. Hier nimmt das Wort 'leer' einen anderen Sinn an. Diese Bilder hinterlassen eine Leere im Inneren. Wenn uns die Bedeutung eines gedachten Bildes nicht ganz klar geworden ist, wirkt es nur vorübergehend. Es ist eine nebelhafte Ansammlung von Werten, die keine Dauer haben. Ein solches Bild gibt uns keine vitale Energie und Kraft.

Zu viele jagen nach dem Goldtopf am Ende eines Regenbogens. Es ist nur ein geistiges Bild, das auf die Dauer keinen Wert hat. Eine Fata Morgana, die verschwindet. Ein Bild, das wirklich leer ist. Wie viele Bilder haben Sie in der Vergangenheit erschaffen und angesehen? Wie viele Jahre haben Sie sich in einer solchen Leere aufgehalten? Halten Sie ein und denken Sie über diese Fragen nach, und die Leere wird sich in Fülle verwandeln. Betrachten wir die Wirklichkeit und fragen wir uns dann selbst: 'Ernähren wir unser Denken mit leeren Bildern?"

„Aber sicherlich muß es irgendwelche Wunder geben", platzte Elisabeth Gunderson heraus. „Ich meine große Wunder, nicht bloß außergewöhnliche Dinge, wie sie sich im Leben eines jeden von uns ereignen. Ich meine Wunder, die so einmalig groß sind, daß ähnliches auch nicht im entferntesten früher bezeugt wurde."

Dr. Syndergaard nickte. „Ja, so etwas muß es auch heute geben, denn früher haben sie sich auch ereignet."

„Kennen Sie ein solches Wunder?" forschte Elisabeth mit etwas leiserer Stimme.

Während er auf seine Schuhe sah, rieb sich der Alchemist das Kinn. „Ja", sagte er, „solche Dinge pflegen sich zu ereignen. Ich erinnere mich an einen Doktor aus Wien, der wie Ouspensky 'auf der Suche nach dem Wunderbaren' war, um es einmal so zu formulieren. Er ging nach Kleinasien an einen Platz, den er Nuristan nannte. Sie werden diesen Namen auf keiner Landkarte entdecken. Dieser Ort ist in einem Land, wo ähnlich klingende Namen üblich sind. Der Suchende aus Wien bezeugte in einem Bericht, daß der Stein der Weisen Dinge vollbrachte, von deren Möglichkeit er sich als Student der Alchemie nicht hätte träumen lassen."

Er unterbrach sich und schaute zum Himmel. „Aber was sage ich, wir sitzen nun hier, und ich erzähle schon den ganzen Vormittag. Es ist bereits Mittag. Wir sollten aufstehen, uns ein wenig bewegen und ein bißchen spazierengehen. Ich muß Sie mit all diesen Reden ermüdet haben."

„O nein, Sie haben uns nicht ermüdet", sagte Dr. Farnsworth. In diesem Moment erschien das Hausmädchen, nicht mehr ganz jung, nett und von einer angenehmen Art. Zögernd sprach sie die Anwesenden an: „Ich hoffe, ich störe nicht. Ich möchte nur den Tisch abräumen. Es ist Zeit zum Lunch." Sie wandte sich zu Dr. Syndergaard und erläuterte: „Ihre Gäste unterhielten sich die ganze Zeit so angeregt, daß ich den Tisch lieber nicht abräumen wollte."

„Ja, wir hatten außer dem Frühstück noch eine Menge anderes zu verdauen", bestätigte Elisabeth Gunderson, worauf alle aufstanden und in den Garten gingen.

Zuletzt fragte Dr. Farnsworth den Alchemisten: „Werden Sie uns etwas über diesen Doktor und seine Erfahrungen in Nuristan erzählen?"

„Ja, später", war die Antwort.

Nach dem Essen unternahmen sie einen Ausflug zum nahen Ozean. Die frische Luft war angenehm. Alle hatten die Schuhe ausgezogen, so daß das kühle Wasser ihre Füße benetzte. Die anbrandenden Wellen wirkten wie eine Massage. Es war ein angenehmes Gefühl. Der ganze Körper antwortete auf den salzigen Geruch, der vom Wind aus einem teilweise bedeckten Himmel herangetragen wurde. Auf dem Wasser bildeten sich einander jagende Wellenberge, von weißem Schaum gekrönt.

Wieder war es Abend. Diesmal fuhren sie alle nach Mulholland Drive und entspannten sich in der geräumigen Halle im Wohnsitz der Gundersons. Wieder entwickelte sich eine gute Atmosphäre voll spürbarer Erwartung, wie in der Nacht zuvor.

„Ich nehme an, daß Sie begierig sind, über die Erlebnisse in Nuristan zu hören", eröffnete der Alchemist die Unterhaltung.

„Ja, so ist es", bestätigte Dr. Farnsworth und wartete auf die Zustimmung der anderen, die nachdrücklich nickten. Es war offensichtlich, daß sie alle die Geschichte des Wiener Doktors erwarteten.

Die Blätter der Bäume im Garten bewegten sich leise. Eine sanfte Brise erhob sich wie das Ausatmen aus einem unsichtbaren Mund und erfüllte die Luft. Es war ein subtiler Wohlgeruch, nur schwer zu bestimmen, aber unzweifelhaft von duftenden Blumen herrührend. Der Tag war vergangen, und der Abend ging wieder einmal in die Nacht über. Der Alchemist begann zu erzählen.

Das Inkilab von Bit Nur

„Was ich nun wiedergebe, ist aus zweiter Hand. Denken Sie nicht, daß ich selbst derjenige bin, der alles das erlebt hat und es Ihnen jetzt unter einer Art von Pseudonym weitergeben möchte. Der Name des Doktors ist Musallam. Dies ist sein Künstlername. Er wohnte in Wien und gründete vor ungefähr fünfzig Jahren eine Freimaurerloge, die er 'Den Orden der Ritter des Lichtes' nannte. Sie war auch als die 'Adonistische Gesellschaft' bekannt, und ihr oberster Grad hieß 'Hekate'. Musallam gehörte außerdem der Loge 'el Khaf' an.

„Das ist seltsam!" unterbrach Dr. Farnsworth. „Ich hörte vor langer Zeit einmal von diesem Orden. Zufälligerweise wohnte einer meiner Freunde, als er als junger Mann in Wien lebte, in der gleichen Straße, in der die Zentrale war. Wenn ich genau nachdenke, fällt mir sicher sogar noch der Name der Straße ein. Er hatte irgend etwas mit den Musen zu tun."

„War der Musenname Euterpe?" warf Dr. Syndergaard fragend ein.

„Nein". Dr. Farnsworth schüttelte den Kopf. „Jetzt ist es mir eingefallen: Thaliastraße. Das war der Name. Ich weiß sogar noch die Hausnummer - 46, und es war der 16. Wiener Bezirk."

Er schüttelte wieder den Kopf. „Sonderbar. Sagen Sie mir, warum ich mich so lebhaft an die Straße und die Hausnummer erinnere! Ich weiß wirklich nicht warum. Wenn jemand von Ihnen je nach Wien kommt, so sollte er herauszufinden suchen, ob vor fünfzig Jahren dieser Dr. Musallam dort sein Büro hatte."

„Dies würde ein interessantes Vorkommnis unterstreichen", meinte Elisabeth Gunderson.

„Ja", bestätigte der Alchemist, „es ist interessant. Die Adresse ist tatsächlich richtig."

Wortloses Staunen war erkennbar, bis der Alchemist fortfuhr: „Ich habe das, was Dr. Musallam aufzeichnete, nachdem er von seiner Reise zurückgekehrt war, bei mir. Er nannte es: 'Die Alchemie der Weisen von Bit Nur'."

Er griff in seine Tasche und faltete einige Papiere auseinander. „Ich mußte es ins Englische übersetzen, denn das Original ist in Deutsch. Ein Freund bat mich, es für ihn ins Englische zu übertragen, da er nicht deutsch lesen konnte. Er hatte sich entschlossen, diesen Platz zu suchen. Ich habe von ihm seither nichts mehr gehört, aber eines Tages wird er zurückkommen. Es wird interessant sein zu hören, was er zu sagen hat - das heißt, wenn er den Platz überhaupt finden konnte."

„Fangen Sie bitte an, lesen Sie es uns vor!" drängte Elisabeth Gunderson. „Bitte, tun Sie es!"

Der Alchemist lächelte. „Es ist eine nette kleine Geschichte, an der Sie Ihre Freude haben werden. Bitte behalten Sie im Gedächtnis: Es sind keine persönlichen Erinnerungen, sondern die des Dr. Musallam." Er ordnete einige Blätter und fing dann an zu lesen:

„Im oberen Stockwerk des linken Flügels des Tempel- oder Klostergebäudes von Bit Nur, das aus verschiedenen Räumen bestand, war das Chemische Laboratorium der Chakimim. Während meines ersten Aufenthalts dort erfuhr ich davon nur im Zusammenhang mit dem Archiv, dem Museum, der Bücherei und dem Astronomischen Observatorium. Als ich während meines zweiten Aufenthalts unter dem Namen Musallam ein Mitglied des Ordens der Chakimim wurde, führte mich mein Freund und Schutzherr Arya Manas in die Geheimnisse dieses alten Sanktuariums ein. Arya Manas war der Chakim Hachkimim, das heißt das Oberhaupt der Chakim, und Großmeister des Ordens ebenso wie der Herrscher von Nuristan.

Jahre sind seither vergangen, aber ich erinnere mich noch an das Gespräch, das unserem Besuch des Laboratoriums voranging, als ob es gestern gewesen wäre.

Wir sprachen über 'das Königreich, das da kommen soll', nämlich das Ende des Äons des 'Anderen' und die Rückkehr des Goldenen Zeitalters mit all den äußeren Veränderungen, die diese Periode des Glücks für die Menschen bringen würde.

'Mein Freund, ich bitte dich, mich nicht mißzuverstehen', sagte Arya Manas zu mir, während wir auf dem Balkon eines seiner vielen Räume saßen. Wir rauchten Wasserpfeife und kosteten häufig unseren Scharbit, eine eisgekühlte Limonade, während wir das sich vor uns erstreckende Panorama der Landschaft betrachteten.

'Versteh mich nicht falsch. Es wird sich nicht über Nacht am 31. Dezember des Jahres 2000 ereignen, so daß sich die ganze Welt plötzlich durch irgendeine Art von Magie am 1. Januar des Jahres 2001 verändert hat. Noch wird die gesamte Menschheit, ein trauriger Haufen von halb tierischen Wesen mit all ihren Leidenschaften, Lastern und Krankheiten und mit all ihren Sorgen am Abend zuvor zu Bett gehen und am nächsten Morgen plötzlich als erlöste engelgleiche Wesen im Paradies aufwachen. Das, mein Freund, wäre eine vollkommen falsche Vorstellung.

Nein, nein. Dieser große Wechsel, diese alles überwältigende Revolution wird sich auf ganz andere Weise vollziehen. Sie wird Jahrzehnte vorher beginnen und sich noch Jahrhunderte nachher fortsetzen. In Wirklichkeit hat sie bereits begonnen, und für den, der weiß, sind die Zeichen der Zeit nur allzu deutlich. Der große Krieg hat auf der Erde Zustände geschaffen, die nicht für immer andauern können, sondern den Keim für neue, gewaltige Ereignisse in sich tragen. Die nächsten Jahrzehnte werden eine Menge von ähnlichen Ereignissen bringen - neue und kleinere Kriege und einzelne Revolutionen, die die Nationen bis in ihre Fundamente erschüttern werden - was am Ende des Jahrhunderts zu der Bildung einer gigantischen Nation Europa führen wird.'

'Eine gigantische Europäische Nation', unterbrach ich ungläubig. 'Und welche Nation innerhalb Europas wird die Führung ergreifen? Wird es eine Republik oder eine Monarchie sein?'

'Das letztere', antwortete Arya Manas wissend, indem er meine erste Frage nicht beantwortete. 'Eine solche Nation kann nur eine Monarchie sein.'

'Und wer wird der Herrscher sein? Aus welcher Nation oder Dynastie wird er kommen?' fragte ich weiter.

'Sein Name wird 'Weltfrieden' sein', war seine geheimnisvoll klingende Antwort. 'Sein Reich wird von den Bergen des Urals bis zu den Säulen des Herkules reichen. Die Nation, zu der er gehört, hat jetzt ihre frühere Weltmacht verloren und ist schlecht und krank. Seine Dynastie ist beinahe vernichtet und grausam mit Füßen getreten worden

Mehr könnte, aber will ich Dir zu dieser Stunde nicht enthüllen, mein Freund. Wenn Du gelernt haben wirst in den Sternen zu lesen, wird sich Dir dieses Geheimnis von selbst enthüllen.'

Ich versuchte, meine Enttäuschung so gut ich konnte zu verbergen. Was hätte ich nur dafür gegeben, auch nur einen Zipfel des Schleiers zu heben, damit ich meinen Landsleuten etwas über ihr Schicksal hätte sagen können. Heute, wo ich dies schreibe, ist meine Neugier gestillt. Ich habe in der Zwischenzeit gelernt, in den Sternen zu lesen, deren golden leuchtende Zeichen nicht lügen. Aber wenn Du, der Du das liest, mich fragen solltest, wie ich Arya Manas einmal fragte, so wäre ich gezwungen zu antworten, daß ich zu dieser Stunde nichts darüber enthüllen kann.

'Was ich nicht vor Dir verbergen muß', fuhr mein edler Freund nach einer Zeitlang fort, 'ist der Weg und sind die Mittel, durch welche diese gigantische Nation an der Schwelle dieses neuen Zeitalters entstehen wird.'

'Wie wohl anders', unterbrach ich, 'als alle anderen großen Nationen entstanden sind: durch grausame Kriege, Mord, Totschlag und Blutvergießen.'
Arya Manas lächelte. 'Das wären traurige Mittel, um ein Königreich des Friedens aufzurichten. Sicherlich wird es nicht ganz ohne Krieg und Blutvergießen abgehen - aber die wirksamste Waffe wird von anderer Art sein. Keine weitreichenden Kanonen oder Giftgas, keine Panzer, Unterseeboote, Flugzeuge oder Raketen werden entscheidend sein, sondern ... der Esel des Philipp von Macedonien.'

'Der Esel des Philipp von Macedonien.'

Ich verstand sofort, was damit gemeint war. Aber, wenn Du, der Du dies liest, die Geschichte nicht kennen solltest, dann laß mich erklären, daß dieser König von Mazedonien, der Vater Alexander des Großen, gesagt haben soll, daß ein mit Gold beladener Esel auch über die Wälle der stärksten Festung hinwegklettern könne.

'Ja', sagte Arya Manas, 'der Esel, beladen mit dem Golde von König Philipp. Obwohl dies kein Beweis dafür ist, daß es sich um einen guten General handelt, so ist es doch sicher, daß es sich um den besten Diplomaten handelt.'

Er fuhr mit seiner Beschreibung fort, und ich antwortete: 'Gut, aber ich vermute, es wird mehr als ein mit Gold beladener Esel nötig sein. Sicherlich nicht bloß ein Esel, sondern eine ganze Karawane beladener Kamele oder Elefanten. Heute kann man nicht einfach eine Stadt kaufen wie zu Zeiten Philipps, heute haben wir wohlhabende Staaten und Nationen.'

'Nein', unterbrach Arya Manas, 'nicht Staaten, sondern Staatsmänner. Ein Staat ist nur eine Idee, aber Staatsmänner sind Menschen, und Menschen kann man immer mit Gold kaufen - gleichgültig zu welchem Preis.'

Ich schaute ihn zweifelnd an. 'Ich bezweifle, daß die Staatsmänner unserer Zeit alle ihre verschiedenen Interessen an der Welt aufzugeben bereit sind, ich weiß nicht, ob alles Gold der Welt, das uns jetzt zur Verfügung steht, dazu ausreichen wird.'

Er nahm einen langen Zug aus seiner Wasserpfeife und antwortete dann unerwartet: 'Wahrscheinlich nicht. Gut, aber dann müssen wir eben noch mehr hinzufügen, solange, bis es genug ist.'

'Das wäre ziemlich schwierig. Soviel ich weiß, ist die Ausbeute aus den Goldminen geringer und geringer geworden und das in Ländern, wo es früher reichlich vorkam. Von Jahr zu Jahr wird es schwieriger, die Kosten der Produktion zu decken. Selbst wenn in den nächsten Jahrzehnten mehr Gold produziert werden könnte, wie könnte man es dann fertig bringen, alles Gold an einer Stelle zu konzentrieren, wie es in einem solchen Falle ja notwendig wäre?'

Arya Manas lächelte wieder. 'Mein lieber Freund, Du hast mich ein wenig mißverstanden. Ich meinte keineswegs die Goldreserven der Finanzleute oder die Schürfung dieses wertvollen Metalls.'

'Das meinten Sie nicht? Aber was meinten Sie dann?'

'Was würdest Du zum Beispiel sagen, wenn ich Dir erklären würde, daß wir- nämlich die Chakimim - begonnen haben, hier in Bit Nur für den zukünftigen Herrscher über das Königreich des Friedens einen Goldschatz anzusammeln, der größer ist als alles Gold, das sonst über die ganze Erde verstreut ist?'

'Ah!'

Und wenn ich Dir weiterhin versichern würde, daß die frühere Menge bereits um das Vielfache überschritten worden ist ..., daß in unterirdischen Höhlen, die aus dem Felsen geschnitten wurden unter Bit Nur viele hundert Pfunde von Goldbarren aufgestapelt liegen.'

'Ah.' Meine Überraschung war zu groß, um sie anders als mit dieser einfachen Äußerung auszudrücken.

'Ebenso, daß wir nur auf den Tag warten, an dem dieser Friedensprinz geboren werden wird - denn er ist noch nicht geboren worden -, um seine gläubigen Anhänger, die jetzt noch im Exil leben, mit der bestmöglichen Werbung zu unterstützen.'

'Dann sind Sie also Alchemisten!' konnte ich schließlich sagen 'Weiß diese Dynastie, die jetzt im Exil lebt, daß Sie hier Vorbereitungen treffen, um ihre Rückkehr an die Macht zu unterstützen? Sie, dem es gegeben ist, in den Sternen zu lesen, ist es Ihnen auch gegeben, den Tag zu kennen, an dem dieser Prinz des Friedens geboren wird?'

'Ich werde Deine letzte Frage zuerst beantworten. Sein Geburtsdatum wird der 7. Mai 1986 sein. Es wäre zu früh, Kontakt mit dieser künftigen Herrscherfamilie aufzunehmen. Und was unsere Alchemie betrifft, das findest Du am besten selbst heraus.'

Das chemische Laboratorium von Bit Nur bestand, wie schon vorher erwähnt, aus verschiedenen Räumen, von denen ich bei meinem früheren Besuch nur zwei gesehen hatte. Sie waren nicht anders eingerichtet als jedes Laboratorium der vielen Institute, mit denen wir in Berührung kamen. Die restlichen Räume waren damals verschlossen.

Ich beeilte mich, Arya Manas' Einladung Folge zu leisten, und war überrascht zu sehen, wie er durch die Tür ging, durch die wir auch während meines ersten Besuches eingetreten waren.

'Das Laboratorium besteht aus fünf Räumen', erklärte er. 'Zwei kennst Du schon. Im dritten wird der Stein der Weisen hergestellt. Der vierte ist eine Art Kapelle, in der er aufbewahrt wird. Im fünften versammeln sich die Chakimim, wenn sie das Ritual des Inkilab, der Transmutation, feiern.'

'Dann wissen Sie also, wie man den Stein der Weisen herstellt', sagte ich.

'Ja', antwortete er. 'Obwohl unser Stein mit jenem Stein, der im Mittelalter produziert wurde, nicht genau identisch ist. Letzterer war ein rohes, gelb gefärbtes Mineral, welches geschmolzenem Metall zugefügt, von diesem absorbiert wurde. Dadurch kam die Transmutation zustande. Unserer dagegen ist ein glasähnlicher Kristall, der Licht ausstrahlt. Alles, was in den Bereich seiner Strahlen kommt, wird in die nächst höhere Art verwandelt, wie zum Beispiel Kupfer in Silber und Silber in Gold.'

'Aber, was müßte geschehen, wenn Sie Kupfer in Gold verwandeln wollten?'

'Dann müßte der Prozeß wiederholt werden.'

Während unseres Gespräches hatten wir die nächste Tür erreicht, die Arya Manas nun aufschloß. Wir betraten einen Raum der etwa 15 mal 30 Fuß groß war. Das einzige Licht kam durch ein Fenster an einer Längsseite, welches mit einem Fensterladen versehen war. Gegenüber dem Eingang, durch den wir gekommen waren, befand sich eine andere verschlossene Tür. Dies, so vermutete ich, war die Tür zur Kapelle.

Der Boden war mit dicken Strohmatten bedeckt. Die Decke und die Wände waren hell weiß gestrichen. Zur linken Seite der Tür stand eine ziemlich große Truhe im Raum. Darauf lagen etwa ein Dutzend Brillen mit dunklen Gläsern und massiv goldenen Gestellen.

Dann zog noch etwas anderes meine Aufmerksamkeit auf sich. Alle Türgriffe im Haus waren aus Kupfer, auch die der Tür, durch die wir eingetreten waren. Auf der anderen Seite schien dieser Griff aber aus Gold zu bestehen. Als ich mich umdrehte, um mir das genauer anzusehen, erklärte Arya Manas: 'Dieser Türgriff war ebenso wie die Brillengestelle früher aus Kupfer. Da sie aber den Strahlen des Kristalls ausgesetzt waren, wurden sie zu Gold verwandelt. Im Moment brauchen wir keine Brille. Nachher aber werden wir sie verwenden müssen. Aber, nun komm zuerst mit mir!'

Mit diesen Worten öffnete er die Türe zu der Kapelle. Dieser Raum war etwa halb so groß wie der vorhergehende und quadratisch. Er hatte keine Fenster, nur eine zweite Tür auf der linken Seite. Das Licht aus dem Raum, aus dem wir kamen, war ausreichend, um zu erkennen, daß die Decke und die Wände ebenfalls ganz weiß angestrichen waren und eine große Strohmatte wie zuvor auf dem Boden lag. In der Mitte des Raumes stand ein kleiner achteckiger Tisch, der von sieben ähnlichen Tischen umgeben war. Auf dem mittleren Tisch ruhte eine Alabasterplatte, auf welcher ein dom-ähnlicher Deckel aus dem gleichen Material stand. Der Durchmesser dieses Deckels war über 30 cm. Die anderen Tische waren leer.

'Der nächste Raum', sagte Arya Manas, 'ist unser alchemistischer Arbeitsraum, der mit dem Labor verbunden ist. Wir werden ein andermal hineinsehen. Heute wollen wir uns nur ansehen, was der Billur - so bezeichnen wir den Kristall in unserer Sprache - vermag.'

'Das interessiert mich ungeheuer', versicherte ich ihm.

'Habe noch eine Weile Geduld, bis ich die Chakim zum Inkilab gerufen habe.' Mit diesen Worten ging er zu der Tür an der Seite und klopfte dreimal in einem ganz bestimmten Rhythmus.

Von dort, also von dem Labor aus, mußte das Zeichen durch das ganze Gebäude weitergegeben worden sein, denn man konnte innerhalb einer Minute hören, wie sich Türen öffneten und schlossen, und bald erschien der erste der Chakim im Vorraum. Da sie mich kannten, waren sie nicht überrascht, mich zu sehen. Es waren sieben, die zu dieser Zeremonie erschienen. Nachdem wir uns begrüßt hatten, langten sie ohne Zögern zu den Brillen. Arya Manas folgte ihrem Beispiel und drängte mich, das gleiche zu tun.

Die Brillengläser waren so dunkel, daß ich mehrere Minuten benötigte, um mich an sie zu gewöhnen. Ich konnte meine Nasenspitze und die Hand vor meinen Augen kaum sehen. Es war wie der Aufenthalt in einem dunklen Raum. Mittlerweile hatte Arya Manas die Tür, die den Vorraum mit der Kapelle verband, geöffnet. Einer der Chakim hob das Oberteil der Truhe auf, die der Türe am nächsten stand. Dann gingen sie in den Vorraum zurück und stellten sich gegenüber der Mauer mit dem Fenster in einer Reihe auf. Nun verschloß Arya Manas die Fensterläden, und wir standen in äußerster Dunkelheit. All dies geschah in tiefer Stille. Schweigend ergriff Arya Manas meine Hand und führte mich in die äußerste Ecke der Kapelle. Dann fühlte ich seine Hand, wie sie über mein Gesicht fuhr um sich zu überzeugen, daß meine Brille richtig saß. Danach verließ er mich, Etwa eine Minute lang war es in beiden Räumen absolut still, und ich fühlte, daß der große Moment gekommen war. Und so war es.

'Bishum Adunna' - im Namen des Herrn, erklang plötzlich Arya Manas Stimme aus der Mitte der Kapelle. Gleichzeitig nahm er den Alabasterdom von dem kleinen Tisch in der Mitte. Was dann folgte, ließ mich beinahe vor Erstaunen aufschreien. Plötzlich erfüllte ein intensives Licht den Raum, ein Licht, so hell und rein und schneeweiß, wie es unsere künstlichen Lampen und elektrischen Lichtbogen nicht produzieren können. Ja, es war so stark, daß ich nicht geglaubt hätte, eine dunkle Brille zu tragen, wenn ich es nicht ganz sicher gewußt hätte. Es war ein neutralisierendes Licht, wobei es die dunklen Gläser ermöglichten, die Dinge so zu sehen, als ob sie farblos oder von Anfang an durchsichtig gewesen wären. So intensiv das Licht war, blendete es nicht dank der schützenden Gläser. Ohne sie hätten meine Augen das nicht ertragen können.

Von wo kam dieses wunderbare Licht? Von einem Kristall, der etwa Faustgröße hatte und auf der runden Alabasterplatte auf dem kleinen Tisch in der Mitte lag. Ich bemerkte, nachdem ich ihn einige Zeit angesehen hatte, daß er die Form eines Ikositetraeders, einer Kristallform mit 24 Seiten, hatte.

Aber höre ... was war das? Ein monotoner Gesang ertönte aus dem Vorraum. Die Chakims hatten ihre Stimmen erhoben, und ich konnte aufmerksam lauschend jedes Wort verstehen. Es war eine Art von Hymne, in welcher ich bestimmte Wendungen erkannte, wie sie in der Tabula Smaragdina des Hermes Trismegistos vorkommen. Wie ich später herausfand, war es der ursprüngliche Text. Er wurde in chaldäisch gesungen, und ich bringe ihn hier in der deutschen Übersetzung:

Ehre und Ruhm sei unserem Herrn
Der Himmel und Erde durch ein Wort erschuf
Und er erschuf das, was oben ist
Genau so, wie das was unten ist
Und das, was unten ist
Genauso, wie das, was oben ist

Sein Vater ist die Sonne
Seine Mutter ist der Mond
Und sein Atem ist der Wind

Der sanft über die Erde bläst und sie befruchtet

Und die Geschöpfe von unten mischen ihre Kräfte
Mit den Geschöpfen von oben
Und sie werden zu einem wundervollen Wesen

Vier Elemente enthält es in sich

In seiner Erde ist es unser Herr
In seinem Wasser ist es unser Herr
In seiner Luft ist es unser Herr
In seinem Feuer ist es unser Herr

Erde, Wasser, Luft und Feuer achten auf seinen Willen
Und gehorchen dem Gesetz unseres Herrn

So ist die Welt geschaffen
Und der Name unseres Herrn
Ist der Schlüssel zu diesem Geheimnis

Diese sieben Verse wurden dreimal wiederholt. Eine tiefe Stille folgte, nachdem das Lied zu Ende war.

Arya Manas, der mir am nächsten stand und die ganze Zeit über bewegungslos geblieben war, ging zu dem mittleren Tisch und bedeckte den Kristall wieder mit dem Alabasterdom, den er beim Abdecken auf den Boden gestellt hatte. Das Licht verschwand wieder. Als ich meine Brille ablegte, bemerkte ich, daß es nicht völlig dunkel war, weil die sieben Metallbarren auf den Tischen, die den mittleren Tisch umgaben, ein fluoreszierendes Licht ausstrahlten. Einige strahlten ausgesprochen blau, während andere eher grün waren. Das ganze dauerte aber nur ein paar Sekunden.

Nun wurden die Fensterläden im nächsten Raum wieder geöffnet, und die Chakims betraten den Raum, um die Metallbarren herauszunehmen. Ich untersuchte sie später bei Tageslicht, meine letzten Zweifel schwanden - ich hielt reines Gold und Silber in meinen Händen.

Danach erklärte Arya Manas die ganze Prozedur des Inkilabs genau, ebenso worum es sich handelte und die Herstellung des Billur.

Da mir diese Informationen nur unter dem Siegel der Verschwiegenheit gegeben wurden, kann ich sie nicht als Ganzes veröffentlichen. Nur auf eines soll hingewiesen werden. Jedenfalls überzeugte es mich davon, daß die Chemie unserer Tage noch ziemlich weit davon entfernt ist, ihr letztes, größtes Problem zu lösen, nämlich die speziellen Eigenschaften der Struktur der Materie und das den 'Elementen', die keine Elemente sind, entsprechende zu finden. Ebenso läßt das gegenwärtige Periodische System der sogenannten Elemente zu viele Fragen offen.

Arya Manas erzählte mir, wie man sich erinnern wird, daß der Billur ein Metall jedesmal in die nächst höhere Gruppe transmutiert, also Kupfer in Silber und Silber in Gold. Wenn man die Tafel des Periodischen Systems der Elemente studiert, sieht man, daß das stimmt. Aber wie verhält es sich mit Eisen, Platin, Quecksilber und Blei? Hier ist die richtige Ordnung sicherlich noch nicht gefunden worden.

Ferner erzählte mir Arya Manas, der über die Ergebnisse unserer modernen Untersuchungen informiert war, daß die Ordnungszahlen der Elemente von I bis 102, von denen man bekanntermaßen annimmt, daß sie die Anzahl der positiven Atomkerne ebenso wie die Anzahl der Elektronen im Atom angeben, in Wirklichkeit nichts damit zu tun haben, da das Atomgewicht der bestimmende Faktor sei.

Diese Zahlen sieht man in der heutigen Zeit als rein zufällig an. Man wird sie wieder ändern müssen, nachdem man weitere 'Elemente' dazwischen entdeckt haben wird, die keine Isotopen sind.

Was schließlich die Angelegenheit selbst und die Herstellung des Steines anbelangt, so erklärte er mir, daß der Billur der ursprüngliche Stein der Weisen sei, so wie ihn Hermes Trismegistos gekannt habe und er von dem des Mittelalters abweiche, aber nicht in Bezug auf die Substanz, sondern auf seine Kristallisation. Er erläuterte auch, daß im Mittelalter die Wissenschaft nicht weit genug gewesen sei. Der Kristall repräsentiere das 'Individuum' in der Mineralwelt und folge entsprechend deren Entwicklungsgesetzen. Diese sollten aber nicht dahin mißverstanden werden, daß jedes Mineral nur eine Kristallisationsform habe und die davon abweichenden Formen eine Art Leiter bilden würden. Nein! Es könne sich das gleiche Mineral, den Gesetzen folgend, nach denen sich Stoffe kristallisieren, entweder natürlich oder künstlich zu verschiedenen Größen entwickeln.

Ich lernte außerdem ein Gesetz über die chemischen Proportionen kennen,

116

welches gleichzeitig etwas über die Herstellung und Kristallisation aussagte. Ich muß aber leider sagen, daß ich es hier nicht offen darlegen darf.

Als ich das Silber und Gold chemisch untersuchte (das Labor in Bit Nur hatte alle nötigen Apparate), kam ich zu dem erstaunlichen Resultat, daß das Atomgewicht dieses Silbers nicht 107,88, sondern 108 war. Das des Goldes war nicht 197,2, sondern 196, was Anlaß zu dem Schluß gibt, daß man beide als Mischelemente ansehen muß. Zweifellos gibt es noch mehr von diesen Mischelementen. Ja, wir geben vielleicht keinen Schuß ins Blaue ab, wenn wir sagen, daß alle bestehenden Elemente in Wirklichkeit Isotopen sind, die sich aus sieben verschiedenen Substanzen zusammensetzen.

Hier muß ich nun schließen. Was an diesem Bericht wichtig war, habe ich, glaube ich, genügend deutlich dargestellt. (An dieser Stelle waren noch einige Tabellen angeführt, die das Obenstehende noch näher erläutern sollten, die aber für den Laien zu kompliziert sind.)

Heute, wenn wir zurücksehen, erkennen wir, daß die schon so lange begrabene Astrologie von allen okkulten Wissenschaften die erste war, die ihre Wiederauferstehung erlebte. Gegenwärtig glaubt fast jedermann an den Einfluß der Sterne auf das menschliche Leben. Magazine, Zeitungen und Astrologen sind überall zu sehen. Man kann primitive Horoskope kaufen. Und nun wird die Alchemie zweifellos dem Beispiel der Astrologie folgen.

Hindernisse, die einer Wiederbelebung der Alchemie im Wege stehen, werden allmählich beiseite geräumt. In nicht allzu ferner Zeit werden sich sowohl Wissenschaftler wie Laien nach dem Osten wenden, um ein Ziel zu erreichen, das von den Initiierten des Ostens bereits vor langer Zeit erreicht wurde, welches aber in der Gegenwart noch verborgen und beschützt bleiben muß.

Ein Ziel, das heißt 'Stein der Weisen'.

Hier schließt der Bericht des Dr. Musallam."

Als der Alchemist die Blätter mit dem Bericht des Dr. Musallam zusammenfaltete, sprach niemand. Das Ticken einer Uhr schien das einzige Zeichen von Leben zu sein, und selbst die Uhr konnte man nicht sehen, sondern bloß hören. Elisabeth Gunderson brach dann das Schweigen.

„Meinen Sie, daß das wirklich geschehen ist?" fragte sie. Sie war sich nicht ganz sicher, ob sie das, was sie gehört hatte, glauben oder ob sie es als Phantasie abtun sollte.

„Sie sollten es für das nehmen, was es wert ist", erwiderte der Alchemist.

„Ja, aber was ist es wert?", erkundigte sich Dr. Farnsworth. „Glauben Sie, was Sie uns über diese alchemistischen Kunststücke vorgelesen haben?"

„Es scheint irgendwie phantastisch", sinnierte Dr. Syndergaard, „doch das gilt genauso für die Landung auf dem Mond und ähnliche andere Dinge."

„Dazu kann man auch den Computer zählen - dieses Wunder unserer Zeit", fügte Godfrey Gunderson hinzu. „Außerdem muß dieser Dr. Musallam dies vor mindestens fünfzig Jahren geschrieben haben, denn heute sehen die Dinge doch etwas anders aus. Die Geschichte mag seltsam klingen, aber ich kann mir nicht helfen, ich glaube, daß sie im wesentlichen wahr ist."

„Sagen Sie uns", fuhr Dr. Farnsworth fort, „warum all dieses viele Gold? Was nützt das? Hat Gold in dieser Welt nicht schon genug Unglück angerichtet? Sollte die Alchemie nicht dazu dienen, der Menschheit mehr in ihren geistigen Problemen und körperlichen Schwierigkeiten beizustehen?"

„Sie haben recht, absolut recht", bestätigte der Alchemist.

„Gut, warum dann den Nachdruck so auf das Goldmachen legen, wie es bei den Menschen in diesem Land war? Wie war doch der Name, Turkestan denke ich", ließ sich Elisabeth vernehmen.

„Nuristan, meine Liebe, Nuristan", verbesserte sie ihr Mann.

„Gut, also dann Nuristan", räumte sie ein. „Aber was ist mit der Alchemie heute? Arbeiten wir nicht anders? Haben wir nicht eine bessere Ausrüstung?"

„Richtig", bejahte Dr. Farnsworth. „Wir können viele Dinge viel schneller und besser bewerkstelligen. Manche Apparate sind zwar teurer, doch sie sind auch leistungsfähiger."

Der Alchemist bemerkte wohl, daß die Frage der Ausrüstung eines alchemistischen Labors die Aufmerksamkeit aller in Anspruch genommen hatte.

„Man kann es auch noch auf andere Weise sehen", nahm er den Faden wieder auf. „Da die Apparate, die für die verschiedenen Arbeitsprozesse benötigt werden, von Person zu Person je nach den finanziellen und Platzverhältnissen verschieden sind, sollte man betonen, daß große finanzielle Ausgaben nicht unbedingt notwendig werden. Die Arbeit als solche ist leicht. Es sind nicht viele und nur einfache Geräte, die man schließlich braucht und sich anschaffen muß.

Vor Tausenden von Jahren waren die Alchemisten fähig, ihre Resultate mit ganz primitiven Hilfsmitteln zu erzielen. Heute mit den technisch hochentwickelten Gerätschaften sollte es viel leichter sein. Aber die äußere Erscheinung kann täuschen. Die neue und moderne Einrichtung bedeutet für den alchemistischen Anfänger keine Garantie dafür, daß er Ergebnisse erzielen wird. Die

Tatsache, daß - am modernen Standard gemessen - nicht sofort eine ausreichende Ausrüstung zur Verfügung steht, ist keine Entschuldigung dafür, die praktische Demonstration der beteiligten Gesetze aufzuschieben. Verwenden Sie die einfachen Gegenstände, die Ihnen gerade zur Hand sind, und fügen Sie von Zeit zu Zeit etwas hinzu, von dem Sie wissen, daß Sie es wirklich brauchen und daß es Ihnen bei Ihrer Arbeit von Nutzen sein wir. Es ist dumm, Geld für Dinge auszugeben, die man nicht benötigt, bloß um andere mit dem zu beeindrucken, was man in seinem Laboratorium herumstehen hat.

Diese Arbeit ist nicht dazu da, eine Atmosphäre zu schaffen, die einen bedeutend erscheinen läßt, sondern dazu, einen tatsächlich bedeutender werden zu lassen. Durch gesetzmäßige Demonstration und Anwendung erfahren wir, was wir benötigen, und wir finden, daß es wirklich sehr wenig ist."

„Aber es ist so aufregend, wenn man weiß, daß Ergebnisse erzielbar sind, die man mit anderen teilen kann." Elisabeth unterstrich mit den Händen, wie wichtig ihr war, was sie sagte.

Der Alchemist nickte und gab zu bedenken: „Man sollte da sehr achtsam sein." Er nickte wieder sehr langsam. „Seien Sie sich ganz sicher, bevor Sie in irgendwelche Sache hineinschlittern!

Sobald der Anfänger in der Alchemie sieht, daß sich die ersten Manifestationen ergeben, fühlt er voller Begeisterung, daß die Zeit gekommen ist, alle Bekannten und Verwandten mit den neu hergestellten Mitteln zu heilen. Es wird nicht nur empfohlen, sondern auch dringendst gebeten und angeraten, von solch einem Vorgehen Hände und Gedanken freizuhalten. Sie sind erst am Anfang Ihres Werkes.

Man muß Wissen und Verstehen haben, zu entscheiden, wann, wo, und wie alchemistisch hergestellte Substanzen anzuwenden sind. Bleiben Sie mit den Füßen auf dem Boden! Probieren Sie, wie diese wirken! Erinnern Sie sich daran, daß niemand anderes Sie überzeugen kann! Nur Sie selbst können das. Probieren Sie die Dinge an sich selber aus und verlassen Sie sich nicht darauf, was andere sagen! Sollten Sie finden, daß das stimmt, was andere Sie gelehrt haben gut, dann haben Sie es selbst geprüft und erfahren.

Werden Sie nicht zum Pfuscher, und fügen Sie dem Werk nicht neue lächerliche Dinge hinzu, wo es doch schon genug in dieser Richtung von anderen, die nichts davon verstanden, zu tragen hat! Sie haben einen langen Weg vor sich. Sie haben kaum an der Oberfläche des Werkes, das vor Ihnen liegt, gekratzt. Deswegen, seien Sie aufnahmebereit! Die Zeit wird zeigen, ob Sie das konnten, dessen dürfen Sie sicher sein. Im Moment verwenden Sie Ihre Zeit zweckmäßigerweise darauf, noch mehr herauszufinden, damit Sie nicht zu viele Fehler begehen, die peinlich und teuer werden könnten, wenn Sie diese bei anderen machen würden. Deswegen, seien Sie keine Pfuscher!"

Dr. Syndergaard räusperte sich. „Dies klingt für einen Arzt recht seltsam. Er ist gegen Quacksalberei. Aber ich habe mich in aller Ehrlichkeit als Arzt zu fragen, ob ich weiß, was die Arzneien, die ich meinen Patienten verschreibe, enthalten. In den meisten Fällen weiß ich es. Doch wenn ich den Inhalt oder die Mischungen - vor allem der Stoffe, die man in der Chemotherapie anwendet - kennen müßte, so müßte ich gestehen, daß ich sie nicht kenne. Die Chemie solcher Verbindungen ist zu kompliziert für die Ausbildung, die ich in Chemie hatte. Es ist zu verwirrend."

„Ich würde nicht so weit gehen, dies als Quacksalberei zu bezeichnen", entgegnete Elisabeth Gunderson. Da sie erkannte, daß das, was der Alchemist über Pfuscherei ausgeführt hatte, als eine Art von Vorwurf hätte aufgefaßt werden können, klang ihre Stimme so, als ob sie versuche, jemanden zu beruhigen.

„Es gibt so viele Dinge, die der Mensch wissen sollte, aber nicht weiß", sagte der Alchemist. „Allen hier Anwesenden wurden einige einführende Unterweisungen zuteil, einigen sogar mehr als das. Sehen Sie, genügend Wissen zu erhalten, um sich mit Mystik oder Esoterik zu befassen, bedeutet, einen Bewußtseinsbereich betreten, in dem man mehr Wissen zu erlangen vermag. Dieses Wissen kann von denjenigen stammen, die es besitzen, oder direkt aus einer dem Menschen unbekannten Quelle in ihn einfließen. Das ist der beste Weg.

Manche mögen glauben, daß dies mit dem Intellekt allein vollbracht werden könne. Das ist nicht der Fall. Es kann auch nicht durch Rituale oder Zeremonien erlangt werden. Es ist keine Sache äußerer Erfahrungen, sondern eines inneren Erwachens.

Wir empfangen Wissen, indem wir empfänglich für das werden, was für uns neu ist und bis dahin unbekannt war.

Es beginnt alles mit Furcht, ja Furcht - Furcht vor dem Unbekannten. Jede Unsicherheit beruht auf Furcht. Der Mensch hat Angst, etwas zu tun, das für ihn oder andere falsch sein könnte. Aber die Furcht wird durch Wissen - das heißt durch Erfahrung - überwunden. Nur was ein Mensch erfahren hat, weiß er. Infolge des grundlegenden Dualitätsgesetzes gibt es ein empirisches und ein persönliches Wissen. Doch damit hört es noch lange nicht auf.

Ein Mensch kann viel wissen oder wenig. Dies bedeutet nicht, daß er auch versteht, was er weiß. Erst Verständnis macht Wissen wertvoll. Aber auch hier hört es nicht auf. Nur wenn das Verstandene in gesetzmäßiger Art und Weise angewandt wurde, wird es unsere Anstrengungen mit Erfolg krönen und als Weisheit erkannt werden können. Wer sein Wissen mit Verständnis anzuwenden weiß, ist weise. Wenn Sie sich überlegen, wie wenig wir verstehen, was wir wissen, so gibt uns das ein Bild des Fortschritts, den wir in diesem Leben gemacht haben.

Meine eigene Erfahrung bestätigt mir, daß in meinem Verlangen nach Wissen, Verstehen und Weisheit die einzige mir offenstehende Quelle, wo ich Hilfe suchen kann, dort fließt, wo all dies zu finden ist ..., das heißt: bei einer Intelligenz, die meine überragt. Nicht bei dem intellektuellen Wissen eines überlegenen Menschen, sondern bei der Quelle, aus der alle Intelligenz kommt. Es spielt keine Rolle, ob wir diese Quelle Universum, Kosmos oder Gott nennen oder ob wir ihr noch einen anderen Namen geben. Solche Namen zeigen nur an, daß wir von etwas sprechen, das wir nicht kennen. Wir werden einer höheren Intelligenz in dem Moment gewahr, in dem unser Verstand das zu sehen beginnt, worin wir uns befinden, nämlich in der Natur.

Niemand weiß, wer das, was man innerhalb dieser Natur findet, erschaffen hat. Wir werden uns nur dessen bewußt, daß es existiert. Genau hier hört es auch auf, denn niemand kann uns sagen und beweisen, wer all das hervorgebracht hat. Wir mögen glauben, was immer wir uns zu unserem Glauben erwählt haben, jedoch wir wissen es nicht. Infolgedessen nähern wir uns einer solch umfassenden Intelligenz mit Ehrfurcht und Hochachtung, ja sogar in wahrer Demut, weil wir aus Erfahrung wissen, daß wir ihr unterlegen sind.

In aller Ehrfurcht bekennen wir dann: Ich weiß nicht, wer Du bist. Ich weiß nicht, wo Du bist. Ich weiß nicht, was Du bist. Aber eines weiß ich - nämlich, daß Du bist. Sonst existiere ich nicht, noch etwas vor mir oder hinter mir oder etwas, worin ich meine Existenz habe. Deswegen flehe ich Dich an, wer immer, wo immer und was immer Du bist, daß die Menschen an Dich glauben mögen, daß sie sich Deine Existenz vorstellen können, bitte hilf mir! Bitte hilf mir, mehr über mich zu erfahren, so daß ich mein wahres Verhältnis zu Dir, der alles das hervorgebracht hat, erkennen möge! Bitte hilf mir! Ich bin am Ende meines ach so begrenzten Wissens. Ich weiß so wenig. Bitte hilf mir, das wenige, was ich weiß, zu verstehen! Es gibt niemand sonst, den ich um die Beantwortung dieser Fragen bitten könnte, denn die anderen Menschen sind genauso sterblich. Alles um uns herum ist begrenzt. Bitte gib mir Verständnis und zeige mir wie es richtig angewandt werden kann!

Wenn Sie an einem bestimmten Punkt freiwilliger Selbstanalyse angekommen sein werden, wird Ihnen Hilfe zuteil. Sie muß nicht so kommen, wie Sie sich das vorgestellt haben, doch sie wird kommen und wird Ihnen so weit helfen, wie Sie es brauchen. Dafür kann ich mich verbürgen, denn ich spreche aus Erfahrung. Ich bin nicht anders als Sie oder irgendein anderer in bezug auf das Erbitten einer Hilfe. Ich habe herausgefunden, daß diese höchste Quelle der Erleuchtung nicht so sehr Individuen beachtet als die Aufrichtigkeit und Ehrlichkeit, mit der man sich ihr nähert.

Dies ist nicht nur meine Beobachtung und Erfahrung, sondern auch die vieler anderer mit gleichen Erfahrungen.

Dies also ist die einzige dem Menschen bekannte und erreichbare Quelle, in der die Antworten auf unsere Fragen vom Anfang der Zeiten bis heute gefunden werden können. Aus dieser Quelle haben alle jene geschöpft, denen es gegeben war, Werkzeuge zu sein, durch die wieder andere auf diese Quelle zugeführt werden sollten. Aus dieser Quelle kommt alles, was da emaniert wird - nämlich der All-Einzige oder der Allmächtige Eine, in dem alle anderen 'einen' enthalten sind und ihren Ursprung haben.

Nun werde ich Sie verlassen. Mein Aufenthalt hier war nur kurz. Er sollte helfen, einige Ihrer Fragen zu klären. Die Antworten, die ich Ihnen gab, haben Sie sich selbst durch Erfahrung zu beweisen.

In nicht allzulanger Zeit werden wir uns in den Bergen des Fernen Westens wiedersehen, wo Ihnen noch mehr vermittelt werden soll, damit Sie sich selbst die den Menschen enthüllten Gesetze der Schöpfung beweisen können. Sie werden Ihr Bewußtsein öffnen entsprechend Ihrer Ehrlichkeit und Aufrichtigkeit und der Bereitschaft, ein Leben zu führen, das anderen zum Vorbild dienen könnte."

„Könnten Sie noch ein bißchen länger bleiben?" bat Elisabeth.

„Es gibt Arbeit, die getan werden muß ... viel Arbeit unter Menschen. Ich bin ein kleiner Niemand in diesem großen Plan der Schöpfung, ein unbedeutender Teil. Aber aus meinem eigenen freien Willen werde ich trachten, daß diese mir zugewiesene Arbeit getan wird." Er erhob sich. Die anderen folgten seinem Beispiel.

Da stand er, der Alchemist, ein Mensch unter Menschen, ohne Überheblichkeit. Dann geschah es.

Er ging zu Elisabeth Gunderson hinüber, nahm ihren Kopf zwischen die

Hände und küßte sie auf die Stirn. Ein leichter prickelnder Schauer stieg ihr den Rücken hinauf. Etwas benommen empfand sie dies als das genaue Gegenteil zu früher bei ähnlichen Gelegenheiten Erlebtem. Dann aber rieselte es abwärts.

Hierauf wandte sich der Alchemist den drei Männern zu und umarmte einen nach dem anderen. Zugleich mit einem Händedruck küßte er sie auf beide Wangen. Auch sie fühlten, wie ein Schauer ihre Körper durchlief.

Schließlich schritt er schweigend zur Tür. Er öffnete sie weit und trat in den Garten hinaus. Alle folgten ihm. Es war schon Nacht. Sie brauchten eine Weile für das Umgewöhnen ihrer Augen an die Dunkelheit. Der volle Mond in all seinem Glanz ließ jeden Baum und Strauch völlig klar hervortreten. Selbst das Muster des Zaunes auf der anderen Gartenseite war deutlich zu erkennen.

Der Alchemist wandte sich zurück. Er erhob die rechte Hand und sprach: „Nun, nachdem ihr euren Körper, eure Seele und euren Geist durch die Separation gefunden habt, reinigt diese wesentlichen Bestandteile und vereinigt sie dann zu einem neugeborenen Wesen. Friede sei mit Euch!"

Er wendete sich ab und ging in die Nacht hinaus, vor ihren Augen in Richtung auf den Zaun verschwindend, wo keine Pforte war.

Vier Leute arbeiten mit dem Stein der Weisen

Fünf Monate waren seit der Abreise des Alchemisten vergangen, als an einem schönen Septembermorgen alle vier, Dr. Syndergaard und Farnsworth sowie Godfrey und Elisabeth Gunderson, sich auf dem Wege zum Wohnsitz des Alchemisten in den Rocky Mountains befanden.

Am Nachmittag kamen sie in dem Tal an, das von schneebedeckten Bergen umgeben war, die sich majestätisch in den wolkenlos blauen Himmel erhoben. Nachdem sie aus dem Wagen gestiegen waren, nahmen sie sofort einen intensiven und nachhaltigen Duft wahr, der die Atmosphäre durchdrang. Alle atmeten gleichzeitig tief ein, als sie die reine Luft verspürten, welche die Täler erfüllte. Täler, die den Weg in die Welt öffneten, die so weit entfernt lag und doch in wenigen Autostunden von der nächsten großen Stadt aus zu erreichen waren.

Elisabeth drehte sich, rund umherschauend, um sich selbst. Sie streckte die Arme aus und formulierte ihre Betrachtung in die Aussage: „Dies ist das Paradies!" Die anderen nickten in wortloser Übereinstimmung.

„Gehen wir!" sagte Dr. Farnsworth.

Vor ihnen befand sich ein ziemlich steiler Hang, zu schmal, um mit dem Auto befahren zu werden. Sie nahmen so viel von ihren Utensilien mit, wie sie tragen konnten und wanderten langsam bergwärts. Weder ein Haus noch ein Zeichen von Bewohnern war zu sehen ... nur die ewigen Hügel vor ihnen und weiter weg die hohen Berge, die ihre Spitzen in den endlos blauen Himmel reckten. Es gab auch keine Bäume ... nur Krüppeleichen und Bergmahagoni, eingebettet in ein Großbeet von wilden Blumen, die überall zwischen den Felsen wuchsen. Es sah aus, als ob sie die Hand eines Riesen da ausgesät habe.

Nachdem sie die Spitze des Hügels erreicht hatte, stellten sie zunächst ihr Gepäck ab und erblickten vor sich das Haus des Alchemisten.

Umgeben von auffallend großen Pinien stand da ein stabiles Gebäude; das Erdgeschoß aus Naturfelsen errichtet, die Obergeschosse aus rustikalen Holzstämmen gefügt, inmitten einer Wiese vielfarbiger Blumen. Ein Bach mit kristallklarem Wasser plätscherte in der Nähe vorbei.

Elisabeth Gunderson berührte den Arm von Dr. Syndergaard, der ihr am nächsten stand. Sie zeigte auf den Bach, wo einige Hirsche geruhsam weideten, als ein mutwillig spielendes Rehkitz unter sie sprang.

Obwohl keiner sprach, wurden sie alle an ähnliche liebliche Szenen aus Walt-Disney-Filmen erinnert. Dies schien der richtige Platz für „Bambi" zu sein, das aus der realen Welt in die Welt der Geschichten sprang, die von Kindern so geliebt werden.

Dr. Farnsworth nahm als erster wieder sein Gepäck auf. Er bedeutete den anderen mit einer Handbewegung, weiterzugehen.

Der Pfad führte von der Hügelspitze in sanfter Neigung zum Haus. Sie bewegten sich langsam wie unter einem Bann, als sich schon die Haustür öffnete und ein großer deutscher Schäferhund auf sie zulief. Er bellte nicht, sondern blieb lautlos. Aber als er direkt vor ihnen war, setzte sich der Hund nieder und blickte sie mit glänzenden Augen an, die schweigend sagten: Mein Herr und ich haben auf Euch gewartet. Dann erschien auch der Alchemist im Eingang, erhob den rechten Arm und machte eine segnende Gebärde, bevor er auf sie zuging.

Bei den Besuchern angelangt, umarmte er sie, küßte sie auf die Stirn und lächelte sein eigenes, besonderes, mild wohlwollendes Lächeln, das so einfach zu verstehen und so schwer zu beschreiben war.

Dann hörten sie seine klangvolle Stimme: „Gesegnet sei diese Stunde, die uns wieder zusammenbringt! Kommt! Folgt mir! Alles ist für euer Wohlbefinden bereitet. Ihr hattet eine lange Fahrt, Ihr müßt ermüdet sein."

Elisabeth Gunderson sprach als erste. „Wie kann man in einem solchen Augenblick ermüdet sein? Im Gegenteil, ich fühle mich, als ob alles Leben in mir sich in dieser Umgebung erneuert hätte." Zu den anderen gewandt erwartete sie deren Bestätigung: „Habe ich recht?"

„Ja", erwiderte Dr. Syndergaard. Sich selbst wiederholend, fuhr er dann fort: „Ja, es ist alles so anders, so ganz neu."

Als sie den Eingang erreichten, setzte sich der Hund, der ihnen vorausgesprungen war, wieder auf die Seite des Weges. Der Alchemist legte die Hand sanft auf den Kopf des Hundes. „Es wird nicht mehr lange dauern, Harold", meinte er, „bis du deine Freunde zu beschützen hast."

Godfrey Gunderson runzelte die Stirn, als er diese orakelhafte Bemerkung gehört hatte.

Nachdem sie den großen Vorraum betreten und sich die massive Haustür hinter ihnen geschlossen hatte, schien ein Seufzen ihren unterdrückten Gefühlen Ausdruck zu verleihen. Sie waren angekommen. Sie waren wieder zurück, diesmal aber hatten sie die Reise nicht einzeln oder als Paar, wie die

Gundersons letztes Jahr, gemacht, sondern sie waren gemeinsam gekommen. Das ganze Haus schien mit Schwingungen geladen, die hohe Erwartungen weckten.

„Darf ich Sie zu Ihren Räumen bringen", ermunterte der Alchemist zum Weitergehen. Er führte sie den Weg treppauf und zeigte jedem sein Zimmer.

„Sie werden getrennt schlafen, während Sie hier sind", sagte er zu den Gundersons.

„Das Abendessen wird in zwanzig Minuten serviert, so können Sie sich vorher noch frisch machen." Nachdem sie dem Alchemisten schweigend gedankt hatten, entfernte er sich, und man hörte vier Türen, die sich leise hinter ihm schlossen.

Der große Eßraum war von Natur erfüllt. Die Gerüche wild wachsender Blumen zogen die Aufmerksamkeit auf sich. Nachdem jeder seinen Platz eingenommen hatte, erhob sich der Alchemist. Er hob die Hände und begann mit seiner wohlklingenden Stimme einen eindrucksvollen Gesang. Niemand verstand die Sprache. Die letzten Worte „ ... namu amida butzu" klangen noch nach und schienen von jeder Faser der umgebenden Substanzen reflektiert zu werden. Alles vibrierte.

Die Tür zur Küche öffnete sich und ein Mann und eine Frau trugen Tabletts mit wohlriechenden Speisen herein. Der Alchemist legte die Arme um die Schultern der beiden und sagte: „Dies sind John und Mildred. Einige unter Ihnen kennen sie schon. Beide sind seit langem mit mir zusammen und werden zu gegebener Zeit für Sie alle sorgen."

Bei dieser letzten Darlegung runzelte Godfrey Gunderson erneut die Stirn. Wieder waren einige orakelhafte Worte gesprochen worden, deren Sinn sich ihm entzog.

John und Mildred stellten das Essen auf den Tisch und lächelten fröhlich. Sie waren zwei natürliche Menschen, genauso leicht anzusprechen und erreichbar wie die Landschaft, die durch die großen Fenster hereingrüßte, die den Blick auf den südlichsten Gletscher der Vereinigten Staaten von Amerika umrahmten.

„Mögen Sie sich des Essens so erfreuen, wie wir Freude daran hatten, es für Sie zuzubereiten", wünschte John.

Dr. Syndergaard konnte sich nicht enthalten zu sagen: „Es ist eine liebliche Nahrung, liebevoll zubereitet und mit Liebe entgegengenommen."

„Wir pflanzen unser eigenes Gemüse an, ernten unser eigenes Getreide und unsere eigenen Früchte", bemerkte Mildred. „Alles wurde mit Dankbarkeit gesät oder gepflanzt, aufgezogen und geerntet. Die Obstbäume wurden gepflanzt, nachdem unser geliebter Bruder den Boden zubereitet hatte. Deswegen wurden die Gaben des Himmels so großzügig über uns in unserem hohen Alter ausgeschüttet."

„Hohes Alter?".. unterbrach Elisabeth Gunderson. „Sie sind doch nicht alt, warum sagen Sie so etwas?"

„Wie alt denken Sie, daß John und Mildred sind?" fragte der Alchemist.

„Ich weiß wirklich nicht, und ich möchte auch niemanden kränken, aber ich meine, daß keiner von Ihnen auch nur einen Tag über 60 ist", antwortete sie überzeugt.

John und Mildred lächelten und schauten einander mit Augen an, die auch ein verhärtetes Herz hätten zum Schmelzen bringen müssen.

„Sie sind sehr freundlich", erwiderte John. „Mildred ist 94 und ich werde im Dezember 96 Jahre alt."

„Nein", kam es gleichzeitig wie eine Explosion von den vieren.

„Unmöglich", unterstrich Dr. Farnsworth, während gleichzeitig Dr. Syndergaard ausrief: „Dies ist unglaublich."

„Für mich nicht mehr", ließ sich nun Elisabeth vernehmen. „Ich habe mich dafür entschieden, mich an diesem Platz von nichts mehr überraschen zu lassen." Godfrey schüttelte nur langsam den Kopf, sagte jedoch nichts.

Elisabeth war nicht zu übertreffen, als sie sich an den Alchemisten wandte und fragte: „Sagen Sie uns bitte, wie alt Sie sind!"

Er lächelte nur und schaute auf John und Mildred, die ihm ebenfalls mit einem Lächeln antworteten.

„Eines Tages werden Ihnen Mildred und John diese Frage beantworten", vertröstete er sie.

Godfreys Gesicht erblaßte für einen Augenblick, aber er brachte es fertig, seinen Blick auf den Tisch geheftet zu halten. „Worauf will er uns vorbereiten?" dachte er.

Die Mahlzeit wurde serviert, und jeder langte kräftig zu. Es schmeckte alles so fein, so ausgezeichnet. Das Essen wurde mit frischen Früchten beendet, eine Mahlzeit, die den Göttern des Olymp oder denen in Walhall oder einem Treffen in Shamballa Ehre gemacht hätte. Der Alchemist dankte mit erhobenen Armen für die Gnade, die über sie ausgegossen worden war, durch die sie ihren Hunger mit so erlesener Nahrung hatten stillen dürfen.

„Gehen wir hinaus, um uns der lauen Abendluft zu erfreuen!" forderte er auf. „Ab morgen haben wir dann viel Arbeit im Labor zu verrichten, die uns einige Zeit in Anspruch nehmen wird. Sie werden von jetzt an sehr beschäftigt sein. Die uns hier gemeinsam zugewiesene Zeit ist kurz. Machen wir das Beste daraus!"

Er öffnete die Tür, die vom rustikalen Eßraum ins Freie führte. Wie ein Gemälde wirkte das Panorama vor ihnen, atemberaubend. Da lag der Mount Timpanogos in all seinem alpinen Glanz vor ihnen; der höhere Teil war mit Gletschern bedeckt, der untere Teil des Berges dagegen dicht mit Fichten und schwankenden Espen, deren Blätter sich allmählich golden färbten. Mehr an Harmonie konnte die Natur nirgends bieten.

Godfrey Gunderson war wie die anderen von diesem Schauspiel der Mutter Natur gefangengenommen; allein er konnte sich nicht von den drei Bemerkungen freimachen, die der Alchemist während ihrer kurzen Anwesenheit hatte fallen lassen.

Er war nicht sicher, ob die anderen die gleichen Beobachtungen gemacht hatten oder ob er der einzige war, aber er sagte nichts.

„Wir befinden uns hier hoch über dem Meeresspiegel. So mag Ihnen das Atmen mühsam werden. Nehmen Sie es nicht zu schwer, bis Sie sich daran gewöhnt haben!" ermutigte der Alchemist.

Elisabeth lachte: „Wissen Sie was? Als wir zum erstenmal hier waren, sagten Sie etwas Besonderes, das mich all die Jahre beschäftigt hat. Jedesmal wenn ich zu heftig werde, nun ja, meine Widdernatur, sagt Godfrey zu mir, ich solle mich an das erinnern, was der Alchemist zu sagen pflegte, und dann wiederhole ich Ihre Worte: 'Alles muß leicht und ohne Anstrengung geschehen'."

„Diese Regel ist immer noch gültig", bekräftigte der Alchemist. „Sehen Sie sich John und Mildred an, die danach leben. Warum sollte man sich auch körperlich und geistig anstrengen, wenn es eine weniger anstrengende Weise gibt, zu tun, was getan werden muß. Wirklich, es ist so: Es geht mit Leichtigkeit", und er lachte herzlich. Wie leicht es ihm doch fiel, so herzlich und spontan zu lachen!

So verbrachten sie den Abend miteinander, indem sie über die vergangenen Jahre sprachen, darüber, was geschehen war und was noch zu tun blieb.

Nachdem sie sich später auf ihre Zimmer zurückgezogen hatten, lagen alle noch einige Zeit wach und überdachten die seltsame Tatsache, daß sie nun alle vier gleichzeitig hier waren, um von dem Alchemisten weiter belehrt zu werden.

Noch seltsamer war, daß jeder von ihnen unabhängig von den anderen eine Zeit ausgesucht hatte, von der er hoffte, daß sie dem Alchemisten gelegen wäre. Wie sich herausstellte, hatten sie alle dasselbe Datum gewählt. Ja, sie hatten es sogar niedergeschrieben. „Werden die Wunder niemals aufhören?" dachte Elisabeth, als sie ihr Kissen wendete, sich auf die andere Seite drehte und in einen tiefen Schlaf fiel.

Dr. Farnsworth zog sich die Decke über den Kopf und bevor er wußte, wie ihm geschah, erinnerte er sich an nichts mehr. Sein tiefes Atmen war ein sicheres Zeichen für einen gesunden Schlaf.

In Dr. Syndergaards Zimmer brannte noch das Licht, denn er saß auf dem Bettrand. Er fühlte sich so friedlich, daß er langsam aufstand, dann niederkniete, die Hände faltete und sich betend an die Tage seiner Kindheit erinnerte, bevor er zu Bett ging. Alles, was er jetzt sagen konnte, war: „Gott ist gut." Nach einer Weile stand er wieder auf, legte sich ins Bett und drehte das Licht aus. Wenn man sein Gesicht in dem dunklen Raum hätte sehen können, so hätte man sicher gedacht, er träume wunderbar, so heiter und glücklich war der Ausdruck.

Anders dagegen in dem Zimmer, wo Godfrey Gunderson im Dunkeln am Fenster verharrte und unverwandt in das Mondlicht schaute. Er erinnerte sich noch gut, wie sie alle vor weniger als einem halben Jahr in Dr. Syndergaards Garten zu der Zeit des Wesak-Mondes gesessen hatten.

Wer hätte damals gedacht, daß der Alchemist bereit war, ihnen jetzt das wertvolle und so sehr gehütete Geheimnis der Bereitung des Steines der Weisen zu enthüllen.

In der ganzen überlieferten Geschichte gab es keinen Fall, daß vier gleichzeitig in diese hohe Manifestation initiiert worden waren. Gewöhnlich war nur einer und zu einer gegebenen Zeit der Erbe dieses Wissens geworden.

Godfrey Gunderson fühlte einen kalten Schauer über seinen Rücken hinunterlaufen. Er war nicht sicher, ob es wegen der kalten Nacht war, oder infolge eines Gefühls tiefer Erwartung.

Langsam zog er sich aus. In Gedanken gab er seiner Frau einen Gutenachtkuss, wie es seine Gewohnheit war, und als er sich die Decke ans Kinn zog, murmelte auch er: „Gott ist gut."

Eine Nacht voller Sterne und ein klarer Mond liebkosten das Haus in dem kleinen Tal, und der ragende Mount Timpanogos sorgte dafür, daß kein Eindringling diese ruhige Atmosphäre stören konnte, in welche die Kräfte von oben herabgestiegen waren und ihre Gnade über sieben friedvoll schlafende Menschen und einen zahmen Hund ausbreiteten.

Die Dämmerung versprach einen neuen wundervollen Tag. Ein paar verstreute Wolken erhoben sich hinter den Wasatch Mountain Range und gaben so dem strahlend blauen Himmel des gestrigen Tages eine neue Note.

Das Krähen eines Hahnes und das Gackern der Hühner mischten sich in das Geschnatter einiger wilder Enten im Fluß und schufen so das Vorspiel für die Symphonie eines neuen Tages.

Das strahlende Glühen der ersten Morgensonne strömte durch die Äste einiger Bäume nahe am Haus und regte die Vögel zu noch stärker jubilierendem Gesang an diesem verheißungsvollen neuen Morgen an.

John und Mildred waren im Garten damit beschäftigt, einige Melissenblätter zu pflücken. Kurz danach verschwanden sie in der Küche, als die Gundersons durch die Tür des Eßraumes ins Freie traten. Sie gingen Hand in Hand auf den Bergfluß zu.

Alsbald kamen die beiden Doktores. Sie waren in lebhafter Diskussion und standen an der Tür, als ein glockenähnlicher Ton sie durch die Morgenluft erreichte. Es war der Alchemist, der mit einem Eisenstab an ein Triangel geschlagen hatte, der am Dach an einem hölzernen Pflock aufgehängt war. Das Frühstück war fertig.

Während des Mahles entwickelte sich eine lebhafte Unterhaltung. Diesmal aber hörte der Alchemist zu, während die vier ihre Gedanken und Erfahrungen über die vergangene Nacht austauschten.

John und Mildred saßen auch am Tisch zusammen mit den anderen. Sie blickten oft auf den Alchemisten, der sein übliches sphinxgleiches Lächeln hatte, das so viel aussagte, wenn man es nur hätte deuten können.

Nach dem Frühstück stand er auf. „Wir wollen jetzt zum Labor hinübergehen und sehen, was getan werden muß."

Diese Worte elektrisierten. Was jeder so fieberhaft erhoffte, jedoch nicht zu äußern wagte, war zur Wirklichkeit geworden. Alles schwieg. Die vier schauten einander nur stumm an. Es war wieder der Alchemist, der das Schweigen brach. „Sie erwarteten dies doch, oder nicht? Deswegen kamen Sie doch her, oder ...?"

Ein breites Lächeln erhellte die Gesichter. Noch sprach niemand.

„Also gut. Stehen wir hier nicht herum, gehen wir hinüber!" Und er ging hinaus, gefolgt von vier überwältigten Schülern, die ihm wie Kinder folgten, denen man etwas befohlen hat und die nicht genau wissen, ob sie das Aufgetragene auch richtig verstanden haben.

Das Laboratorium lag am Ende des Hauses gegenüber dem Bergfluß. Es war ein freundlicher Platz mit dem angenehmen Geruch der Pharmazie alter Zeiten. Nichts von der dunklen mysteriösen Atmosphäre die von antiquierter Ausrüstung und rätselhaften Symbolen geschaffen wird, so wie sie uns die Bilder aus dem Mittelalter zeigen. Es hätte irgendein modernes Labor sein können.

Da gab es Soxhletextraktoren, Destillationsapparaturen, einen Rauchfänger mit Kräutern, die darunter kalzinierten, eine Zentrifuge und andere scheinbar komplizierte Glasausrüstungen neben weiteren Dingen.

Etwas, das sofort auffiel und sehr bemerkenswert schien, war die untadelige Ordnung und Reinlichkeit. Jedes Ding hatte seinen Platz. „Nun gut, hier sind wir also", begann der Alchemist, als sie sich um ihn herum versammelten und warteten.

„Nichts hat sich allzusehr verändert, seitdem wir das letzte mal hier waren", stellte Elisabeth fest. Godfreys Blicke schweiften durch den Raum, dann fügte er ihrem Satz hinzu: „Und das ist schon eine Weile her."

„Sie alle wissen, wie man den Pflanzenstein macht" leitete der Alchemist ein und griff nach dem Stuhl vor seinem Tisch. Er winkte die anderen zu ihren Stühlen.

„Gibt es noch Fragen diesbezüglich, bevor wir weitergehen?" forschte er.

„Nur eine", antwortete Dr. Farnsworth. „Ich habe Mühe, einen Pflanzenstein zu machen, der sich nicht wieder auflöst. Was mache ich falsch?"

„Sie müssen mehr vom Sulfur Ihrer Pflanze zufügen. Dies gibt ihrem Stein mehr Zusammenhalt", antwortete Dr. Syndergaard.

„Sie haben recht", stimmte der Alchemist zu, „das ist meistens der Trick."

„Können Sie uns eine einfache Beschreibung der Herstellung des Pflanzensteines oder des Opus minor geben als Ergänzung zu einigen schon vorhandenen theoretischen Kenntnissen?" fragte Dr. Farnsworth.

„Gut, ich werde es versuchen", versetzte der Alchemist. „Sie werden in der alchemistischen Literatur sehr wenig über das Opus minor oder das Werk in der Pflanzenwelt finden. Jeder möchte sofort am Stein der Weisen arbeiten. Ich kann ihnen versichern: Es ist sehr unwahrscheinlich, daß jemand, der das kleine Werk nicht gemeistert hat, das große Werk vollbringt.

Hier nun, wie man beim kleinen Werk vorzugehen hat: Nehmen Sie eine beliebige Pflanze oder einen Teil davon. Ich würde aber lieber die ganze Pflanze empfehlen, wo dies nötig ist. Ziehen Sie frische Pflanzen vor! Sie können jedoch auch getrocknete Pflanzen nehmen, wenn keine frischen erhältlich sind. Destillieren Sie das ätherische Öl davon mit Hilfe von Dampf ab, wie Sie es gelernt haben! Wenn Sie keinen Destillationsapparat haben, ist ein Dampfkochtopf recht gut geeignet. Befestigen Sie eine Röhre im Ventil des Topfes und führen Sie den Dampf dann durch einen Kühler! Im Kondensat wird sich das Wasser vom Öl trennen. So haben Sie den alchemistischen Sulfur in Form eines Öles gewonnen.

Nehmen Sie den Rückstand einschließlich des Wassers, das zur Dampferzeugung und zur Verhinderung des Anbrennens erforderlich war, und bringen Sie alles in eine große Flasche, der Sie etwas Zucker und gewöhnliche Hefe beifügen. Lassen Sie dies bei mäßiger Wärme sieben oder mehr Tage gären. Wenn die Gärung beendet ist, destillieren Sie den Alkohol ab. Dies ist der alchemistische Merkur. Dann dampfen Sie das Wasser vom Rückstand ab, trocknen den Rückstand und verbrennen ihn über einem sehr heißen Feuer. Dies wird zuerst eine schwarze, dann graue Substanz ergeben, die schließlich im Verlauf der Kalzination, wie man diesen Prozeß nennt, weiß wird. Dieser Prozeß kann abgekürzt werden, wenn man die noch graue Masse mit destilliertem Wasser auswäscht, wodurch sich die wasserlöslichen Salze lösen. Diese Lösung wird filtriert und mit pH Papier geprüft, wobei sich eine stark alkalische Reaktion zeigt. Wenn man nun das Wasser abdampft, hat man das weiße Salz.

Diese drei nun werden in einem Kolben zusammengebracht. Und zwar bringt man zuerst eine ausreichende Menge Salz in den Kolben, so daß der Boden des Kolbens nur zu einem Viertel bedeckt ist. Darauf fügt man genügend vom Merkur oder destillierten Alkohol und etwas von dem wesentlichen Öl zu, bis das Salz, welches das Mineral darstellt, hinreichend von beidem aufgesaugt hat. Überschüssige Flüssigkeit sollte etwa einen Finger breit darüberschwimmen.

Destillieren Sie sehr langsam wieder ab, was übergehen will, bis das Salz trocken ist! Erhalten Sie die Hitze aufrecht und kalzinieren Sie in der gleichen Retorte! Lassen Sie eine Stunde oder länger abkühlen und fügen Sie das vorher Abdestillierte erneut hinzu und wiederholen Sie diesen Prozeß so lange, bis das Salz alles von dem wieder aufgesaugt hat, was zuerst abdestilliert wurde. Halten Sie nun noch mehr von dem Merkur (Alkohol) und Sulfur (Öl) in Bereitschaft, und geben Sie dies dem Salz wie vorher bei. Machen Sie dies so lange wie nötig, bis die gleiche Menge vom Merkur und Sulfur, wie zugefügt, wieder überdestilliert. Dies ist das Zeichen, daß das Salz alles hat, was es halten kann. Kalzinieren Sie weiter, und Sie werden den Pflanzenstein bekommen. Sie können damit das heilen, was die Pflanze zu heilen vermag. Sie können diesen Stein ebenso für die Mazeration einer anderen Pflanze in das Wasser hängen, in welchem sich das Mazerationsgut befindet. Er wird alles Wesentliche an sich ziehen, das heißt die drei wesentlichen Bestandteile - Schwefel, Salz und Merkur - werden nach oben steigen, wo man sie abschöpfen kann. So wird Ihnen der Pflanzenstein die Arbeit abnehmen, einen Stein aus jeder Pflanze zu machen. Hier haben Sie die ganze Anweisung für das kleine Werk in wenigen einfachen Worten."

„Wenn Sie nur wüßten, wieviel Kopfzerbrechen uns diese wenigen einfachen Worte bereitet haben, bevor wir endlich zu Resultaten kamen!" bekannte Elisabeth Gunderson.

„Ja, da kann ich nur zustimmen", unterstrich ihr Mann, „aber das wichtige daran ist unsere eigene Feststellung, daß die Vorschrift stimmt. Außerdem haben wir Beweise genug für die empfindliche Tugend des Pflanzensteins."

Dr. Farnsworth seufzte tief. „Ich bin noch nicht so weit gekommen. Wie schon gesagt, aus diesem oder jenem Grunde ging immer etwas schief. Als ich meinen fertigen Stein in eine mazerierende Pflanze über Nacht hineinhing, löste er sich auf, und ich hatte keinen Stein mehr." Er schaute den Alchemisten an. „Was habe ich falsch gemacht? Liegt es wirklich nur am Sulfur?"

„Bestimmt: Sie haben Ihrem Salz oder Mineral nicht genügend Sulfur oder Öl zugefügt."

„Aber ich fügte alles zu, was ich hatte", wandte Dr. Farnsworth ein.

„Ja, Sie fügten alles zu, was Sie hatten, doch das war nicht genug! Sie hätten genügend zur Verfügung haben müssen, dann hätten Sie nicht zu trocken gearbeitet. Der Sulfur, das ist das Öl, bewahrt den Stein vor der Auflösung."

„Richtig", meldete sich hier Dr. Syndergaard, „ich machte diesen Fehler vielmals, bevor ich herausfand, was falsch war."

„Kommen Sie bitte hier herüber!" forderte der Alchemist auf, erhob sich selbst und ging zum Fenster, wo ein großer Tisch fein ordentlich mit vielgestaltigen Glasgeräten bedeckt war.

„Lassen Sie sich nicht durch den Anblick dieser komplizierten Ausrüstung verwirren! Sie hat genau die gleichen Aufgaben zu erfüllen wie auch die einfachen Flaschen und Geräte, und zwar, das zu produzieren, wonach ich suche, nur in kürzerer Zeit und gründlicher."

„Dies Labor sieht ganz anders aus als das von Paracelsus. Ich meine das Laboratorium von Paracelsus in der Schweiz, das Hunderte von Jahren alt ist."

Das herzliche Lachen des Alchemisten klang durch das Labor. „Was denken Sie, hätte er dafür gegeben, wenn er all dies zu seiner Zeit hätte haben können?"

„Ich wette, er hätte gedacht, er wäre schon im Himmel in einem himmlischen Labor", gab Elisabeth fröhlich zurück.

„Sehen Sie diese Flasche?" Der Alchemist hob eine klare Literflasche hoch, so daß alle sie sehen konnten. Deren Inhalt präsentierte sich im Gegenlicht in einem leuchtenden Burgunderrot. „Wissen Sie, was das ist?" fragte er Dr. Farnsworth.

Dieser schüttelte den Kopf. „Nein, ich weiß nicht. Es sieht wie Rotwein aus."

Die Gundersons schauten sich mit einem Ausdruck an, der etwa sagte: 'Dies muß es sein!'

„Es ist die Essenz des Antimons", belehrte der Alchemist und fuhr dann fort: „Manche sagen, es wäre ein heftiges Gift, wenn wir das Metall für sich nehmen. Aber wie bei allen natürlichen Substanzen, so auch hier: Sobald wir ihre eigene wahre Essenz freisetzen, haben wir den wesentlichen Teil, der in seinem endgültigen gereinigten Zustand nicht giftig ist."

„Gilt dies für alle Mineralien und Metalle?" fragte Dr. Farnsworth.

„Ja, bei allen", bestätigte der Alchemist. „Wenn Sie einmal das Verfahren dazu gemeistert haben, werden Sie selbst feststellen können, das es stets gilt. Es mag hier und da leichte Unterschiede geben. Sie sind unbedeutend. Das grundlegende Verfahren bleibt das gleiche."

Er griff nach einer voluminösen Flasche und hielt sie gegen das Licht, das durch das Fenster fiel. „Dies ist grün und nicht rot, wie Sie sehen können. Es ist der grüne Löwe, wie ihn die alten Alchemisten nannten. Aus ihm wird ein Gummi gemacht, indem man einen großen Teil der Feuchtigkeit entfernt. Dieser klebrige Gummi ergibt dann den begehrten alchemistischen Merkur oder Alkahest."

„Aber es gibt mehr als nur einen Alkahest", unterbrach Dr. Farnsworth.

„So ist es wirklich, genauso wie es mehr als nur eine Art von Alkohol oder eine Art von Blut gibt", bestätigte ihm der Alchemist. „Nun sehen Sie hier herüber! Hier ist diese Flasche mit der klaren Flüssigkeit. Dies ist der Merkur. Es gibt viele Alkaheste, aber nur einen Mercurius philosophorum. Lassen Sie mich dies Ihnen zeigen!"

Er nahm eine Porzellanschale und goß etwas von der klaren Flüssigkeit hinein. Dann griff er nach einer Schachtel Streichhölzer. „Treten Sie zurück und sehen Sie, was geschieht!" Mit dieser Anweisung strich er ein Zündholz an und brachte es an die kleine Menge Flüssigkeit, die er in die Schale gegossen hatte. Sobald es der Schale nahegekommen war, flammte die Flüssigkeit auf und brannte mit leuchtender Flamme.

„Dies ist kein Alkohol, noch wurde irgendeine brennbare Flüssigkeit der Substanz hinzugefügt, aus der der Mercurius philosophorum extrahiert wurde", erklärte der Alchemist. „Die Substanz enthielt dieses 'Wasser' als ein brennbares Gas, welches zu einer goldfarbenen Flüssigkeit kondensiert wurde. Durch sanfte Wärme und ohne Feuchtigkeit - im sogenannten trocknen Prozeß - wurde sie hergestellt."

Dr. Syndergaard nickte. „Dies ist der Anfang des großen Werkes. Ohne ihn kann nichts ausgerichtet werden."

„Richtig", bejahte der Alchemist, legte die Streichhölzer zurück und wandte sich der Gruppe wieder zu. „Dies ist der Anfang. Aber lassen Sie sich hier und jetzt etwas Wesentliches dazu sagen. Diesen Alkahest können Sie aus jedem Metall gewinnen, solange es sich noch in seinem natürlichen Zustand befindet. Nehmen wir dieses Stück gewöhnliches Eisen hier", und er ergriff ein Stück viereckiges Eisen, wie man es für Eisenbahnschienen verwendet. „Dies ist nicht geeignet. Es enthält kein Leben mehr. Es ist tot. Der Merkur fehlt ihm. Dagegen dies hier", und er zog eine gefüllt Schale herbei, „dies hier ist Eisensand von einem Strand in Neuseeland. Ich brachte ihn mit von einem Strand der nördlichen Insel, nördlich von New Plymouth." Er hielt die Schale hoch und drehte sie, so daß die feinen Körner sich bewegten.

„Aber es sieht nicht wie rohes Eisen aus. Es ist nicht rostigbraun. Es ist schwarz", stellte Dr. Farnsworth fest.

„Ja, das ist ganz richtig", unterstrich der Alchemist diese Beobachtung. „Ich habe dies hier, um Ihnen zu zeigen, was die Natur ohne den Eingriff des Menschen hervorbringt. Es wurde nur mit reinem Wasser gewaschen, um das Seesalz und irgendwelche Reste organischer Substanzen zu entfernen. Aber das ist auch alles. Daraus nun kann dieser besondere Mercurius philosophorum ausgezogen werden, und zwar ohne irgendein Lösungsmittel oder Menstruum, wie es die Alten nannten. Ein jedes Metall wird ihn unter den gleichen Bedingungen hergeben, nachdem es zu einem fixen Salz reduziert wurde. Dies ist der ganze Schlüssel. Haben Sie diesen Schlüssel jetzt?" Er sah jeden an, als er diese Frage stellte.

„O, dies ist lachhaft", rief Dr. Syndergaard aus. „Da habe ich nun versucht, die Geheimnisse der alten Alchemisten in ihren Büchern und Manuskripten, die meine Bibliothek zu Hause füllen, zu enträtseln, und das, um nun zu erfahren, daß es so einfach ist, wie Sie sagen."

„Für mich ist es nicht einfach" warf Dr. Farnsworth mit ernstem Gesichtsausdruck ein. „Es scheint mir, daß da noch viel fehlt von dem Weg, der vom rohen Erz zu der goldenen Flüssigkeit führt, die aus einem Gas kondensiert wurde. Es tut mir leid, aber ich habe es noch nicht verstanden."

„Ich auch nicht", bekannte Elisabeth Gunderson. „Es übersteigt weit mein Verständnis."

„Dann müssen Sie über diese ganze Angelegenheit noch ein wenig mehr nachdenken, bis Sie zu den gleichen Schlüssen wie wir anderen kommen", entgegnete ihnen der Alchemist. „Wenn Sie einmal diesen Mercurius philosophorum haben, liegt der königliche Weg offen vor Ihnen, und Sie können Ihre Reise beginnen, um an deren Ende das begehrte Ziel, das Opus Magnum, das Große Werk oder den Stein der Weisen, zu erreichen."

„Archibald Cochran schrieb in seinem Buch 'Alchemy Restored and Rediscovered', daß dieses goldene Wasser in eine klare Flüssigkeit und in eine goldfarbene zu trennen sei", ergänzte Dr. Syndergaard.

„In der Tat", stimmte der Alchemist zu. „Wir brauchen den Merkur und den Sulfur getrennt und gereinigt. Schauen Sie her!" Er griff nach einer Flasche, die sehr dicht verschlossen war. Der Glasstöpsel war nämlich bis zum Hals der Flasche mit Wachs bedeckt.

„Wie haben Sie das gemacht?" wollte Elisabeth, auf den Wachsverschluß deutend, wissen.

„Ich steckte die Flasche kopfüber in etwas geschmolzenes Wachs. Es kühlte gleich ab, nachdem ich die Flasche herauszog und ergab so einen luftdichten Verschluß", erläuterte er.

„Einfach. Sehr einfach", war alles, was sie dazu sagen konnte.

„Die eine Flasche enthält den klaren Merkur und die andere Flasche in meiner rechten Hand den goldfarbenen Sulfur der Alchemisten. Diese zwei benötigen Sie neben Ihrem kalzinierten Salz, das bereit sein muß, beide aufzunehmen. Dies sind die drei wesentlichen Bestandteile, die sich vereinigen werden, um eine sehr wertvolle feste Substanz zu bilden, die für den menschlichen Körper mehr tun kann als jede andere Medizin. Nun wissen Sie, was der Stein der Weisen ist, wie er hergestellt wird und woraus. Ihre früheren Studien und das kleine Werk mit den Pflanzen werden Sie für alles Folgende vorbereitet haben."

„Haben Sie den Stein hier, ich meine den Stein der Weisen?" fragte Elisabeth. „Sie haben uns so viel davon erzählt. Ich denke, jetzt wäre die richtige Gelegenheit."

Sie war offensichtlich die einzige, welche dachte, es sei jetzt angebracht, dieses Ansinnen vorzubringen. Godfrey schaute seine Frau überrascht an. Diese Bemerkung war wirklich völlig unerwartet gekommen, sogar für die Fragende selbst.

Dr. Syndergaard lächelte nur. Er hatte den Punkt schon erreicht, an dem ihn nichts mehr schockieren konnte, was Elisabeth Gunderson vorbrachte.

Der Alchemist zuckte die Schultern und antwortete mit einem Augenzwinkern: „Wer weiß, vielleicht liegt hier irgendwo einer herum."

Die vier tauschten belustigt Blicke aus, die eine Million Worte bedeuteten, nur schien keiner so beansprucht zu sein wie Elisabeth. Ihre Einbildungskraft begann Überstunden zu machen.

„Wie Sie jetzt wissen", fuhr der Alchemist fort, „bedeutet Transmutation den Übergang von einem Zustand zu einem anderen. Entsprechend dem universalen Gesetz des Wechsels oder der Polaritäten findet dieser Wechsel auf beiden Seiten, sowohl auf dem physikalischen wie auf dem mentalen Plan statt, denn das Leben oder sein anderer Ausdruck, der Geist, ist ewig. Bitte, stehen Sie auf und kommen Sie mit mir hinüber zu der Wand, an der der Spiegel hängt."

Alle folgten ihm, bis er vor dem Spiegel stand. Als sie beieinander waren, forderte er auf: „Nun schauen Sie bitte in den Spiegel und beobachten Sie, was geschieht!"

„Ich weiß, was Sie tun wollen", meldete sich wieder vorschnell Elisabeth. „Das gleiche, was wir früher taten, um zu sehen, welche vergangenen Inkarnationen sich enthüllen wollen."

„Falsch", rügte der Alchemist. „Nicht das, was die Vergangenheit, sondern das, was uns die Zukunft zeigen wird. Nun beobachten Sie!" Alle schauten in den Spiegel. Sie blickten tiefer und tiefer. Ihre Ausblicke führten ins Nichts, und dann öffnete sich eine verlassene Landschaft vor ihnen. Es war das Ende einer Wüste und der Beginn eines wundervollen Geländes, das sich weit in die Ferne erstreckte. Jeder Anwesende erkannte an den Bergen am Rande und an den großen Entfernungen, daß es eine typische Szene aus dem Staate Utah oder aus Nevada sein mußte. Nur ein Punkt war dabei verwirrend ... es war ein erstaunlicher Punkt. Die Landschaft war nicht öde und verlassen, wie sie hätte sein müssen, sondern sie war vielmehr grün und voll von üppiger Vegetation.

„Sie möchten sicher wissen, wie dies geschehen konnte", ließ sich der Alchemist hier vernehmen. Seine Stimme klang so sanft, daß sie wie von weit her in ihr Bewußtsein drang. „Luft und Feuchtigkeit werden kontrolliert. Deswegen sehen Sie diese Veränderung. Dies ist ebenfalls eine Transmutation, der Wechsel von einer trockenen, dürren, unbewohnbaren Gegend zu einem gemäßigten Klima, das alle nötige Feuchtigkeit für einen fruchtbaren Boden enthält."

„Aber wie kann das sein?" rätselte Dr. Farnsworth. „Dieses große Tal ist jetzt noch trocken und ohne Wasser. Nichts wächst dort außer Beifuß und einigen Zwergzedern und Wacholder. Ich kenne diese Gegend - wir fuhren vor zwei Tagen hindurch. Dies kann einfach nicht ein!"

„All dies kann erreicht werden, indem man die Teilchen austauscht und neu anordnet wie bei einer Fernsehstation. Es handelt sich um den gleichen Prozeß. Der Unterschied besteht bloß darin, daß der Austausch beim Fernsehen mechanisch vor sich geht, als Naturgesetz, während dies hier ein individuell kontrollierter Prozeß ist, der zum gleichen Ergebnis führt - und zwar zu der Auflösung und Neustrukturierung von Teilchen der Materie." Ein Wechsel kündigte sich im Spiegel an. Die Landschaft verschwand, und es erschienen die Mitglieder dieses Treffens, aber sie sahen irgendwie anders aus, so als ob das Alter aufgehört hätte, sich bemerkbar zu machen. Dann verschwand die Gruppe, und jeder wurde einzeln sichtbar, mit seinen eigenen persönlichen Tätigkeiten beschäftigt.

Godfrey befaßte sich im Garten mit einigen Pflanzen, wo neue Arten große, üppige, beerenähnliche Früchte trugen. Elisabeth beschäftigte sich mit einer Gruppe von Kindern im Alter von 8 bis 14 Jahren. Die Gruppe der Jungen und Mädchen trug sehr ähnliche Kleidung, die dennoch auf eine seltsame Weise individuell wirkte. Das gleiche und doch ähnliche Aussehen war im Spiegel leicht zu erkennen, aber sehr schwer zu beschreiben.

Dr. Syndergaard schien an einem großen Tisch zu schreiben, und zwar in einem Gebäude, das offenbar nur aus einem weiten Raum bestand und keine Türen oder Fenster hatte, da es nach drei Seiten völlig offen war. Nur starke Säulen trugen das Dach.

Gelächter unterbrach die Stille, als Dr. Farnsworth erschien. Er tauchte in einem geräumigen Schwimmbassin auf, nur um sofort wieder unterzutauchen. Aber er trug einen bestimmten Blick des Wissens in den Zügen, bevor er wieder verschwand, der zu sagen schien: Ich kenne euch alle.

Keiner schaute mehr in den Spiegel. Alle fünf hatten nun das Glas durchdrungen und waren zum Bestandteil einer anderen Sphäre der Existenz geworden. Tatsächlich war keiner von ihnen zu diesem Zeitpunkt im Laboratorium des Alchemisten. Die Erfahrungen und Gefühle, die jeder für sich erlebte, waren trotzdem eine allen gemeinsame Erfahrung. Alle vier sahen - jeder seiner Art gemäß - den Alchemisten in einer hochgelegenen, bergigen Gegend, die von ihren eisbedeckten Gipfeln bis zu den tieferen Hängen mit ewigem Schnee bedeckt war. Es war kein weicher, üppiger Platz, so wie ihn James Hilton in seinem Buch 'The Lost Horizon" beschrieben hatte, und trotzdem gab es da eine gewisse Ähnlichkeit, vor allem was die eindrucksvolle, auf Felsen erbaute palaständliche Konstruktion betraf, die sich in ein vulkanisches Tal schmiegte. Von den Spitzen der umgebenden Berge konnte man nicht viel erkennen, denn warme Luft, die sich zusammen mit einigen Geysiren aus dem Kratersee erhob, bildete eine Wolkendecke über dem Tal.

Zuerst sah es so aus, als ob die beständige Bewölkung der strahlenden Sonne nicht erlauben würde, in das Tal darunter zu scheinen. Aber eine sanfte Brise, durch die turbulente Mischung der kalten und warmen Luft verursacht, riß immer wieder große Öffnungen in die Wolkenschicht, durch die der blaue Himmel in all seiner hellen und klaren Brillanz zu erblicken war. Man hätte direkt über das Tal fliegen müssen, um diese Erscheinung genau zu erkennen; ein sehr unwahrscheinliches Vorkommnis in Anbetracht der Leere und Unbewohntheit der weiteren Umgebung. Dieser Platz war Zeitalter zuvor auserwählt worden, um einige Aufzeichnungen längst vergangener Zivilisationen zu bewahren. Hier wurden das Wissen und Verstehen bestimmter Naturphänomene sowie die Kontrolle darüber bewahrt und durch diejenigen weitergegeben und gelehrt, die durch besondere Führung aus der Vielzahl der Menschen ausgelesen wurden.

Hier konnte man den Alchemisten sehen, wie er das genaue Abbild eines alten Manuskriptes auf einem tischähnlichen Instrument, einem Xerox - Kopierapparat ähnlich, herstellte. Es gab indessen einen bemerkenswerten Unterschied. Das Ergebnis der Vervielfältigung war keine Reproduktion des Druckes auf einem üblichen Blatt Papier, sondern es war vielmehr eine identische Duplikation in Form und Größe, von der gleichen Papiersorte - von Pergament oder Palmblättern, je nach der Beschaffenheit des Originals - wirklich eine bemerkenswerte Errungenschaft, von der man früher noch nichts gehört hatte.

Jedermann bemerkte dies zur gleichen Zeit, jeder entsprechend seinem individuell vorherrschenden Bewußtseinszustand zu dieser Zeit. Jeder erkannte gleichzeitig mit den anderen, was geschehen war.

Kurz danach hüllte eine Leere ihr Bewußtsein ein, es schien für den Bruchteil einer Sekunde zu unglaubhaft. Dann waren sie wieder im Laboratorium des Alchemisten, schauten in den Spiegel und dachten über ihre Eindrücke nach.

Der Ausdruck auf den vier Gesichtern war komisch - eine komplizierte Mischung von Zweifel, Faszination, Erregung und sonstigen Empfindungen die sich unter anderem durch schnell blinzelnde Augen und langsam bewegte Köpfe kundtaten. Anzeichen, die sich bis zur Verblüffung steigerten.

Nur das Gesicht des Alchemisten blieb sich selbst gleich mit seinem ruhigen Lächeln, das soviel sagte und noch mehr verhüllte.

„Nun, war das eine nette Zerstreuung?" fragte er.

Aber keiner wagte zu antworten. Alle vier waren zu verblüfft über das, was sie erlebt hatten.

„O, kommen Sie, was ist an all dem so ungewöhnlich?" brach er nochmals das Schweigen.

Dr. Farnsworth räusperte sich zuerst. „Was hier ungewöhnlich ist?" wiederholte er. „Nun, wenn all dies nicht ungewöhnlich war, dann sagen Sie mir bitte, was man als ungewöhnlich bezeichnen kann."

Elisabeth Gunderson war als nächste zu vernehmen. „Zuerst zeigten Sie uns, wie man in die Vergangenheit sehen kann, damit wir aus versunkenen Erfahrungen lernen konnten, so wie Sie es vor langem taten. Doch diesmal war es anders. Wer hätte sich denn je vorstellen können, was mit ihm in der Zukunft geschieht?" Sie war nun dabei nicht erregt und sprach nicht zu schnell. Im Gegenteil, sie wirkte beim Sprechen sehr ruhig und überlegt.

Dr. Syndergaard und Godfrey Gunderson blieben still und unbeweglich, wie angeleimt an der Stelle, an der sie standen.

„Ja", fuhr der Alchemist fort, „zu viele Leute interessieren sich mehr für das, was sich in den früheren Sphären ihrer Existenz abgespielt hat, und leben lieber in der Vergangenheit als in der Zukunft. In ihrer gegenwärtigen Wirklichkeit fliehen sie die Zukunft so gut sie können. Die einzige Ausnahme ergibt sich, wenn sie sich in Tagträumen verlieren, in denen sie hoffen, den Konsequenzen ihrer Taten entgehen zu können. Das aber ist in diesem gegenwärtigen Zustand des Lebens, in dem ein Ausgleich so oder so zu erfolgen hat, nicht möglich."

„Sagen Sie", hakte hier Elisabeth ein, „wenn es so ist, wie wir es erlebten, bedeutet dies dann nicht, daß unser ganzes Leben schon festliegt und vorbereitet ist und wir ihm nur wie ein Roboter zu folgen haben?"

Nun rührte sich Dr. Syndergaard, so wie wenn er aus einer Trance erwachte. Er nahm in dem gleichen Sessel Platz, in dem er vor dem Ausflug in den Spiegel gesessen hatte. Aller Augen folgten seinen Bewegungen gedankenlos.

Der Alchemist antwortete: „Ist uns nicht gelehrt worden, daß Erscheinungen täuschen? Wir befinden uns jetzt nicht im gleichen Bewußseinszustand, in dem wir ein paar Minuten zuvor waren. Deswegen ist das, was vorhin zu sein schien, nicht jetzt. Jetzt sind wir in diesem Laboratorium, während wir uns vorher irgendwo anders befanden, obwohl keiner von uns diesen Raum in der üblichen Weise verließ."

„Was bedeutet das?" fragte Dr. Farnsworth, wobei er jede Silbe betonte.

Aller Augen ruhten auf dem Alchemisten. Er reagierte nicht sofort, sondern ging zu einem leeren Stuhl und setzte sich nieder. „Lassen Sie uns alle hinsetzen", forderte er auf und deutete auf die leeren Stühle. „Es ist sehr schwer zu verstehen, weil die Menschen nichts davon wissen."

Nun saßen sie und er machte wieder eine kleine Pause, bis es sich alle bequem gemacht hatten. Dann fuhr er fort: „Was manchem wie ein roboterähnliches Dasein vorkommen mag, ist alles andere als das. Wir sollten immer berücksichtigen, daß jedes Wesen, gleichgültig welcher Art, nur einen Ausschnitt eines allumfassenden universalen Geistes ist. Da dieses göttliche, kosmische, universale Bewußtsein alles einschließt, gibt es nichts Abgetrenntes oder außerhalb von ihm Liegendes. Was für den unvollkommenen Menschen so schwer zu verstehen ist, das ist die Vollkommenheit selbst. Sobald der Mensch im Prozeß der Evolution gelernt hat, seine eigene Identität zu finden, wird er fähig sein, das, was er ist, in das zu integrieren, was ist. Dabei gibt es keine Gewalt, keinen Druck, keine Bedrohung oder Bestrafung ... nur ein freiwilliges Eintauchen in das, was ES ist."

„Bitte beschreiben Sie das mehr im einzelnen!" bat Elisabeth.

„Verschiedene Namen wurden diesem Bewußtseinszustand gegeben", fuhr

141

er fort, „solche wie Nirwana, Himmel, Ewige Gnade, Wohnen im Schoße Gottes, Walhall, Shamballa. Was macht es schon aus, wie wir es bezeichnen! Es ist einfach das, wo man all jenes in einem findet, wonach sich der Mensch sehnt - wo in einem gefunden wird und nicht in vielen verschiedenen Zuständen einer sich allmählich entwickelnden Erfahrung."

„Wie kann man dies hier auf Erden gewahr werden?" Dr. Farnsworth blickte den Alchemisten gespannt an.

„Wenn wir gelegentlich einen flüchtigen Blick darauf werfen können, dann erfahren wir es. Aber das ist alles. Der Mensch wäre kein Mensch, so wie wir ihn kennen, wenn er hier auf Erden in einem solchen Zustand verweilen könnte. Er wäre nicht mehr fähig, hier auf diesem Planeten weiterhin zu sein, so wie ein Wurm oder ein Kristall oder ein Metall. Eines ist dabei sicher: Sie werden nicht zum Roboter. Sie werden eine völlig bewußte Einheit darstellen, die in alledem, was ist - dem All - lebt. Sie werden handeln, erfüllt von dem freien Willen des einen oder einzigen Willens, der bewegt, während er ruht, und ruht, während er bewegt."

„Mein Denken hört hier auf", bekannte Dr. Farnsworth schlicht.

Während all dieser Zeit hatte Godfrey Gunderson kein einziges Wort gesagt. Dies wurde den Anwesenden schließlich bewußt, und sie sahen zu ihm hin. Er merkte es. „Schauen Sie mich nicht an, als ob ich die Antwort wüßte", stieß er hervor. „Ich habe meine Gedanken darüber, so wie Sie die Ihren, so wie man es uns eben gesagt hat. Denn haben wir diesen Zustand erreicht, dann wird uns Einblick gewährt, zu wissen, was es bedeutet, in das kosmische Bewußtsein einzutauchen."

Der Alchemist nickte. „Sie werden einen Einblick bekommen, wenn die Zeit dazu da ist. Jetzt allerdings werden Sie noch Schwierigkeiten haben, aber vergessen Sie nie auch nur einen Augenblick lang, was jeder von Ihnen für sich einen Moment zuvor erlebte - dies war ein kurzes Aufflammen dieses kosmischen Bewußtseins, von dem Sie sprachen.

So sehen Sie, selbst wenn man das kosmische Bewußtsein schon einmal erlebt hat, muß man die Fähigkeit erlangen, es beizubehalten. Außerdem habe ich Sie geführt. Wenn Sie allein gehen wollen, ist dies etwas anderes. Kommen Sie bitte mit hier herüber!"

Er erhob sich und ging zum Tisch zurück. Es war der gleiche Tisch, an dem sie alle gesessen hatten, bevor sie im Laboratorium in die Bilder des Spiegels gegangen waren. „Sie denken über etwas nach" sagte er zu Godfrey.

„Ja, so ist es", bestätigte dieser.

„Was Ihnen nun klarer zu werden beginnt, ist das Ergebnis Ihrer Versenkung. Sie haben so sehr recht damit, wenn Sie denken, daß das Eintreten in einen solchen zukünftigen Bewußtseinszustand mit einem Fernsehbild verglichen werden kann, bei dem Bild und Ton eingeschaltet sind", versicherte der Alchemist. „Sie haben recht mit Ihrer Annahme, daß die Atomteilchen zerstreut sind, aber von jedem bewußten Empfänger wieder zum ursprünglichen Bild neu angeordnet werden können. Nur geht es in diesem Fall noch weiter, weil die Umwandlung durch den einzelnen selbst zustande gebracht wird. Jedes vom Bewußtsein kontrollierte Atomteilchen folgt dem Gesetz des Denkapparates, und es entsteht das ganz bestimmte Bild, das der Denkapparat erschafft."

„Ich verstehe das nicht", unterbrach Dr. Farnsworth. „Wir alle wissen daß da eine verlassene Wüste existiert. Neulich sind wir durchgekommen. Deshalb fragt es sich, wer oder was dies alles für uns hervorgebracht hat, was wir nicht nur gesehen, sondern auch körperlich erfahren haben."

„Die Natur tut dies", klärte der Alchemist auf. „Es ist das Werk der Natur."

„Gut. Was jedoch ist dann die Natur? Sind wir nicht auch ein Teil der Natur? Wenn dies so ist, würde dann die Natur die Fähigkeit, umzuwandeln so wie sie der Mensch hat, nicht weit übertreffen?" wandte hier Dr. Farnsworth ein.

„Ja, die Natur übertrifft den Menschen, weil sie sein Lehrer ist", erläuterte der Alchemist weiter. „Sehen Sie, die Natur ist der äußere Ausdruck des höchsten Geistes, der durch den von ihm erwählten Kanal die Herrschaft über diesen Globus ausübt. Manche nennen ihn das Licht des Globus oder den Messias. Durch ihn wird der Mensch belehrt, wie er sich zu entwickeln hat. Er steht dem Menschen bei der Vollendung alles dessen bei, was durch die Absicht dieses Ausdrucks des höchsten Geistes geschaffen wurde. Wir können seine Zwecke nicht erraten. Wir wissen nur, daß er existiert und uns die Möglichkeit gibt, uns zu entwickeln und schöpferisch aktiv zu werden. Zuerst haben wir zu lernen, wie man schöpferisch tätig sein kann, bevor wir fähig sind, unsere geistig erschaffenen Vorstellungsbilder zu wirklichen physikalischen Erscheinungen zu formen und zu bilden. Erscheinungen, die dann wieder ihrerseits beständigen Veränderungen unterworfen bleiben."

Elisabeth schluckte sichtlich. „Dies ist ein bißchen zuviel auf einmal, möchte ich sagen."

Der Alchemist lächelte. „Ein wenig mehr Kontemplation, gefolgt von prak-

tischen Anwendungen, wird dies sehr klarmachen. Sie erinnern sich, man sollte alles ohne Anstrengung tun."

„Ja, ich erinnere mich", lachte sie. „Ich wollte nur, es wäre so leicht, wie Sie
es darstellen."

„Lassen Sie uns zum Essen gehen!" schlug der Alchemist vor und stand auf.
„John und Mildred decken gerade den Tisch."

Sie blickten sich alle an. Sie dachten, sie hätten gerade erst gefrühstückt. Es
war nicht leicht für sie, zu begreifen, daß ein halber Tag vergangen war. Was war
nur mit diesem menschlichen Begriff, Zeit genannt, geschehen?

Wie eine kleine Herde schlossen sie sich an.

Im Eßzimmer stellte Mildred eine große Suppenschüssel auf den Tisch. Dr.
Farnsworth sog den Duft tief ein. „Wie ich diesen Geruch nach Kräutern
liebe!" Er nahm seinen gefüllten Teller an und widmete sich weiter dem auf-
steigenden Dampf mit dem delikaten Aroma. „Wenn ich nur wüßte, was alles
darin ist." Gedankenverloren kostete er langsam ein wenig, um den Geschmack
noch mehr zu genießen.

Alle aßen schweigend und hingegeben. Draußen schien leuchtend die
Sonne, und die Vögel lärmten. Sie zwitscherten, sangen aber nicht. Ein Hahn
schmetterte sein Mittagssignal, auf das die Hennen antworteten. Durch die
offene Tür drang beruhigend das Murmeln des nahen Baches. Im Gehege gra-
ste der Hirsch mit einer voll ausgewachsenen Hirschkuh.

Im Speiseraum war das Essen beendet. Alle warteten auf die nächste
Äußerung des Alchemisten, als die Erde plötzlich zu beben schien und ein don-
nerndes Getöse den Canyon erfüllte. Felsen und Bäume stürzten den fernen
Berghang herab und kamen erst unten nach mächtigem Aufprall zu Stillstand.
Keiner bewegte sich, außer dem Alchemisten. Die anderen starrten auf den
Hang, von dem die Erdlawinen auch auf das Haus zurollten.

Der Alchemist ging zur Tür und schaute zu dem noch grollenden Berghang
hinüber, wo nun der Eingang zum Canyon mit Geröllmassen versperrt war.
Das Poltern hatte aufgehört.

„Was war das?" Diese Frage stellte Elisabeth Gunderson.

„Ich muß den Eingang zu dem Canyon von dieser Seite schließen. Seien Sie
unbesorgt, der Weg, auf dem Sie hereinkamen, ist weiterhin frei für Sie", beru-
higte er.

„Aber warum schlossen Sie den Eingang?" bestand Dr. Farnsworth auf der
konkreten Fortsetzung dieser Eröffnung.

„Wir werden alle hingehen, sobald der Staub sich etwas gelegt hat, und dann können Sie selber sehen", sagte der Alchemist. Niemand stellte eine weitere Frage, denn die Schüler hatten erkannt, daß es aussichtslos war. Der Alchemist würde ihnen nur das sagen, was er wollte, daß sie erführen, und wann er wollte, daß sie es wüßten.

John und Mildred standen vom Tisch auf und begannen abzuservieren. Keiner der anderen bewegte sich. „Es gibt nichts Geheimnisvolles daran, wie Sie alsbald sehen werden", versicherte ihnen der Alchemist. „Kommen Sie, wir wollen gehen!" Er stand auf, und die vier folgten ihm. Sie schritten teilweise kletternd über das gebirgige Gelände westlich des Gebäudes auf den Berghang zu, wo die Steinlawine in Richtung auf das Haus niedergegangen war. Auf einer Anhöhe machte der Alchemist eine Pause und deutete auf die Öffnung des Canyons. Sie war nun durch große Felsmassen und Schutt verschlossen. „Wenn ich dies nicht jetzt getan hätte, würden die Schmelzwasser im nächsten Frühling das Bett auswaschen. Das Wasser würde dann das Tal hier füllen und eine große Überschwemmung auf dem Farmland des Heber Valley darunter verursachen. Es ist nichts selbstsüchtiges an dieser Maßnahme und hat nichts mit der Rettung des Gebäudes zu tun, in dem wir uns sonst aufhalten."

„Woher wissen Sie, daß sich all dies hätte ereignen können?" fragte Elisabeth.

Dr. Syndergaard nahm sie sanft ermahnend bei Arm: „Sie sollten nun gelernt haben, daß es auch möglich ist, in die Zukunft zu sehen, wenn man in die Vergangenheit blicken kann. Wir haben es diesen Morgen erlebt. War es nicht so?"

Sie schaute auf seine Hand hinunter: „Ja, ich sollte es besser gewußt und diese Frage nicht gestellt haben. Aber all das ereignet sich so schnell, daß ich kaum mitkommen kann im Begreifen."

Auf dem Weg zum Hause zurück hüllte die warme Septembersonne alle Dinge in ein mildes Licht, und die Luft war wohltuend. Der Alchemist sprach wenig. Er schien in Sinnen versunken und keiner wollte ihn stören. Die anderen tauschten ihre Gedanken aus über die Kraft des Geistes und was diese Kraft jetzt so sichtbar vollbracht hatte. Gemächlich voranschreitend erreichten sie das Haus.

John und Mildred warteten im Freien mit einem ganz besonderen Ausdruck in ihren Mienen. Der Alchemist trat ein, ohne jemandem besondere Aufmerksamkeit zuzuwenden. Dann wechselten John und Mildred einen Blick, und

John begann: „Es wäre gut, wenn die Gäste auf ihre Zimmer gingen und sich ein bißchen hinlegten. Sie werden sich danach besser und ausgeruhter fühlen. Denn nach dem Wiederaufstehen wird sich etwas Wichtiges ereignen..."

Mildred öffnete die Eingangstür und hielt sie offen, während die vier eintraten. Alle folgten der Empfehlung und gingen über die große hölzerne Treppe auf ihre Zimmer.

Der Alchemist hatte sich auf seinen Lieblingsstuhl gesetzt, den einen, den er immer wählte, wenn er ruhen wollte. Harold legte seinen Kopf in den Schoß des Alchemisten und blickte ihn unverwandt an, während der Alchemist ihn sanft hinter den Ohren kraulte. Tränen zeigten sich in Harolds großen Augen. Sie rannen hinab und bildeten dann zwei kleine Flecken auf dem Schoß des Alchemisten. In diesem tränenvollen Blick lagen Kummer und Verständnis zugleich. Harold und der Alchemist verharrten eine Weile ganz ruhig.

Draußen hatte das Zwitschern der Vögel aufgehört. Der Hahn mit seiner Schar von Hennen war verschwunden. Nur der Hirsch lag bewegungslos am Bach im Schatten einer großen Pinie und blickte unablässig nach dem Hause. Eine seltsame Stille erfüllte das kleine Tal. Sogar die Blätter der zitternden Espe bewegten sich kaum, und das beständige Murmeln des Baches war zu einem Flüstern geworden.

Der Alchemist und Harold strebten zur Hintertür hinaus über die kleine hölzerne Brücke zu dem schattigen Fleck des Hirschlagers. Der Hirsch stand auf und begrüßte ihn. Als der Alchemist, der Hund und der Hirsch so aufeinander zugingen, wirkte das wie eine Szene aus alten Sagen, in denen sich Mensch und Tier trafen und in einer universellen Sprache miteinander redeten. Harold setzte sich und hielt seinen Kopf gesenkt und nahe an den Knien seines Herrn. Der Alchemist saß, halb stehend an das Brückengeländer gelehnt. Er streichelte den Kopf des Hirsches, dessen gesenktes Geweih beinahe sein Gesicht berührte. Die Hirschkuh spähte unschuldig und ein bißchen fragend hinüber und warf den Kopf schnell auf die Seite, so als ob sie sagen wollte: „Warum kommst du nicht und springst und spielst mit mir?" Der Hirsch wandte sich ihr zu und rieb sein Ohr an ihrer kalten, feuchten Nase. Sie erwiderte die Liebkosung mit dem Kopf, ihn an seiner Schulter reibend.

Tränen bildeten sich in den Augen des Alchemisten. „Ja", sprach er zu seinen Freunden, „meine Zeit ist gekommen - aber nicht lange, und dann werde ich zurückkehren." Er erklärte dem Hund und den lieblichen Hirschen die Lage, und sowohl die Pinien wie der Bach lauschten und verstanden.

Im oberen Stockwerk wußte keiner der Gäste, was er tun sollte. Eine seltsame Atmosphäre der Erwartung hatte sich ausgebreitet. Sogar die Luft verhielt sich schweigend und füllte sich mehr und mehr mit Spannung, je weiter die Zeit fortschritt. Für Dr. Syndergaard wurde diese Stimmung unerträglich. Er stand auf und ging zu Gundersons Zimmer. Nach leisem Klopfen betrat er den Raum, ohne eine Antwort abzuwarten.

„Ich bin froh, daß Sie hereinkommen", empfing ihn Godfrey. „Diese Erwartung tötet mich. Was beabsichtigt er? Haben Sie die seltsamen Bemerkungen mitbekommen, die er schon während der ganzen Zeit unseres Hierseins gelegentlich fallen ließ? Sagen Sie mir, was Sie darüber denken! Was bedeutet dies alles? Hier, setzen Sie sich." Er veranlaßte den Besucher, auf dem Bettrand Platz zu nehmen.

Dr. Syndergaard schüttelte langsam den Kopf. „Ich weiß nicht... Ich weiß wirklich nicht", setzte er zögernd an. „Ich denke, alles Geschehen ist zu plötzlich und zuviel auf einmal. Sicher ist, daß der Alchemist etwas Ungewöhnliches vor hat. Es gibt einen ganz bestimmten Grund, weshalb wir vier uns hier befinden. Übrigens - wie denken Sie über John und Mildred?"

Godfrey Gunderson starrte zur Decke, als schaue er in die Vergangenheit. „Sie waren beide hier, als wir zum erstenmal diesen Platz besuchten. Das war vor vielen Jahren. Sie haben sich zweifellos kaum irgendwie geändert."

„Das ist in der Tat seltsam, vor allem vom medizinischen Standpunkt aus", stimmte Dr. Syndergaard zu. „Und dies gilt genauso für den Alchemisten. Wie alt, denken Sie, ist er? Haben Sie irgendeine Vorstellung?"

Godfrey verneinte. „Ich weiß es wirklich nicht. Manchmal denke ich, er müsse wohl so über 65 Jahre alt sein. Aber wie ... wie kann er dann so manches erlebt haben, was er beiläufig erwähnte?"

Ein Klopfen an der Tür überraschte die beiden. „Kann ich reinkommen?" flüsterte Elisabeth Gunderson und steckte den Kopf durch die Tür. Sie kam herein, ohne auf die Antwort zu warten.

„Ich hatte eine Vermutung, wo Sie wohl sein könnten, Doktor. Was halten Sie von dieser Situation? Sie scheint immer seltsamer zu werden." Sie setzte sich in die Nähe ihres Mannes.

Dr. Syndergaard seufzte tief, blieb aber zunächst stumm. Schließlich sagte er: „Ich bin neugierig, was unser dritter Kollege denkt. Auch er scheint unter einem Druck zu stehen."

Wie gerufen streckte Dr. Farnsworth den Kopf herein. „Ich hörte, was Sie sagten, und Sie haben ganz recht! Diese Angelegenheit wächst mir über den Kopf. Kann ich hereinkommen?"

„Sicher", nickte Elisabeth. „Nur was sollen wir jetzt tun? Hat jemand irgendwelche Ideen?" fragte sie in die Runde, allein niemand konnte eine Antwort anbieten. Dr. Farnsworth setzte sich an das andere Ende des Bettes. Es ächzte unter dem Gewicht der vier Körper.

Elisabeth stand auf. „Laßt uns hinuntergehen und sehen, was sich als nächstes ereignet!" Sie versuchte, ihre Forderung bestimmt auszusprechen. „Kommen Sie, wir wollen gehen!" Sie hielt die Tür auf, langsam schickte sich die Gruppe an, den Raum zu verlassen und bereitete sich innerlich auf das Unbekannte vor. Hinuntergehend hielten sie sich dabei an dem stabilen hölzernen Treppengeländer fest, so als wenn sie eine Stütze benötigten.

Der Alchemist saß zusammen mit John und Mildred an dem ausladenden Tisch. Vor ihnen lag eine große Landkarte. „Kommen Sie, machen Sie mit!" ermunterte der Alchemist und erhob sich. Bitte, nehmen Sie Platz!"

Willig setzten sich alle hin. „Sie sehen irgendwie bedrückt aus", bemerkte der Alchemist, während er über das Papier strich, um die Falten zu glätten.

„Ich glaube, daß das für Sie keine Überraschung sein wird", entgegnete Elisabeth, „denn Sie können ja lesen, was in unseren Gedanken vor sich geht."

Der Alchemist begann seine Eröffnung:

„Es kommt im Leben eines jeden Menschen eine Zeit, zu der sich bedeutende Veränderungen abspielen. John und Mildred machen sich bereit, uns zu verlassen. Morgen werden Sie auf dem Wege nach Indien sein", sagte er ruhig. „Indien, warum Indien?" fragte Elisabeth sofort. „Dies ist eine enorm weite Reise für Leute in Ihrem Alter", wandte sie sich John und Mildred zu. Diese beließen es bei einem Lächeln, beinahe so, als hätten sie ein Lachen zu verbergen, sagten aber nichts.

Der Alchemist fuhr fort, indem er Elisabeths Bemerkung nicht beachtete. „Sie wollen eine Gegend hoch in den Bergen aufsuchen. Nach einem Aufenthalt in Neu Delhi werden sie nach Simla reisen, und von Kashmir aus werden sie einen Platz zu erreichen suchen, der in ihrer Erinnerung verankert blieb."

„Dies ist seltsam", fügte Dr. Farnsworth hier ein.

„Für manche vielleicht", erwiderte der Alchemist. Der charakteristische Glanz seiner Stimme fehlte. Er schien nun mit den Einzelheiten der Reise beschäftigt zu sein. Auf eine merkwürdige Weise wirkte er unbeteiligt. „Es ist für John und Mildred nicht seltsam." Er schaute auf die Landkarte und dann zurück zu Dr. Farnsworth. „Wir haben gerade die neuen Grenzen von Pakistan betrachtet."

„Aber dies ist ein ziemlich schneller Abschied, nicht wahr?" fragte Dr. Syndergaard. Wieder lächelten John und Mildred, so als ob es ein Lachen zu unterdrücken gälte, sagten jedoch nichts.

„Aber dies ist nicht alles", fuhr der Alchemist fort. „Ich werde Sie ebenfalls verlassen." Als er dies aussprach, blickte ihm Godfrey Gunderson gerade in die Augen, sprach indessen kein Wort. Worte waren nicht notwendig. Godfrey begann zu verstehen.

Der Alchemist stand auf. „Ja, ich werde Sie alle hier verlassen. Meine Zeit ist gekommen, da ich anderswo gebraucht werde. Unser lieber Bruder Godfrey war sich dessen wohl bewußt, als er den Fuß in dieses Haus setzte. Meine ersten Bemerkungen, die ich zu meinem Hund Harold machte, als Sie gemeinsam ankamen, erregten seine Aufmerksamkeit. Nachdem John und Mildred Sie morgen verlassen haben, werden Sie - Sie vier - Seelennachfolger dieses Platzes werden. Die Papiere sind vorbereitet und für alle Formalitäten ist gesorgt worden. Trotzdem muß noch eines demonstriert werden. Deswegen kommen Sie bitte mit mir!" Er stand auf und veranlaßte die Anwesenden, ihm zu folgen. „Dies wird im Laboratorium stattfinden", fügte er ergänzend hinzu.

Im Laboratorium gingen John und Mildred direkt zu einem Regal und holten eine kleine hölzerne Dose herunter, die sie dem Alchemisten reichten. Er dankte ihnen und öffnete sie. Dann nahm er einen tiefgelben Gegenstand heraus, der wie aus Glas gemacht wirkte, aber kein Glas war. Die Farbe bestand aus einem tiefen, reichen Gelb mit einem orangeroten Glanz darin.

„Der Stein der Weisen", platzte Elisabeth heraus. Die anderen zeigten keine sonderliche Überraschung. Es war für sie der Eintritt eines durchaus erwarteten Höhepunktes.

„Hier", wandte sich der Alchemist Godfrey Gunderson zu. Seine Weisungen waren einfach. „Seien Sie sicher und halten Sie ihn immer in dieser kleinen hölzernen Schachtel oder einem ähnlichen Gefäß!" Der Stein, reichlich von der Größe einer Walnuß, hatte in der Schachtel gut Platz. Godfrey Gunderson streckte seine Hand nach der Schachtel aus, aber das Gewicht war überraschenderweise so groß, daß er die andere Hand schnell zur Unterstützung hinzunahm.

Sein Gesicht leuchtete, als er den Stein seiner Frau in die Hand gab.

Elisabeth war erstaunt. Der verhältnismäßig kleine Stein schien schwerer als Blei zu sein. Sie betrachtete ihn eine Weile von allen Seiten und reichte ihn dann Dr. Farnsworth weiter.

„Unglaublich", war sein ganzer Kommentar, als er den Stein in der Hand hielt und versuchte, das Gewicht zu schätzen. Er übergab ihn dann Dr. Syndergaard, dessen Hand ebenfalls durch das große Gewicht etwas heruntergezogen wurde.

„Dies ist die begehrteste aller Substanzen, die der Mensch in seiner Hand halten kann", führte er fast feierlich aus und gab den Stein alsdann an Godfrey Gunderson zurück.

Der Alchemist wandte sich wieder John zu, der ihm einen großen, prall gefüllten Umschlag aushändigte. „Dr. Syndergaard", er streckte diesem den Umschlag entgegen, „hier sind alle Papiere einschließlich der Besitzurkunde. Alles wurde vor mehr als fünf Wochen überschrieben und ist nun absolut legal."

Nachdenklich blickte er Dr. Farnsworth an: „Sie sind neugierig, was für Sie bestimmt ist. In der Bibliothek werden Sie einige sehr wertvolle Bücher finden, ebenso etliche meiner Schriften. Sie sind der Verwalter von alledem. Es wird für Sie etwas Zeit nötig sein, sich darin zu vertiefen, aber Sie brauchen auch noch eine Weile, bis Sie vorbereitet sind, mit dem hervorzukommen, was Sie später sein werden. Zu gegebener Zeit finden Sie hier die Antworten auf Ihre bisher unbeantworteten Fragen.

Und für Sie, liebe kleine Schwester", richtete er das Wort an Elisabeth, „Sie und Ihr Mann werden zusammen das Werk, das vor ihnen liegt, teilen. Ihnen wird eine gegenseitige Erfüllung und Vollendung zuteil werden, sobald Sie von diesem Plan der Existenz scheiden. Eine besondere Aufgabe wartet auf Sie in der Zukunft. Sie drei, denn Sie zwei werden von nun an als eines betrachtet" - er schaute die Gundersons an, als er dies sagte - „sind die Wächter dieses Platzes und all dessen, wofür er steht. Natürlich wird all dies Ihr gemeinsames Eigentum. Es ist nur so, daß jeder von Ihnen eine spezielle Verwaltungsfunktion über die erwähnten Gegenstände hat."

Godfrey Gunderson legte den Stein in seinen kleinen hölzernen Behälter zurück und gab ihn seiner Frau. „Da ist noch etwas, über das wir uns alle klar werden müssen", hub er an. „Wie Sie wissen, leben wir ziemlich weit entfernt von hier. Wie sollen wir diese Frage lösen, ich meine die Verwaltung dieses Platzes auf eine Weise, die nicht nur zu unserem Wohl, sondern zum Wohl aller derer ist, die gleich uns 'Auf der Suche nach dem Wunderbaren' sind, wie es Ouspensky so gut beschrieben hat?"

Der Alchemist nickte voller Verständnis, während Godfrey sprach. „So wird es geschehen", sagte er. „In kurzer Zeit werden Sie hierher ziehen, Sie alle, einer nach dem anderen. Sie werden gemeinsam diejenigen belehren, die ihren Weg hierher finden. Sie werden keine Werbung betreiben und nicht öffentlich bekannt geben, was hier verborgen wartet. Jeder Suchende wird seinen eigenen Weg hierher ausfindig zu machen haben. Jeder Gast wird einen halben Mondzyklus bei Ihnen verweilen, um dann wieder auf seinem Weg zurückzukehren. Sie werden nicht immer gleichzeitig hier sein. Einige von Ihnen werden zu bestimmten Zeiten weggerufen, um dort zu lehren, wo man Sie benötigt, und dann, wann Sie benötigt werden. All dies wird Ihnen mitgeteilt.

Was die Gegenwart anbelangt, so wissen die Farmer unten im Heber Valley nichts über mich. Für sie bin ich einfach ein Einsiedler, ein sonderbarer Mensch, ein Chemiker, der abgesondert lebt. Die meisten Leute dieser Gegend stammen aus der Schweiz und ließen sich hier vor etwa hundert Jahren nieder. Einige haben Sommerfrischler, und weiter unten gibt es einige Wohnhäuser und Erholungsstätten, aber das ist auch alles... und dann natürlich das Deer Creek Resevoir, ein Paradies für Fischer. Niemand würde auch nur vermuten, daß dieser Platz dem Staatspark so nahe liegt. Sie brauchen sich nicht darum zu kümmern. Und die nahegelegene große Stadt bietet gute Einkaufsgelegenheiten. Selbst jene, die nur ein paar Stunden weit weg wohnen, wissen nicht, was hier in Wirklichkeit vor sich geht. Dies sollte Ihre Fragen beantworten, so hoffe ich."

„Ja", stimmte Godfrey Gunderson bei. „Ich hoffe, daß auch die anderen verstanden haben. Ist dem so?" fragte er in die Runde

„Ich denke, ich habe verstanden", bestätigte auch Dr. Farnsworth. „Es klingt aufregend."

„Ich schließe mich an", fügte Dr. Syndergaard hinzu.

„Kein Problem dabei", war Elisabeth Gundersons Antwort.

Es gab eine Bewegung draußen, und eine Gruppe von Leuten näherte sich dem Haus. „Gehen wir hinaus!" forderte der Alchemist auf.

„Was wollen diese Leute?" fragte Elisabeth.

„Der Erdrutsch verursachte einige Aufregung. Kommen Sie!" Er ging voraus, hinaus in den strahlenden Sonnenschein.

Eine Gruppe, die aus einigen Staatsbeamten und Farmern bestand, ging auf den Alchemisten zu. Er schien sie zu kennen und begrüßte sie mit ihren Name, in sehr familiärer Weise. Man war besorgt, daß durch den Erdrutsch vielleicht einige Felsen auf das Haus hätten fallen oder sonstigen Schaden hätten anrichten können. Nach einigem Gesprächsaustausch und nachdem der Alchemist seine vier Gäste vorgestellt hatte, verabschiedete sich die Gesellschaft, und die Wagen fuhren den Hügel, auf dem sie geparkt hatten, wieder hinunter. Es wurde später Nachmittag. Man konnte eine Schafherde in der Entfernung am Berghang grasend erkennen. Einige Kühe begannen in Erwartung der Melkzeit zu muhen. Als die Sonne gegen den Abhang der westlichen Berge sank, ging die Gruppe langsam zu Hause zurück. Die beiden Frauen blieben gemeinsam hinter den Männern. Harold, der deutsche Schäferhund, wich nicht von der Seite seines Herrn. Immer wieder schaute er zu dessen Gesicht auf und beobachtete ihn konzentriert.

Im großen Eßzimmer, das sich zu ihrem Treffpunkt entwickelt hatte, die Zeiten im Laboratorium ausgenommen, fiel der warme goldene Schein der Sonnenstrahlen auf den Boden, wo nun der Hund lag, der noch immer weiterhin auf jede Bewegung seines Herrn achtete. „Noch eine Sache muß getan werden", sagte der Alchemist. „Wir werden damit bis nach dem Abendessen warten."

John und Mildred begannen den Tisch zu decken. Der Alchemist entschuldigte sich und versicherte, daß er einen sehr gewichtigen Grund habe, der Mahlzeit fern zu bleiben.

Nach dem Essen kam er zurück und setzte sich an den Tisch. „Da Sie nun den Stein haben und wissen, wie er herzustellen ist, lassen Sie uns eine Transmutation machen. Wir müssen dazu nicht in das Laboratorium gehen. Mildred wird es für Sie tatsächlich in der Küche zuwege bringen."

Mildred ging lächelnd voraus und wies ihnen den Weg.

Sie standen um die elektrische Heizplatte herum, auf der eine schwere gußeiserne Bratpfanne stark erhitzt wurde. Mildred nahm ein Stück Blei, wie es die Klempner in ihren Kellen zu schmelzen pflegen, von der Form eines runden Käses. „Schneiden Sie bitte ein Stück davon ab", ermunterte sie Dr. Farnsworth.

John gab ihm eine Metallsäge und eine Zange. „Es wird einfacher sein, etwas abzusägen und dann ein Stück davon mit der Zange abzubrechen", schlug er vor.

Dr. Farnsworth trennte ein Stück des weichen Metalls ab und fragte: „Was nun?"

„Legen Sie es in die Pfanne und lassen Sie es schmelzen", gab Mildred ihre weitere Anweisung. Er tat es, und das Blei begann wie Butter zu zerlaufen. Es hatte auf seiner Oberfläche eine leicht bläuliche Haut. Nach kurzer Zeit begann es, Blasen zu werfen.

„Nun, nehmen Sie etwas von dem Stein", wandte sich Mildred an Godfrey Gunderson. John gab ihm ein Messer.

„Hier", sagte er zu Godfrey, „nehmen Sie dieses und halten Sie den Stein über die Pfanne. Kratzen Sie nur ein wenig ab und lassen Sie es in die Schmelze fallen!" Godfrey Gunderson tat wie ihm geheißen war.

Eine seltsame Empfindung bemächtigte sich seiner. Es fühlte sich wie hartes Wachs an. Ein paar kleine Krümel fielen in die eiserne Bratpfanne, aber nichts geschah. Eine gewisse Enttäuschung zeigte sich bei den Zuschauern, die dieses Werk zum erstenmal beobachteten. Sie hatten wohl ein zischendes Geräusch erwartet, wie es in den alten Büchern der Alchemisten früherer Zeiten beschrieben wurde. Dann aber begann es auch schon: Zuerst ein zischendes Geräusch. Dann kam wenig Rauch. Der Alchemist trug Sorge, daß alle vor dem Rauch zurücktraten, um sicherzugehen, daß niemand ihn einatmete. Die neugierigen Gesichter hatten sich der Bratpfanne viel zu sehr genähert. In der Pfanne, deren Boden nun glühte, zeigte sich darauf ein erneutes Aufwallen und ein krachendes Geräusch. Nach einer Weile weiteren Kochens wurde die Masse ruhig. Es gab noch ein kurzes Aufwallen, und dann war alles in der Pfanne bewegungslos. Aber von einer goldenen Farbe war nichts zu sehen. Eine bläulichgraue Haut bedeckte die geschmolzene Masse.

„Nun", sagte Mildred, „beobachten Sie! ..." Sie zog einen gepolsterten Handschuh über ihre rechte Hand, weil der Griff der Pfanne noch zu heiß war.

Dann ergriff sie die Pfanne, und John hielt eine andere Bratpfanne darunter, in welche Mildred die Metallschmelze goß. Johns Pfanne war zuvor auf einer anderen Heizplatte erhitzt worden, aber nur mäßig.

Sobald das Blei in Johns Pfanne floß, war von den vier ein gleichzeitiges 'Ah' des Erstaunens zu hören.

Die gräuliche Haut wurde beiseite geschoben, das Blei floß aus, wobei es eine bräunliche abbröckelnde Kruste zeigte. Doch da, hauptsächlich auf der einen Seite, am weitesten vom Handgriff entfernt, an dem Mildred die Pfanne etwas geneigt hielt, war unzweifelhaft ein gelbes Metall zu sehen. Es mußte Gold sein, wie sein Aussehen verriet. Natürlich wußte es noch keiner mit völliger Sicherheit.

„Mach weiter John!" forderte der Alchemist auf. John gab Dr. Farnsworth eine noch ungeöffnete Flasche Salpetersäure zur Analyse.

„Machen Sie bitte die Prüfung!" verlangte er.

Die Pfanne mit dem golden aussehenden Metall befand sich noch auf der Heizplatte. Mildred versuchte, es mit einem Löffel und einer Gabel in eine Porzellanschale zu füllen, hatte indes damit keinen großen Erfolg. Die schwere Masse floß immer wieder zurück.

„Darf ich Ihnen helfen?" bot sich Dr. Farnsworth an und nahm den Griff der Bratpfanne. Er drehte sie etwas und ließ das goldene Metall in die weiße Schale fließen. Schnell stellte er die Pfanne auf die Platte zurück und rief aus: „Oh, das Ding ist wirklich heiß!" Unwillkürlich steckte er seine schmerzenden Finger in den Mund. „Ich hoffe, es wird keine Blasen geben." Er schaute den Alchemisten an und fächerte mit der Hand durch die Luft, um sie zu kühlen. „Hier", gab er Dr. Syndergaard die Salpetersäure, „besser Sie machen es."

Dr. Syndergaard öffnete sorgfältig die Flasche mit Salpetersäure, wobei er sie so weit wie möglich von seiner Nase entfernt hielt. Johns Hand setzte mit dem Kettenzug den Deckenventilator in Bewegung. Dr. Syndergaard goß sorgfältig etwas Salpetersäure auf und um das goldene Metall.

Es rauchte etwas, aber der starke Ventilator saugte den bräunlichen Dampf schnell ab. Nichts geschah mit dem gelben Metall. Nur die grauen abgebröckelten Krümel schienen zu reagieren.

„Lassen wir es eine Weile stehen", empfahl der Alchemist, „um zu sehen, ob die Säure das Metall angreift. - Ja, es ist Gold; Salpetersäure löst es nicht auf. Das ist der Beweis."

Alle schauten auf das Gold und zögerten die Augen von der weißen Schale zu lösen. „Es ist die richtige Substanz - in Ordnung!" bekräftigte Godfrey Gunderson.

„Wie das nur sein kann?" sinnierte Dr. Farnsworth.

„Ah, ja", atmete Elisabeth Gunderson auf, „ja, es ist Gold."

Mildred hielt die Schale unter den kalten Wasserhahn und ließ das Wasser langsam darüberlaufen, um alle Säure zu entfernen. John gab Dr. Farnsworth eine neue Rolle pH-Papier. Dieser wußte, was er zu tun hatte. Er öffnete den Verschluß, trennte ein Stückchen Papier ab und tauchte es in das Wasser in der Schale. Es zeigte keine Säure mehr an. Es war sogar leicht alkalisch. „Dies kommt von dem harten Bergwasser", erklärte der Alchemist. „Die Säure ist ausgewaschen worden."

Elisabeth Gunderson fragte: „Darf ich?" und langte nach dem Metall. Mildred gab ihr ein Tuch, und mit hausfraulicher Übung begann sie, das Metall zu trocknen und zu polieren. Es war eindeutig Gold!

„Gut", sagte der Alchemist. „Nun haben Sie es getan und haben für sich selbst herausgefunden, daß es wirklich so einfach ist." Harold saß dabei, wachsam jede seiner Bewegungen betrachtend und jedes der goldenen Worte mit gespannter Aufmerksamkeit aufnehmend.

„Nun", ließ der Alchemist sich vernehmen, „nun also zum letzten Akt des heutigen Tages." Er ging in das Wohnzimmer, Harold direkt hinter ihm. Alle folgten.

Er setzte sich auf das große Sofa und veranlaßte die anderen, sich gleichfalls zu setzen. Nur John und Mildred blieben stehen. „John und Mildred sahen mich hier häufig bewegungslos und anscheinend leblos liegen. Zu gegebener Zeit bin ich mit meinem Bewußtsein dann immer wieder in diesen Körper zurückgekehrt. Wie Sie wissen, ist es das Leben oder der Geist, der Materie und Verstand belebt. Aber die Seele, unser Bewußtsein, steuert das Leben innerhalb des Körpers oder der Materie. Diesmal werde ich diesen Körper verlassen, ohne die Absicht, ihn mit meiner Seele oder meinem Bewußtsein wieder zu beleben, also um nicht mehr zu ihm zurückzukehren.

Ich werde euch auf dieser Ebene für die nun kommende Zeit verlassen.

Seid nicht beunruhigt! Macht euch keine Sorgen oder trauert mir nicht nach! Es ist eine einfache Angelegenheit der Transmutation, denn das, was ihr in der Küche auf der Heizplatte gesehen habt, ist so wie das, was hier auf dem Sofa geschehen wird, im Wesen der gleiche Vorgang."

Er stand auf und ging auf Godfrey Gunderson zu und ergriff dessen Hand. Er hielt sie in der Rechten, während er den linken Arm um dessen Nacken legte und seine Wangen an dessen Wangen drückte. Dann tat er das gleiche mit Dr. Farnsworth und Dr. Syndergaard.

Er ging zu Elisabeth, nahm ihren Kopf in beide Hände und küßte sie auf die Stirne. Dann ging er zu John und Mildred und umarmte sie beide gleichzeitig, während sie einander zu dritt anlächelten. Langsam machte er dann die letzten Schritte zum Sofa hin, wobei er Harold noch einmal hinter den Ohren kraulte, und legte sich mit dem Gesicht nach Osten hin. Die untergehende Sonne umspielte seinen Kopf mit einem Glorienschein. Alle im Raum Anwesenden, außer John, Mildred und Harold, waren betrübt, aber sie erinnerten sich an die Gemälde der alten Meister, in denen die heiligen Frauen und Männer auch mit einem Glorienschein um ihre Häupter geschmückt waren. Nur das Ticken einer großen Schwarzwälder Kuckucksuhr unterbrach die Stille. Harold saß auf dem Boden direkt am Sofa, die eine Pfote auf dem Oberarm seines Herrn, die Augen auf dessen Gesicht gerichtet.

Die Luft stand still. Das Fenster war offen. Nur das Murmeln des Baches mischte sich mit dem Ticken der Uhr. Die Wartenden waren ruhig und ohne Bewegung.

Plötzlich konzentrierten sich alle im Raum auf ihr Gehör. Ihr Rückgrat versteifte sich, und ein prickelnder Schauder überlief ihre Schultern und den Rücken bis zum Hals hinauf. Aber niemand rührte sich. Am Fenster bewegte sich der Vorhang nur leicht. Ganz schwache Töne wurden hörbar, so wie wenn jemand das Stereogerät angestellt hätte. Doch alle verharrten weiter an ihrem Platz.

Die Töne verstärkten sich allmählich immer mehr. Keiner im Raum wagte, sich zu bewegen. Allein aus den Augenwinkeln heraus versuchten sie zu erkennen, ob die anderen die gleichen Töne vernahmen.

Und dann setzte es ein ... Klänge, die keine Musik darstellten, wie man sie zu hören gewöhnt war. Es war das, was früher als die Musik der Sphären bezeichnet wurde - Musik, die einfach von Menschen mit mechanischen Instrumenten nicht hervorgebracht werden kann.

Ein letztes Aufleuchten der späten Abendsonne umgab den Körper des Alchemisten. Farben und Töne bildeten eine sublime Symphonie. Der Vorhang rührte sich noch einmal, und vom Sofa kam ein leichter Hauch, der jeden von ihnen einen Moment lang streifte.

Der treue Harold sprang auf das Fenster zu. Er hielt einen Moment an und eilte dann ins Freie. Dort rannte er wie wild auf die untergehende Sonne zu, die bereits den Timpanogos und die anderen Berge als purpurne Silhouetten hinter sich ließ.

Es wurde dunkel im Wohnzimmer. Die vier, die gesessen waren, kamen irgendwie auf ihre Füße, standen dann aber weiterhin ganz still, die Blicke am offenen Fenster fest gebannt. Einer von ihnen, niemand wußte später, wer es gewesen war, bewegte sich schließlich beinahe taumelnd auf die schweren hölzernen Treppenstufen zu, und die anderen folgten. Sie stolperten schweigend in ihre Zimmer. Kein Licht wurde gemacht, noch konnte man im ersten Stock irgendwelche Geräusche hören. Die vier Bewohner waren müde und total von all dem überwältigt, was sich in der kurzen Zeit seit ihrer Ankunft ereignet hatte. Die Dunkelheit hüllte sie ein, und der Bach sang ihnen durch die geöffneten Fenster sein sanftes, ruhiges Lied, beinahe nur ein Wispern.

Am nächsten Morgen hatten John und Mildred ihre Koffer bereits gepackt und waren abfahrbereit. Dr. Syndergaard fragte sie sogleich nach dem Körper des Alchemisten, der sich nicht mehr auf dem Sofa befand. John teilte ihnen mit, daß ein Bestattungsunternehmen für alles weitere gesorgt habe. Der untersuchende Arzt habe als Todesursache Herzversagen festgestellt ... Dann fragte Mildred: „Würde es ihnen etwas ausmachen, uns zum Salt Lake City Flugplatz zu fahren?"

„Nein, das macht mir gar nichts aus", antwortete Dr. Farnsworth. „Darf ich Ihr Gepäck zum Wagen bringen?"

John lächelte. Wieder war es dieses heimliche Lachen. „Das ist nicht nötig", sagte John. „Wir können ganz gut für uns selbst sorgen." Sie nahmen beide ihre Koffer so leicht vom Boden auf, daß es aussah, als ob sie nichts enthielten. Als aber Dr. Farnsworth sie in den Kofferraum von Godfrey Gundersons Wagen stellte, war er über ihr Gewicht erstaunt. „Fast zu schwer für mich", dachte er.

Elisabeth Gunderson ging neben Mildred. „Meinen Sie nicht, daß das ein ganz schön großes Vorhaben für Sie zwei ist, sich auf eine solche Reise zu wagen, vor allem zu dieser Jahreszeit?" Sie stellte ihre Frage offensichtlich, ohne zu bemerken, daß die Frau neben ihr mit einer Haltung und Grazie ging, die mehr Kraft und Vitalität zeigte, als sie selbst hatte.

„Dies ist nicht zum erstenmal", versetzte Mildred sanft. Sie sagte eine Weile nichts und fuhr dann fort: „...noch wird es das letzte mal sein. Wir sollten uns nun wirklich auf den Weg machen". Gemeinsam traten sie an den Wagen heran. „Bewahren Sie alles gut! Es wird nicht zu lange dauern, bis Sie wieder von uns hören. Wir werden uns bald wieder treffen."

Die Freunde umarmten sich und sagten einander Auf Wiedersehen. Die beiden Doktoren und Elisabeth winkten, bis der Wagen außer Sicht war.

Auf dem Salt Lake City International Airport standen die Leute Schlange. Aber irgendwie hatten John und Mildred ihre Flugscheine schon bereit und konnten sofort an Bord des Western Airline Fluges nach Los Angeles gehen. Dort begann dann ihre Reise über den Ozean, die sie zum Land ihrer Bestimmung bringen würde. Für ein ausgedehntes Verabschieden voneinander blieb nicht mehr viel Zeit. Dr. Farnsworth war wie benommen von den Geräuschen der Stadt und dem hektischen Getriebe des Flugplatzes; auch mußte man sich sehr schnell trennen.

Bevor er noch wußte, wie ihm geschah, fuhr er auf der Landstraße bereits zurück. Dr. Farnsworth schaute auf das Panorama der Wasatch Mountains zu seiner Rechten wo die Sonne gerade aufging. Nicht weit vom turbulenten Getriebe der Stadt gab es einen Zufluchtsort, dessen Existenz wohl niemand von den ständigen Straßenpassanten vermutet hätte. Als er an die Abzweigung kam, die in den Parley Canyon führte, schaute er zurück. Dort sah er den großen Salzsee in der Ferne glitzern, von der aufgehenden Sonne rosa-golden angehaucht. Er erinnerte sich an die Erzählung des Alchemisten, an seine Beschreibung des Bildes der Gegend, von der er als Junge in seinem Bett geträumt hatte, daß er dort den größten Teil seines Lebens verbringen sollte.

Oben in den Bergen warteten die drei auf die Rückkehr von Dr. Farnsworth. Sie waren alle zu dem Hügel hinunter gegangen, auf dem sie ihre Wagen bei der Ankunft abgestellt hatten. Nicht lange danach kam Dr. Farnsworth heraufgefahren. Als er aus dem Wagen stieg, traute er seinen Augen nicht. Harold lief ihm entgegen. Der Hund bellte freudig und setzte sich dicht neben ihn. Dr. Farnsworth streichelte seinen Kopf sanft hinter den Ohren. Harold schaute tief in die Augen von Dr. Farnsworth und sein Blick verriet: „Wir werden gute Freunde werden." Er sprang auf und lief auf die anderen zu, wobei ihm Dr. Farnsworth folgte. Als er die drei Freunde erreichte, ermunterte er sie: „Nun laßt uns gehen! Auf was warten wir noch? Es gibt Arbeit, die getan sein will. Es wird nicht lange dauern, bis irgend jemand seinen Weg hierher finden wird. Dann wollen wir vorbereitet sein!"

„So ist es!" stimmte Dr. Syndergaard zu.

Godfrey Gunderson lächelte: „Ja, aber lassen Sie sich Zeit!"

Elisabeth legte den Kopf auf die Schultern ihres Mannes. Ihn anblickend, sagte sie bedeutsam: „Gott ist gut!"

Alle bewegten sich bedächtig auf das Haus zu. Die Sonne stieg höher am Horizont empor. Die Vögel begannen zu singen, und der Hahn krähte, und die Hennen gackerten, und die wilden Enten an den Bergflüssen schnatterten. Der Hirsch und die Hirschkuh kamen hinter dem Baum hervor und beäugten die neuen Inhaber, mit denen sie gute Freunde werden würden. Dr. Syndergaard blieb stehen. Die anderen taten das gleiche. „Hören Sie, was ich höre?" fragte er.

Sie nickten schweigend. Die sanfte Melodie, die aus der Spitze der großen Pinie zu kommen schien, wollten sie nicht übertönen. Bewegungslos standen sie, und die Töne wurden lauter. Erhobenen Hauptes blickten sie in Richtung auf den Mount Timpanogos. Dort erkannten Sie ein lächelndes Antlitz, das langsam mit dem strahlenden Sonnenlicht verschmolz, während über ihren vier Köpfen ein kleines Leuchten tanzte und glühte. Es war das Zeichen ihrer Taufe durch das Feuer.